Honoré de Balzac, geboren am 20. Mai 1799 in Tours, ist am 18. August 1850 in Paris gestorben.

Balzac erzählt hier die tragische Geschichte des vierzehnjährigen Waisenmädchens Pierrette, das zusammen mit dem Gespielen Jacques Brigaut unter der liebevollen Obhut der Großmutter eine sorglose und glückliche Kindheit verlebt. Das ändert sich, als es unter die Vormundschaft von Verwandten nach Provins in der Champagne gerät, zu einem unverheirateten Geschwisterpaar, deren menschliche Gefühle sich lediglich auf Egoismus und Geiz beschränken.

Im immer sauber geputzten Haus dieser kleinbürgerlichen Ungeheuer und Despoten wird aus dem fröhlichen und sonst von allen geliebten Kind ein geducktes Wesen, das man zu Magddiensten mißbraucht und das die schrecklichsten psychischen und physischen Mißhandlungen zu ertragen hat, bis es am Ende zu Tode gepeinigt wird. Der Mißhandlungsfall löst schließlich noch einen politischen Intrigenkampf um die Machtposition des Provinzstädtchens aus.

Richard Wagner hob die unvergleichliche Kunst Balzacs hervor, sich bei *Pierrette* so in das Detail eines anscheinend unbedeutenden Wesens zu versetzen und aus ihm heraus die Natur allen Menschenschicksals zu deuten.

insel taschenbuch 1905
Honoré de Balzac
Pierrette

Honoré de Balzac
Die Menschliche Komödie

Die großen Romane und Erzählungen in zwanzig Bänden

Band 5

Honoré de Balzac
Pierrette

Roman

Aus dem Französischen
von Christina Mansfeld

Insel Verlag

insel taschenbuch 1905
Erste Auflage 1996

Hinweise zu dieser Ausgabe am Schluß des Bandes
Vertrieb durch den Suhrkamp Taschenbuch Verlag
Umschlag nach Entwürfen von Willy Fleckhaus
Satz: Hümmer GmbH, Waldbüttelbrunn
Druck: Nomos Verlagsgesellschaft, Baden-Baden
Printed in Germany

1 2 3 4 5 6 – 01 00 99 98 97 96

Pierrette

Für Mademoiselle Anna de Hanska

Liebes Kind, Sie, die Freude eines ganzen Hauses, Sie, deren weiße oder rosenfarbene Pelerine im Sommer in den Bergen von Wierzchownia wie ein Irrlicht umherflattert, dem zärtlichen Blickes Ihre Mutter und Ihr Vater folgen, wie kann ich Ihnen eine Widmung zu einer Geschichte schreiben, die voller Schwermut ist? Soll man Ihnen von einem traurigen Schicksal erzählen, das ein so angebetetes Mädchen, wie Sie es sind, niemals erfahren wird, weil Ihre schönen Hände eines Tages darüber werden hinwegtrösten können? Es ist so schwierig, Anna, für Sie in unserer Sittengeschichte ein Abenteuer zu finden, das es verdiente, vor Ihren Augen vorbeizuziehen, da sich der Autor der Wirklichkeit fügen muß; aber vielleicht werden Sie begreifen, wie glücklich Sie zu schätzen sind, wenn Sie lesen, was Ihnen

Ihr alter Freund

de Balzac zukommen läßt.

Im Oktober des Jahres 1827 blieb ein ungefähr sechzehnjähriger junger Mann, dessen Äußeres verriet, was die moderne Phraseologie so respektlos als Proletarier bezeichnet, im Morgengrauen auf einem kleinen Platz des unteren Provins stehen. Zu dieser Zeit konnte er, ohne beobachtet zu werden, die verschiedenen Häuser an diesem Platz, der ein längliches Viereck bildete, eingehend betrachten. Die Mühlen an den Flüssen von Provins drehten sich schon. Ihr Geräusch, vervielfacht durch das von der Oberstadt zurückgeworfene Echo, stand im Einklang mit der klaren Luft und dem strahlenden Morgenlicht und betonte die tiefe Stille, die auf eine Meile die Beschläge einer Postkutsche auf der Hauptstraße vernehmen ließ. In den beiden durch ein Lindendach getrennten längeren Häuserreihen stehen schlichte Bauten, durch welche sich das friedliche und abgeschlossene Dasein von Bürgern kundtut. An diesem Ort gab es keinerlei Anzeichen von Handel. Man sah also kaum die luxuriösen Einfahrtstore reicher Leute! Wenn es welche gab, dann drehten sie sich selten in ihren Angeln, ausgenommen jenes von Monsieur Martener, einem Arzt, der genötigt war, sich seinen Einspänner zu halten und ihn zu benutzen. Einige Fassaden zierte ein Weinspalier, andere schmückten hochstämmige Rosen, die bis zur ersten Etage hinaufreichten, wo ihre Blüten in einzelnen großen Büscheln durch die Fenster dufteten. Ein Ende dieses Platzes reicht fast bis an die Hauptstraße der Unterstadt heran. Das andere Ende wird durch eine parallel zur Hauptstraße verlaufende Straße abgeschlossen, deren Gärten sich zu einem der beiden Flüsse hin erstrecken, die das Tal von Provins durchfließen.

An diesem Ende, der ruhigsten Stelle des Platzes, erkannte der junge Arbeiter das Haus wieder, das man ihm beschrieben hatte: eine weiße Steinfassade mit dunklen Fugen, die die

Steinschichten andeuten; die Fenster, die kleine, mit gelbgestrichenen Rosetten verzierte, schmiedeeiserne Balkone haben, sind mit grauen Fensterläden verschlossen. Über dieser Fassade, über einem Erdgeschoß und einer ersten Etage, durchbrechen drei Mansardenfenster das schiefergedeckte Dach, auf dessen einem Giebel sich eine neue Wetterfahne dreht. Diese moderne Wetterfahne stellt einen Jäger dar, der auf einen Hasen anlegt. Zu der Haustür steigt man über drei Steinstufen hinauf. Auf der einen Seite der Tür speit das Ende eines Bleirohres über einer kleinen Rinne das Spülwasser aus und verrät die Küche; auf der anderen Seite schienen ihm die zwei Fenster, welche sorgfältig durch graue Läden verschlossen waren, durch die ausgeschnittene Herzen etwas Tageslicht hindurchließen, jene vom Speisezimmer zu sein. In Höhe der drei Stufen befanden sich jeweils unter den Fenstern die Kellerfenster, gesichert durch gestrichene Blechtürchen mit prätentiös gestanzter Lochmusterung. Alles war gerade neu. An diesem wiederhergestellten Haus, dessen noch frischer Luxus sich deutlich von dem bejahrten Äußeren aller anderen unterschied, hätte ein Beobachter sogleich die erbärmlichen Vorstellungen und die vollkommene Zufriedenheit des Kleinhändlers im Ruhestand erraten. Der junge Mann betrachtete diese Einzelheiten mit einem Ausdruck von Freude und Traurigkeit zugleich, doch vorerst noch zögernd blickte er von der Küche zu den Mansarden hinauf. Der blaßrote Schimmer der Sonne ließ an einem der Bodenfenster einen Kattunvorhang erkennen, der den anderen Luken fehlte. Das Gesicht des jungen Mannes wurde nun ganz heiter, er ging einige Schritte zurück, lehnte sich an eine Linde und sang mit dem den Leuten des Westens eigenen gedehnten Tonfall diese bretonische Romanze, die Bruguière, ein Komponist, dem wir bezaubernde Melodien verdanken, veröffentlicht hat. In den Dörfern der Bretagne singen die jungen Männer dieses Lied dem Brautpaar am Tag ihrer Hochzeit.

Wir kommen Glück zu wünschen für die Ehe,
Dem Mann, der heut Euch angetraut
Als auch Euch, der jungen Braut.
Man hat verbunden Euch, o liebe Braut,
Mit einem goldnen Band,
Daß nur der Tod es lösen mag von Eurer Hand.

Nicht mehr zum Spiel, nicht mehr zum Tanze
dürft Ihr fortan gehn;
Ihr werdet hüten nun das Haus
Doch wir ziehn weiterhin hinaus.

Habt Ihr es wohl begriffen, wie sehr dem Manne
treu Ihr habt zu sein:
Von ganzem Herzen lieben müßt nur ihn allein.

Empfangt den Strauß, den meine Hand Euch reicht.
Ach! denn dereinst wird Eure eitle Zier
vergehn wie diese Blüten hier.

Dieses Volkslied, ebenso lieblich wie die Musik, die Chateaubriand für ›Schwester mein, entsinnst du dich noch‹ gewählt hat, und gesungen inmitten einer Kleinstadt der östlichen Brie, mußte zwangsläufig bei einer Bretonin Erinnerungen an die Heimat wachrufen, so treffend gibt es die Sitten, die gutmütigen Menschen, die Gegenden dieses alten und edlen Landes wieder. Daraus klingt eine unbestimmte, durch die Betrachtung des wirklichen Lebens hervorgerufene Schwermut, die einen zutiefst ergreift. Ist jene Macht, durch eine vertraute und oft fröhliche Melodie eine Welt von ernsten, süßen und traurigen Dingen wiederzuerwecken, nicht das Besondere dieser Volksweisen, die das Kultische der Musik sind, wenn man das Wort Kult als Bezeichnung gelten läßt für alles, was nach dem Niedergang der Völker bleibt und ihre Revolutionen übersteht? Als er die erste Strophe beendet hatte, konnte der Arbeiter, der unentwegt auf den Vorhang der Mansarde sah, dort noch nichts wahrnehmen. Während er die zweite sang, bewegte sich der Kattunstoff. Als die Worte: ›Empfangt den Strauß‹ gesungen waren, erschien das Gesicht eines jungen Mädchens. Eine weiße Hand öffnete vorsichtig das Fenster, und das junge Mädchen begrüßte den Reisenden gerade in dem Augenblick durch ein Kopfnicken, als er den melancholischen Gedanken beendete, der sich in diesen beiden so einfachen Versen ausdrückte:

Ach! denn dereinst wird Eure eitle Zier
vergehn wie diese Blüten hier.

Der Arbeiter zog plötzlich aus seiner Jacke den goldgelben Blütenzweig einer in der Bretagne weitverbreiteten Pflanze, den er aber zweifellos in den Feldern der Brie gefunden hatte, wo der Stechginster selten vorkommt.

»Seid Ihr es denn, Brigaut?« sagte das junge Mädchen leise.

»Ja, Pierrette, ja. Ich bin in Paris, ich mache meine Frankreichwanderschaft; doch ich kann mich auch hier niederlassen, da Ihr ja hier seid.«

In diesem Moment ächzte in dem direkt unter Pierrettes gelegenen Zimmer der ersten Etage ein Fensterriegel. Die Bretonin zeigte sich dadurch äußerst verängstigt und sagte zu Brigaut: »Rettet Euch!« Der Arbeiter sprang wie ein aufgeschreckter Frosch auf die Mühle zu, wo die Straße eine Biegung macht und bald in die Hauptstraße, die Pulsader der unteren Stadt, einmündet; aber trotz seiner Behendigkeit verursachten seine eisenbeschlagenen Schuhe, die auf der kleinen Pflasterstraße von Provins widerhallten, einen Ton, der leicht zwischen dem Klappern der Mühle auszumachen war und von der Person, die das Fenster öffnete, gehört werden konnte.

Diese Person war eine Frau. Kein Mann läßt sich aus den Wonnen des morgendlichen Schlafs reißen, um einen Troubadour in Jacke anzuhören, ein einsames Mädchen erwacht bei einem Liebeslied. Deshalb war es ein Mädchen, Mädchen und alte Jungfer zugleich. Nachdem sie mit einer fledermausartigen Gebärde die Ladenflügel ihres Fensters aufgebreitet hatte, schaute sie in alle Richtungen und vernahm nur undeutlich die Schritte des entfliehenden Brigaut. Gibt es etwas Schrecklicheres als die morgendliche Erscheinung einer häßlichen alten Jungfer an ihrem Fenster? Ist es nicht das unangenehmste all der seltsamen Schauspiele, an denen sich Reisende erfreuen, wenn sie durch die kleinen Städte fahren? Es ist zu traurig, zu abstoßend, als daß man darüber lachen könnte. Diese alte Jungfer mit dem so wachsamen Ohr zeigte sich bar der Künstlichkeiten verschiedenster Art, die sie verwendete, um sich zu verschönern: sie trug weder ihren Kranz falscher Haare noch ihre Halskrause. Sie hatte jenes abscheuliche schwarze Taftsäckchen auf, mit dem die alten Frauen ihr Haupt verhüllen, welches aber unter dieser vom Schlaf hochgerutschten Nachtmütze zum Vorschein kam. Dieses Durcheinander verlieh dem Kopf jenes bedrohliche Aussehen, womit in der Malerei die Hexen bedacht werden. Die nur halbversteckten Schläfen, die Ohren und der Nacken gaben somit ihren ausgedörrten und unempfindlichen Charakter preis; die rauhen Falten hoben sich in recht unansehnlichen Rottönen ab, noch betont durch die fast weiße, am Hals mit verdrehten Schnüren zugeknotete Nachtjacke. Der klaffende Ausschnitt dieser halboffenen Jacke ließ eine Brust sehen, vergleichbar mit der einer wenig um ihre Häßlichkeit bekümmerten alten Bäuerin. Der abgemagerte Arm sah aus wie ein Stock, über den man Stoff gezogen hatte. Im Verhältnis zu dem Fenster erschien dieses Fräulein groß, aufgrund ihres klotzigen, kräftigen Gesichts, das an bestimmte, ungewöhnlich ausgeprägte Schweizergesichter erinnerte. Das wesentliche Merkmal ihrer an unregelmäßigen Zügen krankenden Physiognomie war neben den harten Konturen und der bitteren Verspanntheit eine Gefühllosigkeit, die einen Physiognomiker mit Widerwillen erfüllt hätte. Dieser momentane

Ausdruck wurde gewöhnlich durch eine Art kommerzielles Lächeln verändert, durch den bürgerlichen Scherz, so vortrefflich den guten Menschen zu spielen, daß die Leute ihrer Umgebung sie durchaus für einen guten Menschen halten konnten. Sie besaß dieses Haus gemeinsam mit ihrem Bruder. Der Bruder schlief so friedlich in seinem Zimmer, daß ihn das Orchester der Oper nicht aufgeweckt hätte, obwohl dieses Orchester berühmt ist für seine Lautstärke! Das alte Fräulein steckte den Kopf aus dem Fenster und sah mit seinen kleinen, blaßblau-kalten Augen mit kurzen Wimpern, die an fast immer geschwollenen Lidrändern ansetzten, zur Mansarde hinauf; sie versuchte, Pierrette zu erspähen, doch nachdem sie die Nutzlosigkeit ihres Vorhabens eingesehen hatte, zog sie sich in ihr Zimmer zurück, wie eine Schildkröte, die den Kopf einzieht, nachdem sie ihn aus ihrem Panzer herausgestreckt hat. Die Läden schlossen sich, und die Stille des Platzes wurde nur noch durch die eintreffenden Bauern oder morgendliche Passanten gestört. Wenn es in einem Haus eine alte Jungfer gibt, sind Wachhunde überflüssig: es passiert darin nicht die geringste Kleinigkeit, ohne daß sie von ihr nicht gesehen und gedeutet, ohne daß sie nicht alle möglichen Schlüsse daraus ziehen würde. Deshalb sollte dieser Zwischenfall Anlaß zu schweren Unterstellungen geben und eines jener verworrenen Dramen einleiten, die sich im engsten Kreise abspielen und die, um geheim zu bleiben, nicht weniger schrecklich sind, falls Sie überhaupt erlauben, das Wort Drama auf diese häusliche Begebenheit anzuwenden.

Pierrette legte sich nicht wieder schlafen. Für sie war die Ankunft von Brigaut ein sehr bedeutsames Ereignis. Während der Nacht, dem Eden der Unglücklichen, entging sie den Kümmernissen und Schikanen, die sie tagsüber zu ertragen hatte. Wie dem Helden irgendeiner deutschen oder russischen Ballade erschien ihr der Schlaf als ein glückliches Leben, und der Tag war ein schlechter Traum. Nach drei Jahren hatte sie soeben zum ersten Mal ein angenehmes Erwachen gehabt.

Die schönen Bilder der Kindheitserinnerung waren als Wohlklang in ihrem Innersten aufgestiegen. Die erste Strophe hatte sie im Traum gehört, bei der zweiten war sie jäh aus dem Schlaf aufgefahren, bei der dritten hatte sie gezweifelt: die Unglücklichen sind wie der heilige Thomas und müssen erst sehen, um zu glauben. Bei der vierten Strophe, nachdem sie barfüßig und im Hemd an das Fenster gelaufen war, hatte sie Brigaut, den Freund ihrer Kindheit, wiedererkannt. Ach, das war tatsächlich diese weite Jacke mit den gerade geschlitzten Schößen, deren Taschen in Lendenhöhe baumelten, die Jacke aus dem für die Bretagne klassischen blauen Tuch, die Weste aus grobem, buntem Baumwollstoff, das mit einem goldenen Herzen geschlossene Leinenhemd, der große Rollkragen, das waren die Ohrringe, die derben Schuhe, die Hosen aus blauem, unterschiedlich verblichenem Rohleinen, mit einem Wort, all diese schlichten und robusten Sachen, aus denen die Tracht eines armen Bretonen besteht. Die großen weißen Hornknöpfe an der Weste und der Jacke ließen Pierrettes Herz höher schlagen. Beim Anblick des Ginstersträußchens füllten sich ihre Augen mit Tränen, doch gleich darauf zerstörte ihr eine entsetzliche Angst die für einen Augenblick in ihrer Seele erblühten Blumen der Erinnerung. Sie dachte, daß ihre Cousine sie gehört haben könnte, als sie aufgestanden und zu ihrem Fenster gelaufen war, sie erahnte die alte Jungfer und gab Brigaut dieses vom Schrecken eingegebene Zeichen, dem der arme Bretone, ohne etwas zu verstehen, sofort gehorcht hatte. Kennzeichnet dieses instinktive Sichfügen nicht eine jener unschuldigen und reinen Zuneigungen, wie es sie nur selten auf dieser Erde gibt, wo sie, wie die Aloen auf Isola Bella, zwei- oder dreimal in hundert Jahren erblühen? Wer die Flucht Brigauts gesehen hätte, hätte den sehr kindlichen Heldenmut für ein so unschuldiges Gefühl bewundert. Jacques Brigaut paßte zu der eben vierzehnjährigen Pierrette Lorrain: zwei Kinder! Pierrette mußte weinen, als sie ihn auf ihre Geste hin erschrocken loslaufen sah. Sie ging dann und rückte sich einen schäbigen Lehnstuhl an ein Tischchen, über dem ein Spiegel hing, stützte die Ellbogen auf und blieb dort, den Kopf zwischen den Händen, unbeweglich eine Stunde lang so sitzen und dachte an den Marais zurück, an das kleine Pen-Hoël, an die gefährlichen Reisen auf einem Teich, in einem Boot, das der kleine Jacques für sie von einer alten Weide losgebunden hatte, dann an die alten Gesichter ihrer Großmutter und ihres Großvaters, an das leidende Antlitz ihrer Mutter, an die schönen Gesichtszüge des Major Brigaut, an eine sorglose Kindheit! Das war noch immer ein Traum: leuchtende Freuden auf grauverschwommenem Grund. Ihr schönes aschblondes Haar war unter der kleinen, während des Schlafens zerknitterten Haube in Unordnung geraten, unter dem weißen Baumwollhäubchen mit Rüschen, das sich Pierrette selbst gemacht hatte. An beiden Schläfen wippten Locken, die den Wickeln aus Fließpapier entschlüpft waren. Das aufgesteckte Haar hatte sich gelöst und fiel in einem kräftigen, plattgeflochtenen Zopf nach hinten. Die außerordentliche Blässe ihrer Erscheinung verriet eine jener schrecklichen Jungmädchenkrankheiten, der die Medizin den beschönigenden Namen Bleichsucht gegeben hat, die dem Körper seine natürlichen Farben entzieht, den Appetit hemmt und auf schwere Störungen im Organismus hinweist. Dieser Wachston der Haut überzog den ganzen Körper. Hals und Schultern waren so fahl wie welkes Gras; das erklärte, warum die nach vorn gestreckten, gekreuzten Arme derart schmächtig waren. Durch die Krankheit schienen Pierrettes Füße schwächer und kleiner geworden zu sein. Ihr Hemd reichte nur bis zu den Waden, und es ließ weiter unten erschlaffte Sehnen, bläuliche Adern und ausgezehrte Haut unbedeckt. Durch die Kälte hatte sie veilchenblaue Lippen bekommen. Als sie ihre Lippen zu einem traurigen Lächeln verzog, waren kleine, elfenbeinweiße Zähne zu sehen, hübsche durchscheinende Zähne, die zu Pierrettes feinen Ohren paßten, zu ihrer etwas spitzen, aber zierlichen Nase, zu ihrem Gesicht, das, obwohl es ganz rund war, reizend aussah. Der lebhafte Ausdruck dieses bezaubernden Gesichts kam von Augen, deren tabakbraune, schwarzgepunktete Iris in Goldreflexen um eine dunkle, leuchtende Pupille glänzte. Pierrette mußte einmal heiter gewesen sein. Ihre verlorengegangene Heiterkeit bestand weiter in den lebhaften Konturen der Augen, in der unbefangenen Anmut ihrer Stirn und in der Wölbung ihres kleinen Kinns. Die Schatten ihrer langen Wimpern zeichneten sich wie Pinselhaare auf ihren leidverzehrten Wangen ab. Durch das im Übermaß verschwendete Weiß erschienen überdies die Einzelheiten und Konturen des Gesichts ganz unverfälscht. Das Ohr war ein kleines bildnerisches Meisterwerk: man hätte annehmen können, daß es aus Marmor sei. Pierrette mußte vieles erleiden. Vielleicht wollen Sie ihre Geschichte hören? Hier ist sie.

Pierrettes Mutter war aus Provins, eine geborene Auffray und die Halbschwester von Madame* Rogron, Mutter der jetzigen Besitzer dieses Hauses.

Monsieur Auffray hatte, nachdem er erstmalig mit achtzehn Jahren geheiratet hatte, mit neunundsechzig Jahren eine zweite Ehe geschlossen. Seiner ersten Ehe entstammte nur eine einzige, ziemlich häßliche Tochter, die bereits mit sechzehn Jahren an einen gewissen Rogron, Gastwirt in Provins, verheiratet wurde.

In seiner zweiten Ehe bekam der gute Auffray wiederum eine Tochter, die jedoch bezaubernd aussah. Durch einen recht seltsamen Umstand bedingt, lag daher ein enormer Altersunterschied zwischen den beiden Töchtern von Monsieur Auffray: jene aus erster Ehe war fünfzig Jahre alt, als die

* Im vorliegenden Text wurden die französischen Anreden und Titel verwendet: Monsieur (Herr, mein Herr), Madame (Frau, meine Dame), Mademoiselle (Fräulein, mein Fräulein), Demoiselle (Fräulein, Jungfer), Comte (Graf), Comtesse (Gräfin), Duc (Herzog), Duchesse (Herzogin), Baronesse (Baronin), Marquis (Markgraf), Vicomte (Vizegraf).

zweite gerade geboren wurde. Als ihr alter Vater ihr eine Schwester schenkte, hatte Madame Rogron zwei volljährige Kinder.

Mit achtzehn Jahren wurde die Tochter des verliebten Alten ihrem Wunsch entsprechend mit einem bretonischen Offizier namens Lorrain verheiratet, der Rittmeister in der Kaiserlichen Garde war. Liebe macht oft ehrgeizig. Der Rittmeister, der schnell Oberst werden wollte, ging zum Linienregiment. Während der Bataillonskommandeur und seine Frau, recht glücklich über die ihnen von Monsieur und Madame Auffray gewährte Pension, in Paris glänzten oder als Spielball der kaiserlichen Schlachten und Friedensschlüsse in Deutschland umherzogen, starb achtundachtzigjährig der alte Auffray, ehemaliger Krämer von Provins, ohne Zeit gehabt zu haben, irgendeine testamentarische Verfügung zu treffen. Die Nachlaßregelung des Alten wurde durch den ehemaligen Gastwirt und seine Frau so gut bewerkstelligt, daß sie sich den größten Teil der Erbschaft einverleibten und der Witwe des guten Auffray nur das Haus des Verstorbenen auf dem kleinen Platz und einige Morgen Land übrigließen. Jene Witwe, Mutter der kleinen Madame Lorrain, war beim Tod ihres Mannes erst achtunddreißig Jahre alt. Wie viele Witwen hatte sie den unglücklichen Einfall, sich wieder zu verheiraten. Sie verkaufte das Land und das Haus, alles, was sie aufgrund ihres Ehevertrages erhalten hatte, an ihre Stieftochter, die alte Madame Rogron, um einen jungen Mediziner namens Néraud heiraten zu können, der ihr Vermögen durchbrachte. Zwei Jahre später starb sie in Kummer und Elend.

Der Anteil, der Madame Lorrain aus dem Nachlaß Auffray hätte zukommen können, verschwand also zum größten Teil und beschränkte sich auf ungefähr achttausend Francs. Major Lorrain starb auf dem Ehrenfeld von Montereau und ließ seine einundzwanzigjährige Witwe mit einem vierzehn Monate alten Töchterchen zurück, ohne weiteres Vermögen als die ihr zustehende Pension und die künftige Erbschaft von

Monsieur und Madame Lorrain, Kleinhändlern in Pen-Hoël, einem Örtchen in der Vendée, das im sogenannten Marais lag. Die Lorrains, Vater und Mutter des verstorbenen Offiziers und Großvater und Großmutter väterlicherseits von Pierrette Lorrain, verkauften Bauholz, Schiefer, Ziegel, Firstplatten, Rohre und so weiter. Ihr Geschäft, sei es aus Untüchtigkeit, sei es wegen unglücklicher Umstände, lief schlecht und erbrachte kaum das Lebensnotwendigste. Durch den Bankrott des berühmten Hauses Collinet in Nantes, eine Folge der Ereignisse von 1814, die einen plötzlichen Preissturz bei Kolonialwaren auslösten, hatten sie soeben vierundzwanzigtausend Francs verloren, die sie dort eingezahlt hatten. Deshalb wurde die Schwiegertochter gern ins Haus genommen. Die Witwe des Majors brachte eine Rente von achthundert Francs mit, eine enorme Summe in Pen-Hoël. Die achttausend Francs, die Schwester und Schwager Rogron ihr nach etlichen, wegen der Entfernung zu erledigenden Formalitäten zuschickten, vertraute sie den Lorrains an, nahm aber dennoch eine Hypothek auf, indem sie ein kleines Haus belastete, das sie in Nantes besaßen, es wurde für hundert Taler vermietet und war kaum zehntausend Francs wert.

Die junge Madame Lorrain starb drei Jahre nach der verhängnisvollen zweiten Heirat ihrer Mutter, beinahe zur gleichen Zeit wie diese. Die Tochter des alten Auffray und seiner jungen Frau war zart, klein und kränklich: die feuchte Luft des Marais schadete ihr. Um die Schwiegertochter zu behalten, überzeugte sie die Familie ihres Mannes, daß sie in keiner anderen Gegend der Welt einen gesünderen und angenehmeren Landstrich finden würde als den Marais, der die Heldentaten von Charette gesehen hatte. Sie wurde so verhätschelt, umsorgt und geherzt, daß ihr Sterben den Lorrains zur größten Ehre gereichte. Einige Leute behaupten, daß Brigaut, ein ehemaliger Vendéer, einer jener stählernen Männer, die unter Charette, unter Mercier, unter dem Marquis de Montauran und unter dem Baron de Guénic in den Kriegen gegen die

Republik gedient hatten, ein großer Anteil daran zuzuschreiben war, daß sich die junge Madame Lorrain in ihr Schicksal fügte. Wenn dem so war, spräche das allerdings für eine überaus liebende und hingebungsvolle Seele. Übrigens sah ganz Pen-Hoël, wie *Major* Brigaut, respektvoll mit dem Rang betitelt, den er in der katholischen Armee innegehabt hatte, seine Tage und Abende unter einem Dach mit der Witwe des kaiserlichen Majors verbrachte. In letzter Zeit hatte sich der Pfarrer von Pen-Hoël der alten Madame Lorrain gegenüber einige Vorhaltungen erlaubt: er hatte sie gebeten, sie möge ihre Schwiegertochter doch veranlassen, Brigaut zu heiraten, wobei er versprach, den Major auf die Protektion des Vicomte de Kergarouët hin zum Friedensrichter für den Kreis Pen-Hoël ernennen zu lassen. Durch den Tod der beklagenswerten jungen Frau erübrigte sich der Vorschlag. Pierrette blieb bei ihren Großeltern, die ihr jährlich vierhundert Francs Zinsen schuldeten, die sie natürlich für den Unterhalt der Enkelin verwendeten. Die alten Leute, immer untauglicher für das Geschäftsleben, bekamen einen wendigen und geschickten Konkurrenten, gegen den sie mit Beschimpfungen zu Felde zogen, ohne jedoch irgend etwas zu versuchen, um sich zu verteidigen. Der Major, ihr Freund und Berater, starb sechs Monate nach seiner Freundin, vielleicht aus Kummer, vielleicht aber auch wegen seiner Verletzungen: er hatte deren siebenundzwanzig davongetragen. Als guter Geschäftsmann wollte der tückische Nachbar seine Widersacher zugrunde richten, um jegliche Konkurrenz auszuschalten. Er richtete es so ein, daß die Lorrains einen Wechsel unterschrieben und sich Geld liehen, schon mit der Voraussicht, daß diese es nicht würden zurückzahlen können, und zwang sie auf ihre alten Tage, den Konkurs anzumelden. Die gesetzliche Hypothek ihrer Großmutter hatte die Priorität vor Pierrettes Hypothek, und die Großmutter wollte von ihren Ansprüchen nicht ablassen, um ihrem Mann ein Stück Brot zu sichern. Das Haus in Nantes wurde für neuntausendfünfhundert Francs verkauft, wobei fünfzehnhundert Francs Unkosten entstanden. Die verbleibenden achttausend Francs fielen Madame Lorrain zu, die sie in einer Pfandverschreibung anlegte, um in Nantes in einer Art Beginenhof leben zu können, in Saint-Jacques, ähnlich Sainte-Périne in Paris, wo die beiden Alten für ein bescheidenes Entgelt Unterkunft und Verpflegung bekamen. Da es unmöglich war, ihr mittelloses Enkelkind bei sich zu behalten, erinnerten sich die alten Lorrains an Pierrettes Onkel und Tante Rogron, denen sie schrieben. Die Rogrons aus Provins waren gestorben. Der Brief der Lorrains an die Rogrons sollte also anscheinend umsonst geschrieben worden sein. Jedoch, wenn hienieden überhaupt etwas an die Stelle der Vorsehung treten kann, ist es dann nicht die Briefpost? Der Scharfsinn der Post, unvergleichlich schärfer als der Scharfsinn eines jeden, der aber übrigens nicht so viel einbringt und auch nicht so viel ausplaudert, übertrifft an Erfindungsgabe noch die fähigsten Romanschriftsteller. Wenn die Post einen Brief besitzt, der für sie drei bis zehn Sous wert ist, ohne sofort denjenigen oder diejenige ausfindig zu machen, an welche er auszuhändigen ist, entwickelt sie eine Sorge um ihr Geld, die sonst nur noch bei den hartnäckigsten Gläubigern vorkommt. Landauf und landab werden die 86 Departements von der Post durchstöbert. Die Schwierigkeiten bringen das geniale Blut der Angestellten in Wallung, die oft belesene Leute sind und die sich mit dem Eifer der Mathematiker des Schiffahrtsamtes auf die Suche nach dem Unbekannten begeben: sie durchforschen das ganze Königreich. Beim geringsten Hoffnungsschimmer setzen sich die Pariser Ämter wieder in Bewegung. Oft entziffert man verwundert das durcheinanderlaufende Gekritzel auf Vorder- und Rückseite des Briefes, die glorreiche Bescheinigung für die administrative Beharrlichkeit, mit der sich die Post bemüht hat. Wenn ein Mensch vollbringen würde, was die Post vollbracht hat, würde er, Reisen, Zeitverlust und Spesen zusammengerechnet, zehntausend Francs verlieren, um zwölf Sous einzutreiben. Die Post hat entschieden mehr Geist als den von ihr beförderten. Der Brief der Lorrains, adressiert an den seit einem Jahr verstorbenen Monsieur Rogron in Provins, wurde von der Post an Monsieur Rogron, seinen Sohn, wohnhaft Rue Saint-Denis, nach Paris geschickt. Hierin offenbart sich der ganze Scharfsinn der Post. Ein Erbe wird immer mehr oder weniger von der Sorge gequält, ob er auch ja alles von einer Erbschaft zusammengerafft, ob er nicht etwa Schuldscheine oder irgendwelchen Plunder vergessen hat. Der Fiskus durchschaut alles, sogar die Charaktere. Ein an den verstorbenen Rogron aus Provins adressierter Brief mußte Neugier erregen, bei Sohn Rogron in Paris oder bei Mademoiselle Rogron, seiner Schwester, den beiden Erben. Deshalb bekam der Fiskus seine sechzig Centimes.

Die Rogrons, zu denen die alten Lorrains in der Verzweiflung, sich von ihrer Enkeltochter trennen zu müssen, flehend ihre Hände hinstreckten, sollten also über das Schicksal von Pierrette Lorrain entscheiden. Es ist daher unbedingt erforderlich, auf das bisherige Leben und auf den Charakter der beiden näher einzugehen.

Vater Rogron, jener Gastwirt aus Provins, dem der alte Auffray seine Tochter aus erster Ehe gegeben hatte, war ein Kerl mit entzündetem Gesicht, mit einer geäderten Nase und mit Wangen, auf denen sich Bacchus' Trauben in rötlichen Wülsten verewigt hatten. Obwohl er klein und dick war, einen Bauch hatte, fette Schenkel und fleischige Hände, hatte er etwas von der Verschmitztheit schweizerischer Gastwirte, denen er ähnelte. Sein Gesicht war das ungefähre Abbild eines großen Weinberges, in den der Hagel eingeschlagen hatte. Er war gewiß keine Schönheit, doch seine Frau sah auch nicht viel besser aus. Das Paar hätte gar nicht besser zusammenpassen können. Rogron liebte gute Kost und ließ sich gern von hübschen Mädchen bedienen. Er gehörte zur Sekte der brutalen Egoisten, die vor den Augen ganz Israels ihren Lastern frönten und lebten, wie es ihnen gerade gefiel. Unersättlich, selbstsüchtig und nicht gerade feinfühlig, wie er war, mußte er für seine Extravaganzen aufkommen und verpraßte seine Gewinne bis zu dem Tag, an dem er keinen Zahn mehr im Mund hatte. Der Geiz blieb. Auf seine alten Tage verkaufte er sein Wirtshaus, strich, wie bereits bekannt, fast das gesamte Erbe seines Schwiegervaters ein und zog sich in das auf besagtem Platz stehende kleine Haus zurück, das er Vater Auffrays Witwe, der Großmutter Pierrettes, für ein Butterbrot abgekauft hatte. Rogron und seine Frau bezogen etwa zweitausend Francs Rente aus der Verpachtung von siebenundzwanzig Parzellen Land rund um Provins und bekamen noch die Zinsen für ihr Wirtshaus, das sie für zwanzigtausend Francs verkauft hatten. Das Haus des guten Auffray wurde, obwohl es sich in einem äußerst schlechten Zustand befand, so, wie es war, von den ehemaligen Wirtsleuten bewohnt, die tunlichst vermieden, etwas daran zu ändern, denn alte Ratten lieben Ruinen und Mauerspalten. Der ehemalige Wirt, der Gefallen an der Gärtnerei fand, verwendete seine Ersparnisse darauf, den Garten zu vergrößern; er zog ihn bis zum Flußufer und formte ihn zu einem länglichen Rechteck, das von zwei Mauern eingefaßt und zum Fluß hin durch eine Steinschüttung abgeschlossen wurde, wo die sich selbst überlassene Natur ihre üppige Wasserflora entfaltete. Zu Beginn ihrer Ehe hatten die Rogrons im Abstand von zwei Jahren eine Tochter und einen Sohn bekommen: Wenn die Eltern schon häßlich waren, dann wurden ihre Kinder geradezu abscheulich. Zu niedrigem Preis aufs Land in Pflege gegeben, kamen diese unglücklichen Kinder mit der furchtbaren Erziehung des Dorfes zurück, nachdem sie lange und oft nach der Brust ihrer Amme geschrien hatten, die auf den Feldern arbeitete und die beiden in der Zwischenzeit in eine jener feuchtdunklen und niedrigen Kammern einschloß, die dem französischen Bauern als Wohnung dienen. Durch das Weinen bekamen die Kinder grobe Gesichtszüge und eine schlechte Stimme; sie schmeichelten der Eigenliebe der Mutter nur wenig, und diese versuchte, ihnen ihre schlechten Angewohnheiten mit äußerster Strenge abzugewöhnen, die aber gegen die Härte des Vaters noch fast als Zärtlichkeit zu bezeichnen war. Man ließ sie in den Höfen, Pferdeställen und Nebengebäuden der Gastwirtschaft herumlaufen oder durch die Stadt trippeln, manchmal schlug man sie, manchmal schickte man sie zu ihrem Großvater Auffray, der sie nicht mochte. Diese Ungerechtigkeit war einer der Gründe, die die Rogrons ermutigten, sich den größten Teil von der Erbschaft dieses alten Schurken zu verschaffen. Vater Rogron ließ seinen Sohn aber immerhin zur Schule gehen und kaufte für ihn einen Ersatzmann, einen seiner Fuhrleute, um ihm die Einberufung zu ersparen. Sobald seine Tochter Sylvie dreizehn Jahre alt war, dirigierte er sie nach Paris, wo sie Lehrmädchen in einem Geschäft wurde. Zwei Jahre später schickte er seinen Sohn Jérôme-Denis auf den gleichen Weg. Wenn seine Freunde, seine Kutscherkumpane oder seine Stammgäste ihn fragten, was er denn mit seinen Kindern vorhabe, erläuterte er mit nur wenigen Worten und, was die meisten Väter nicht tun, mit der allergrößten Offenheit seine Methode.

»Wenn sie alt genug sind, um mich zu verstehen, werde ich ihnen einen Tritt geben, Sie wissen, wohin, und ich werde ihnen sagen: ›Geh, und verdiene dir dein Geld!‹« antwortete er und trank, etwas oder wischte sich mit dem Handrücken über den Mund. Dann zwinkerte er seinem Gesprächspartner verschmitzt zu und ergänzte: »Ach was, sie sind nicht dümmer als ich. Mein Vater hat mir drei Fußtritte gegeben, von mir werden sie nur einen bekommen; er hat mir einen Louis in die Hand gedrückt, ich gebe ihnen zehn: sie werden also besser dran sein als ich. So gehört sich das. Nun ja, was nach meinem Ende noch übrigbleibt, bleibt übrig; die Notare werden schon wissen, wie sie es ihnen zukommen lassen. Es wäre lächerlich, sich wegen seiner Kinder einzuschränken! ... Meine Kinder verdanken mir das Leben, ich habe sie aufgezogen, ich fordere nichts von ihnen; sie stehen eigentlich in meiner Schuld, ist es nicht so, mein Freund? Ich habe als Kutscher angefangen, was mich nicht daran gehindert hat, die Tochter dieses alten Schurken Auffray zu heiraten.«

Sylvie Rogron wurde für hundert Taler Pension in die Rue Saint-Denis zu Geschäftsleuten, die aus Provins stammten, in die Lehre gegeben. Nach zwei Jahren stand sie al pari: Falls sie nichts verdiente, würden ihre Eltern nichts mehr für ihre Kost und Unterbringung bezahlen. Das ist, was man in der Rue Saint-Denis ›al pari stehen‹ nennt. Nach weiteren zwei Jahren, in denen ihre Mutter ihr hundert Francs für den Unterhalt schickte, bekam Sylvie hundert Taler Gehalt. So war Mademoiselle Sylvie Rogron bereits im Alter von neunzehn Jahren unabhängig. Mit zwanzig war sie zweite Verkäuferin der Bundseidenhandlung Julliard in der Rue Saint-Denis, in der ›Seidenraupe‹. Der Werdegang des Bruders war der gleiche. Der kleine Jérôme-Denis begann bei einem der größten Kurzwarenhändler der Rue Saint-Denis, bei Guépin in den ›Drei Spinnrocken‹. Als Sylvie mit einundzwanzig Jahren erste Verkäuferin mit tausend Francs Gehalt war, fand sich der durch bessere Umstände begünstigte Jérôme-Denis bereits mit achtzehn Jahren als erster Angestellter mit zwölfhundert Francs Gehalt bei den Guépins, die ebenfalls aus Provins kamen. Die Geschwister sahen sich an den Sonn- und Feiertagen, sie verbrachten die Stunden mit billigen Vergnügungen, sie aßen außerhalb von Paris, sie besuchten Saint-Cloud, Meudon, Belleville, Vincennes. Gegen Ende des Jahres 1815 legten sie das im Schweiße ihres Angesichts ersparte Vermögen zusammen, ungefähr zwanzigtausend Francs, und kauften von Madame Guénée das bekannte Geschäft ›Ständeschwester‹, eines der bedeutendsten Häuser des Kurzwarenkleinhandels. Der Schwester unterstand die Kasse, der Verkauf und das Schriftliche. Der Bruder war zugleich Besitzer und erster Angestellter, wie Sylvie eine Zeitlang ihre eigene erste Verkäuferin war. 1821, nach fünf Jahren der Bewirtschaftung, lebte die Konkurrenz in der Kurzwarenbranche derart auf und wurde so zahlreich, daß die Geschwister das Geschäft kaum noch saldieren und seinen ehemaligen guten Ruf halten konnten. Sylvie Rogron war damals erst vierzig Jahre alt, aber weil sie häßlich war, unermüdlich arbeitete und sowohl wegen der Ausprägung ihrer Gesichtszüge als auch wegen der Sorgen ständig eine mürrische Miene machte, sah sie aus wie eine Fünfzigjährige. Mit seinen achtunddreißig Jahren bot Jérôme-Denis das einfältigste Gesicht, das die Kundschaft je hinter einem Ladentisch zu sehen bekommen hat. Seine flache, von der Müdigkeit niedergekämpfte Stirn war von drei ausgetrockneten Furchen gezeichnet. Sein kurzgeschorenes graues Stoppelhaar gab ihm etwas von einem unergründlich stumpfsinnigen Kaltblütler. Aus seinem wäßrig-blauen Blick sprach weder ein Gedanke noch eine Leidenschaft. Sein plattes, rundes Gesicht war niemandem sympathisch, und nicht einmal diejenigen, welche Pariser Varietäten auskundschafteten, brachten ein Lächeln über die Lippen: sein Gesicht machte nur traurig. Wenn er auch wie sein Vater klein und dick war, so hatte doch sein ganzer Körper, dem die straffe Gastwirtsfülle fehlte, etwas lächerlich Schlaffes. Der feurige Teint des Vaters wurde bei ihm durch jene welke Fahlblässe ersetzt, die typisch ist für Menschen, die in luftlosen Hinterzimmern leben, in Kassenzimmer genannten vergitterten Käfigen, die fortwährend Garn auf und abwickeln, Geld einnehmen oder herausgeben, Angestellte schikanieren oder den Kunden immer dasselbe vorschwatzen. Das bißchen Geist der Geschwister war gänzlich durch ihren Geschäftssinn aufgesogen worden, durch Soll und Haben, durch die Kenntnis der Sondergesetze und Handelsbräuche des Pariser Pflasters. Garn, Nähnadeln, Stecknadeln, Bänder, Knöpfe, Schneiderzubehör, mit einem Wort, die unzähligen Artikel, die zum Pariser Kurzwarenhandel gehören, hatten ihr Denken ausgefüllt. Briefe, die aufgesetzt oder beantwortet werden mußten, Rechnungen und Inventuren hatten all ihre Fähigkeiten in Anspruch genommen. Sie kannten nichts, nicht einmal

Paris. Für sie war Paris, was um die Rue Saint-Denis herum ausgebreitet lag. Der enge Laden reichte ihrem beschränkten Charakter bereits als Betätigungsfeld. Sie konnten ihre Angestellten und Ladenmädchen auf erstaunliche Art und Weise schikanieren und ins Unrecht setzen. Glück bestand für sie darin, zu sehen, wie sich an den Ladentischen alle Hände wie Mäusepfötchen regten, Waren vorzeigten oder das Dargebotene wieder zusammenlegten. Wenn sieben oder acht Stimmen von Verkäuferinnen und Ladengehilfen die feststehenden Wendungen hinnuschelten, mit denen die Angestellten auf die Bemerkungen der Käufer antworten, war der Tag schön, schien die Sonne! Wenn das Himmelsblau Paris belebte, die Pariser spazierengingen und sich nur um die Kurzwaren kümmerten, die sie gerade zur Schau trugen, sagte der einfältige Ladenbesitzer: »Schlechter Tag für das Geschäft!« Die große Kunst, die Rogron bei den Lehrlingen Bewunderung einbrachte, war die Art, wie er ein Paket verschnüren, aufschnüren, neuverschnüren und überhaupt verfertigen konnte. Rogron konnte ein Paket packen und sehen, was auf der Straße vor sich ging oder sein Geschäft bis in den hintersten Winkel überwachen, und wenn er es der Kundin hinhielt und sagte: »Bitte sehr, Madame; darf es sonst noch etwas sein?«, hatte er alles mitbekommen. Ohne seine Schwester wäre dieser Schwachkopf verloren gewesen. Sylvie besaß die Befähigung und den klaren Verstand für das Geschäftliche. Sie war maßgeblich bei den Direkteinkäufen ihres Bruders und schickte ihn ohne Erbarmen in den entlegensten Teil Frankreichs, um dort einen Sou Gewinn für einen Artikel aufzuspüren. Die Raffinesse, die mehr oder weniger jede Frau besitzt, diente bei ihr keiner Herzensangelegenheit und trat deshalb beim Spekulieren zutage. Ein Geschäft abzahlen! Dieser Gedanke war der Kolben, der die Maschine in Bewegung setzte und ihr eine erschreckende Aktivität verlieh. Rogron war erster Angestellter geblieben, das Zusammenspiel seiner Geschäfte verstand er nicht: Den persönlichen Vorteil sichern, diese Überlegung als Sprachrohr des Verstandes hatte ihn nicht einen Schritt weitergebracht. Verdutzt hörte er zu, wenn seine Schwester anordnete, einen Artikel unter dem Preis zu verkaufen, weil sie ihn aus der Mode kommen sah; und später wiederum bewunderte er in seiner Unbeholfenheit seine Schwester Sylvie. Er hatte keine eigenen Vorstellungen, weder gute noch schlechte, er war nicht fähig, überhaupt Überlegungen anzustellen, aber er besaß immerhin soviel Verstand, sich seiner Schwester unterzuordnen; das geschah jedoch aus einem Grund, der nichts mit dem Handel zu tun hatte: »Sie ist die Ältere«, sagte er. Vielleicht erklärte das während der Jugend geführte, nur auf die Befriedigung der einfachsten Bedürfnisse ausgerichtete, beständig einsame Leben ohne Geld und ohne Freuden den Physiologen und nachdenkenden Menschen den tierischen Gesichtsausdruck, den schwach entwickelten Verstand und die Einfalt dieses Kurzwarenhändlers. Seine Schwester hatte ihn beständig daran gehindert zu heiraten, vielleicht, weil sie fürchtete, den Einfluß im Haus zu verlieren, und weil sie in einer Frau, die ganz gewiß jünger und ohne jeden Zweifel weniger häßlich war als sie, einen Grund sah, daß man Geld ausgab und sich ruinierte. Die Dummheit hat zwei Daseinsformen: sie schweigt oder sie spricht. Die stumme Dummheit ist zu ertragen, doch die Dummheit Rogrons war gesprächiger Natur. Dieser Kleinhändler hatte sich angewöhnt, seine Angestellten zu gängeln, ihnen die geringsten Kleinigkeiten des mittelständischen Kurzwarenhandels zu erklären und sie dabei mit jenen platten Späßen zu bedenken, die zum ›Bagout‹* der Ladenwelt gehörten. Dieses Wort, das einst die Geistesgabe bezeichnete, schnell die inhaltsleere, gängige Antwort daherzuschwatzen, ist durch das soldatische Wort ›Blague‹** verdrängt worden.

Rogron, sehr selbstzufrieden und von dem kleinen Kreis

* frz., freche, anzügliche Rede.
** frz., Aufschneiderei, unnützes Geschwätz.

der Hausangestellten gezwungenermaßen angehört, hatte sich schließlich seine eigenen Phraseologismen zugelegt. Dieser Schwätzer glaubte ein guter Redner zu sein. Die Notwendigkeit, den Kunden klarzumachen, was sie wollten, ihre Wünsche zu ergründen, ihnen das schmackhaft zu machen, was sie nicht wollten, löst dem Kleinhändler gemeinhin die Zunge. Dieser kleine Geschäftsmann besitzt schließlich die Gabe, Sätze herzubeten, in denen die Worte keinerlei Sinn ergeben, und hat damit Erfolg. Zuletzt erklärt er den Käufern wenig bekannte Herstellungsverfahren; daraus erwächst ihm momentan eine gewisse Überlegenheit über seine Kundschaft, doch ist er seinen Schwall von Erklärungen, den die Unmenge seiner Artikel erfordern, erst einmal losgeworden, sitzt er, hinsichtlich des Denkens, wie ein Fisch auf dem Trokkenen. Bei Rogron und Sylvie, den beiden Automaten, wie man sie insgeheim getauft hatte, waren die Gefühle, die den Menschen erst zum Menschen machen, bereits im Keim erstickt worden. Durch die Arbeit, die Entbehrungen und das Zurückdenken an ihre Leiden während einer langen und harten Lehrzeit waren diese beiden Wesen derart spröde, kalt und gefühllos geworden. Keiner von beiden bedauerte je einen Menschen, der in Not war. Wenn es darum ging, jemandem aus der Verlegenheit zu helfen, verhielten sie sich nicht nur unerbittlich, sie konnten so etwas auch nicht verstehen. Für sie bestanden all die menschlichen Eigenschaften wie Tugend, Ehre und Rechtschaffenheit darin, wenn man pünktlich seine Wechsel beglich. In den Geschäftskreisen der Rue Saint-Denis waren die Geschwister als herzlose und unverschämt knauserige Schinder verrufen. Ohne ihre Beziehungen nach Provins, das sie dreimal im Jahr zu den Zeiten besuchten, wo sie ihren Laden für zwei oder drei Tage schließen konnten, hätten sie keine Angestellten und Ladenmädchen mehr bekommen. Doch Vater Rogron schickte seinen Kindern all die von ihren Eltern zum Handel verurteilten Unglücklichen aus Provins, wo er selbstgefällig mit dem Vermögen seiner Kinder prahlte und für sie den Sklavenhandel mit Lehrjungen und Lehrmädchen betrieb. Jeder schickte das Kind, das ihn zu Hause belastete, in das von den beiden Unverheirateten geführte Geschäft, verlockt durch die Aussicht, Sohn oder Tochter gut abgerichtet und gut überwacht zu wissen und durch die Möglichkeit, es eines Tages bei *Rogron & Rogron* als Nachfolger zu sehen. Doch sobald die für hundert Taler in Pension gegebenen Lehrjungen und Lehrmädchen Mittel und Wege fanden, diese Galeere zu verlassen, entflohen sie in einer Art Glücksrausch, der die berühmte Gräßlichkeit der Rogrons noch berühmter machte. Der unermüdliche Gastwirt entdeckte jedoch immer wieder neue Opfer für sie. Seit ihrem fünfzehnten Lebensjahr hatte Sylvie Rogron, die gewohnt war, sich im Geschäft zu verstellen, zwei Gesichter: das liebenswürdige Gesicht der Verkäuferin und ihr echtes runzeliges Altjungferngesicht. Ihre angenommene Physiognomie beherrschte ein vortreffliches Mienenspiel: zu einem einzigen Lächeln verzogen, versprühte ihre nun sanfte und einschmeichelnde Stimme der Kundschaft einen kommerziellen Charme. Ihr wahres Gesicht war so, wie es sich zwischen den halbgeöffneten Fensterläden gezeigt hat, es hätte 1815 auch den Verwegensten der Kosaken die Flucht ergreifen lassen, und diese haben immerhin keine Sorte Französinnen verschmäht.

Als der Brief der Lorrains eintraf, hatten die um ihren Vater trauernden Rogrons das Haus geerbt, das Pierrettes Großmutter sozusagen gestohlen worden war, weiterhin von dem ehemaligen Gastwirt erworbenes Land und schließlich Festkapitalien, die von den Wucherzinsen herrührten, zu denen der alte Trunkenbold Bauern Hypotheken auf Landkäufe gewährt hatte, schon mit der Hoffnung, ihnen den Grundbesitz eines Tages wegzunehmen. Die Jahresinventur war gerade abgeschlossen. Das Geschäft war abgezahlt. Die Rogrons besaßen gelagerte Waren im Wert von ungefähr sechzigtausend Francs, vierzigtausend Francs als Kassen- oder

Wechselbestand und das Geschäft als solches. Die Geschwister saßen auf einer mit grüngestreiftem Utrechter Samt bezogenen Polsterbank in der viereckigen Nische hinter ihrem Verkaufstisch, dem gegenüber der gleiche Verkaufstisch für ihre erste Verkäuferin stand, und beratschlagten, was sie tun wollten. Jeder Händler trachtet nach einem bürgerlichen Dasein. Wenn sie ihr Geschäftskapital veräußerten, würden die Geschwister ungefähr einhundertfünfzigtausend Francs besitzen, das väterliche Erbe nicht mitgerechnet. Wenn man die verfügbaren Kapitalien in das Hauptbuch eintrug, hätte jeder drei- oder viertausend Livres Rente, selbst wenn man die Verkaufssumme ihres Geschäftes, das man ihnen wahrscheinlich in Raten bezahlen würde, für die Instandsetzung des väterlichen Hauses vorsah. Sie konnten also nach Provins gehen und gemeinsam in ihrem eigenen Haus leben. Ihre erste Verkäuferin war die Tochter eines reichen Bauern aus Donnemarie, der neun Kinder hatte; er hatte sie alle in einem Beruf unterbringen müssen, da sein Vermögen, in neun Teile geteilt, für jedes einzelne von ihnen zuwenig war. In fünf Jahren hatte dieser Bauer sieben seiner Kinder verloren; die erste Verkäuferin war nunmehr ein so interessantes Wesen geworden, daß Rogron versucht hatte, doch letztlich vergeblich, sie für die Ehe zu gewinnen. Die Verkäuferin bekundete ihrem Arbeitgeber gegenüber eine Abneigung, die jedes Vorgehen in dieser Richtung vereitelte. Außerdem war Mademoiselle Sylvie davon nicht gerade begeistert, sie widersetzte sich sogar der Heirat ihres Bruders und wollte ein so bauernschlaues Mädchen gern zu ihrer Nachfolgerin machen. Eine Heirat Rogrons sollte aufgeschoben werden, bis man sich in Provins niedergelassen hatte.

Keiner der Vorübergehenden kann den Sinn der kryptogamen Existenz so mancher Krämerseelen verstehen, man sieht sie und man fragt sich: ›Wovon und wofür leben sie? Was wird mit ihnen, was war mit ihnen?‹ Man verliert sich im Nichts, wenn man sie begreifen wollte. Um das Wenige an Poesie zu entdecken, das in diesen Köpfen aufkeimt und jene Existenzen belebt, muß man tiefer forschen; doch sehr bald schon hat man dann das, was sich hinter ihrer Schale verbirgt, gefunden. Der Pariser Krämer nährt sich von einer mehr oder weniger zu verwirklichenden Hoffnung, ohne welche er offenbar gar nicht existent wäre: Der eine träumt davon, ein Theater zu bauen oder zu leiten, der andere trachtet nach den Ehren eines Bürgermeisteramtes, jener nach seinem Landhaus, drei Meilen von Paris entfernt, mit einem vermeintlichen Park, wo er bemalte Gipsstatuen postiert, Springbrunnen, die einem abgeschnittenen Faden ähneln, arrangiert und wofür er Unsummen ausgibt, ein anderer wiederum träumt von höheren Befehlsgraden der Nationalgarde. Provins, dieses Paradies auf Erden, entfachte bei den beiden Kurzwarenhändlern jenen Lokalfanatismus, zu dem sich alle Bewohner hübscher französischer Städte hinreißen lassen. Doch zur Ehre der Champagne muß gesagt werden: diese Leidenschaft ist durchaus gerechtfertigt. Provins, eine der bezauberndsten Städte Frankreichs, kann mit Frankistan und dem Kaschmirtal wetteifern; sie besitzt nicht nur den Reiz der Poesie eines Saadi, des persischen Homer, sondern hält auch kräftigende Mittel für die Heilkunde bereit. Kreuzritter brachten in dieses liebliche Tal aus Jericho Rosen mit, wo diese durch einen glücklichen Zufall eine neue Beschaffenheit annahmen, ohne in ihren Farben nachzulassen. Provins ist nicht nur das französische Persien, es könnte noch dazu Baden-Baden, Aix oder Bath sein: denn es besitzt Heilquellen! Hier nun die Landschaft, die von Jahr zu Jahr immer wieder aufgesucht wurde und die den beiden Kurzwarenhändlern zuweilen auf dem schmutzigen Pflaster der Rue Saint-Denis erschien. Nachdem Sie die graue Ebene durchquert haben, die sich zwischen La Ferté-Gaucher und Provins befindet, eine wahre Einöde, doch fruchtbar, eine Weizen-Wüste, langen Sie an einem Hügel an. Plötzlich gewahren Sie zu Ihren Füßen eine von zwei Flußläufen durchzogene Stadt: ein grünes Tal mit heiteren

Linien und sich in der Ferne verlierenden Horizonten erstreckt sich am Fuße des Felsens. Wenn Sie von Paris kommen, haben Sie Provins in seiner Längsausdehnung vor sich. Sie erleben die endlose französische Hauptstraße, die unten am Berg entlangläuft und ihn zerteilt, die bestückt ist mit ihren Blinden und ihren Bettlern, die Sie mit ihrem Lamento begleiten, falls Sie sich herausnehmen sollten, sich diesen unerwartet schönen Landstrich näher zu besehen. Wenn Sie von Troyes kommen, nähern Sie sich der Stadt vom Flachland her. Das Schloß, die Altstadt und ihre ehemaligen Festungswälle staffeln sich auf dem Hügel. Unterhalb davon erstreckt sich die junge Stadt. Es gibt das obere und das untere Provins: ersteres eine Stadt in luftiger Höhe mit steilen Straßen, schönen Ausblicken und umgeben von ausgewaschenen mit Nußbäumen bestandenen Hohlwegen, deren tiefe Wagenspuren den grünen Hügelkamm überziehen, eine ruhige, saubere, ernste Stadt, die beherrscht wird von den imposanten Ruinen des Schlosses; das andere eine Mühlenstadt, durchflossen von Voulzie und Durtain, zwei kleinen, trägen und tiefen Flüssen der Brie, eine von Postkutschen, Kaleschen und Fuhrwerken zerfurchte Stadt der Gasthöfe, des Handels und der zurückgezogenen Bürger. Diese zweifach schöne Stadt mit ihren historischen Erinnerungsstücken, ihren melancholischen Ruinen, mit ihrem fröhlichen Tal, ihren reizenden Hängen voller zerzauster Hecken und Blumen und mit ihrem gartenberandeten Gewässer entfacht die Liebe ihrer Kinder derart, daß sie sich verhalten wie auch die Leute der Auvergne, Savoyens und der Ile-de-France: Wenn sie Provins verlassen, um anderswo ihr Glück zu versuchen, kommen sie immer wieder hierher zurück. Das Sprichwort: Hasen und heimattreue Seelen wollen in der Sasse sterben, schien die Devise der Bewohner von Provins zu sein. Deshalb dachten die beiden Rogrons nur an ihr geliebtes Provins! Wenn er Garn verkaufte, sah der Bruder die Oberstadt vor sich. Beim Aufschichten knopfbewehrter Pappen schaute er ins Tal. Wenn er Florettband auf- oder abwickelte, folgte er dem glitzernden Lauf der Flüsse. Wenn er seine Regale nachsah, stieg er wieder die Hohlwege hinauf, wohin er einst vor dem Zorn des Vaters geflohen war, um dort Nüsse zu essen und Brombeeren in sich hineinzustopfen. Besonders der kleine Platz in Provins nahm seine Gedanken in Anspruch: Rogron wollte sein Haus verschönern, er träumte von dessen rekonstruierter Fassade, von den Stuben, vom Salon, vom Billardzimmer, vom Speisezimmer und vom Gemüsegarten, aus dem er einen englischen Garten mit Rasenplätzen, Grotten, Springbrunnen, Statuen und so weiter machen würde. Die Zimmer, in denen die Geschwister schliefen, lagen in der zweiten Etage eines sechsstöckigen, drei Fenster breiten Hauses, das erstens hoch und zweitens gelbgetüncht war, wie so viele in der Rue Saint-Denis, und sie enthielten an Mobiliar nur das unbedingt Notwendigste, doch niemand in Paris besaß ein reicheres Mobiliar als dieser Kurzwarenhändler. Wenn er durch die Stadt ging, blieb er wie ein Opiumsüchtiger vor den Auslagen stehen und besah sich die schönen Möbel, begutachtete die Stoffe, mit denen er sein Haus ausstattete. Wenn er dann zurückkam, sagte er zu seiner Schwester: »Ich habe in dem und dem Geschäft das und das Möbelstück für den Salon gesehen, das wäre etwas für uns!« Am folgenden Tag kaufte er ein anderes, und so weiter! Zu den Möbeln des letzten Monats kamen laufend neu entdeckte hinzu. Die baulichen Umgestaltungen jedoch hätte sein Geldbeutel in gar keinem Fall verkraftet: Er wollte alles und gab immer den neuesten Erfindungen den Vorzug. Wenn er die Balkone neuerbauter Häuser betrachtete und die schüchternen Versuche der Außengestaltung studierte, fand er, daß die Gesimse, das Schnitzwerk, die Muster fehl am Platze waren. ›Ach!‹ sagte er sich, ›diese schönen Dinge würden sich in Provins viel besser machen als hier!‹ Wenn er, auf der Türschwelle stehend und an sein Schaufenster gelehnt, vor sich hinstierte und sein Mittagessen verdaute, sah der Kurzwarenhändler ein durch die Sonne seiner Träume vergoldetes

Wunderhaus, er spazierte durch seinen Garten, er hörte seinen Springbrunnen perlend auf einen runden Stein aus Liaskalk niederplätschern. Er spielte sein Billard, er pflanzte Blumen! Wenn seine Schwester, die Schreibfeder in der Hand, nachdachte und vergaß, die Ladengehilfen auszuschimpfen, sah sie sich, wie sie die Bürger von Provins empfing, betrachtete sie sich in wundervollen Hauben in den Spiegeln ihres Salons. Die Geschwister fanden die Atmosphäre der Rue Saint-Denis allmählich ungesund, und beim Abfallgeruch der Hallen sehnten sie sich nach dem Duft der Provinsrosen. Sie litten gleichermaßen an Heimweh wie unter der zwanghaften Vorstellung, daß erst ihre letzten Stückchen Garn, ihre Seidenröllchen und ihre Knöpfe verkauft werden mußten. Um so verheißungsvoller mußte das gelobte Land im Tal von Provins für diese Hebräer sein, da sie während langer Zeit wirklich gelitten und lechzend die Sandwüsten des Kurzwarenhandels durchmessen hatten.

Inmitten einer solchen Betrachtung über die schöne Zukunft kam der Brief der Lorrains. Die Kurzwarenhändler kannten ihre Cousine Pierrette Lorrain kaum. Die Sache mit der Erbschaft Auffray war seit langem schon von dem alten Gastwirt abgehandelt worden, sie hatten sich damals gerade ihr Geschäft eingerichtet, und Rogron redete nicht gern über etwas, was sein Vermögen betraf. Da sie bereits in jungen Jahren nach Paris geschickt worden waren, erinnerten sich die Geschwister kaum an ihre Tante Lorrain. Erst nach einer Stunde hatten sie die verwandtschaftlichen Beziehungen entschlüsselt und entsannen sich wieder ihrer Tante, Tochter aus zweiter Ehe ihres Großvaters Auffray und Halbschwester ihrer Mutter. Sie fanden heraus, daß die Mutter von Madame Lorrain die vor Kummer gestorbene Madame Néraud war. Daraufhin kamen sie zu dem Schluß, daß die zweite Heirat ihres Großvaters eine für sie verhängnisvolle Angelegenheit gewesen war, denn sie hatte zur Folge gehabt, daß das Erbe Auffray zwischen zwei Familien aufgeteilt worden war. Auch ihrem Vater hatte dieser Umstand mißfallen, obgleich er darüber ständig seine plumpen Witze gemacht hatte. Nachdem diese, für Pierrettes Sache wenig vorteilhaften Erinnerungen heraufbeschworen waren, überdachten die beiden Kurzwarenhändler den Brief der Lorrains. Ob man sich mit einer Waise belasten solle, einem Mädchen, einer Cousine, die aber immerhin ihre Erbin wäre, falls keiner von beiden heiraten würde, mußte genau besprochen werden. Die Frage wurde nach allen Seiten hin überprüft. Sie hatten Pierrette erstens noch nie gesehen. Dann war es unangenehm, daß man auf ein junges Mädchen aufzupassen hätte. Ging man mit ihr nicht Verpflichtungen ein? Es wäre unmöglich, sie zurückzuschikken, falls sie ihnen nicht zusagen sollte. Müßte sie nicht schließlich noch verheiratet werden? Und falls Rogron unter den Erbinnen von Provins etwas zu ihm Passendes finden sollte, wäre es da nicht besser, ihr gesamtes Vermögen für seine Kinder beiseite zu legen? Nach Sylvies Vorstellungen war etwas Passendes für ihren Bruder ein dummes, reiches und häßliches Mädchen, das sich von ihr herumkommandieren lassen würde. Die beiden Händler beschlossen abzusagen. Sylvie wollte das Antwortschreiben übernehmen. Im Geschäft war ziemlich viel zu tun, so daß der nicht dringend scheinende Brief aufgeschoben und von der alten Jungfer von dem Zeitpunkt an, als sich ihre erste Verkäuferin bereit erklärt hatte, wegen der Übernahme der ›Ständeschwester‹ zu verhandeln, ganz vergessen wurde. An dem Tag, an dem die Ankunft von Brigaut so bedeutsam für Pierrettes Leben wurde, waren genau vier Jahre vergangen, seit Sylvie Rogron und ihr Bruder für immer nach Provins abgereist waren. Doch die Werke dieser beiden Menschen in der Provinz bedürfen ebenso notwendigerweise einer Erläuterung wie ihr Leben in Paris, da sich Provins auf Pierrette nicht weniger unheilvoll auswirken sollte als das bisherige Krämerdasein ihres Cousins und ihrer Cousine.

Wenn der aus der Provinz nach Paris gegangene kleine

Geschäftsmann von Paris in die Provinz zurückkehrt, bringt er immer einige Ideen dorthin mit, doch dann ziehen ihn die Gewohnheiten des Provinzlebens hinab, und sein ohnehin schwacher Wille zum Umschwung geht mitsamt den Ideen unter. Daher diese unablässigen, träg-kleinen Veränderungen, mit denen Paris schließlich doch an der Außenseite der Departementsstädte herumkratzt und die eigentlich den Übergang vom ehemaligen Ladenbesitzer zum ausgesprochenen Provinzler kennzeichnen. Dieser Übergang stellt eine echte Krankheit dar. Kein Kleinhändler geht ohne nachteilige Folgen von seinem unaufhörlichen Geschwätz zum Stillschweigen über, von seiner Pariser Betriebsamkeit zum kleinstädtischen Nichtstun. Wenn diese rechtschaffenen Leute einiges Geld verdient haben, geben sie einen bestimmten Teil davon für ihren langgehegten glühendsten Wunsch aus und gehorchen so zum letzten Mal einer Regung, die man nicht willkürlich niederhalten kann. Diejenigen, die keiner fixen Idee nachgehangen haben, reisen oder stürzen sich in das politische Geschehen der Stadt. Einige gehen zur Jagd oder angeln, schikanieren ihre Pächter oder ihre Mieter. Andere werden Wucherer wie Vater Rogron oder Aktionäre wie so viele Unbekannte. Was den Geschwistern bevorstand, wissen Sie bereits: sie mußten die Maurerkelle schwingen und sich die erhabenen Vorstellungen von ihrem hübschen Haus verwirklichen. Dieser fixen Idee verdankt der Platz im unteren Provins die soeben von Brigaut betrachtete Fassade, das Haus, seine Innenausstattung und sein luxuriöses Mobiliar. Der Bauunternehmer schlug nicht einen Nagel ein, ohne nicht vorher die Rogrons zu fragen, ohne sie nicht die Entwürfe und Kostenanschläge unterschreiben zu lassen, ohne ihnen nicht lang und breit die Eigenart des strittigen Gegenstandes zu erklären, zu erklären, wo er hergestellt wurde und seine verschiedenen Preise zu erläutern. Was die außergewöhnlichen Sachen betraf, so waren sie bei Monsieur Tiphaine verwendet worden oder bei der jungen Madame Julliard oder bei Monsieur Garceland, dem Bürgermeister. Jeder beliebige Verweis auf einen der reichen Bürger von Provins beendete den Kampf immer zugunsten des Bauunternehmers.

»Da Monsieur Garceland das in seinem Haus hat, sollen Sie es machen!« sagte Mademoiselle Rogron. »Es muß stimmen, denn er hat einen guten Geschmack.«

»Sylvie, er schlägt uns Oven vor für den Korridorsims?«

»Sie nennen das Oven?«

»Ja, Mademoiselle.«

»Und weswegen? Was für ein eigenartiger Name! Das habe ich noch nie gehört.«

»Aber Sie haben so etwas schon gesehen!«

»Ja.«

»Können Sie Latein?«

»Nein.«

»Nun, das bedeutet Eier, Oven sind Eier.«

»Ihr Baumeister seid schon kurios!« rief Rogron. »Deshalb gelingt es euch immer, eure Ware an den Mann zu bringen!«

»Soll der Korridor bemalt werden?« fragte der Bauunternehmer.

»Um Himmels willen, nein«, rief Sylvie, »noch fünfhundert Francs!«

»Oh! Der Salon und die Treppe sind viel zu hübsch, da kann man den Korridor nicht ungeschmückt lassen«, sagte der Bauunternehmer. »Madame Lesourd hat ihren im letzten Jahr ausmalen lassen.«

»Trotzdem kann ihr Mann als Staatsanwalt nicht in Provins bleiben.«

»Oh! Er wird eines Tages Gerichtspräsident werden«, erwiderte der Bauunternehmer.

»Ach so, und was wird Ihrer Meinung nach dann aus Monsieur Tiphaine?«

»Monsieur Tiphaine hat eine hübsche Frau, um ihn mache ich mir keine Sorgen: Monsieur Tiphaine wird nach Paris gehen.«

»Soll der Korridor bemalt werden?«

»Ja, die Lesourds werden zumindest sehen, daß wir auch nicht irgendwer sind!« sagte Rogron.

Das erste Jahr nach der Niederlassung der Rogrons in Provins war nur mit derartigen Beratungen ausgefüllt, mit dem Vergnügen, über alles staunend und von allem etwas wissen wollend den Arbeitern zuzusehen und mit den Versuchen der Geschwister, sich den bedeutendsten Familien von Provins anzuschließen.

Die Rogrons hatten nie irgendwelche Leute besucht, sie waren aus ihrem Laden nicht herausgekommen; in Paris kannten sie keine Menschenseele, jetzt dürsteten sie nach den Wonnen der Gesellschaft. Bei ihrer Rückkehr suchten die Ausgewanderten zunächst Monsieur und Madame Julliard von der ›Seidenraupe‹ und die Julliard-Kinder und -Enkelkinder wieder auf, dann die Familie der Guépins oder besser gesagt, den Clan der Guépins, deren Enkelsohn noch die ›Drei Spinnrocken‹ innehatte, und schließlich Madame Guénée, die ihnen die ›Ständeschwester‹ verkauft hatte und deren drei Töchter in Provins verheiratet waren. Diese drei großen Sippen, die Julliards, die Guépins und die Guénées, machten sich in der Stadt breit wie Quecken auf einem Rasen. Der Bürgermeister, Monsieur Garceland, war der Schwiegersohn von Monsieur Guépin. Der Pfarrer, Abbé Peroux, war der leibliche Bruder von Madame Julliard, die eine Peroux war. Der Gerichtspräsident, Monsieur Tiphaine, war der Bruder von Madame Guénée, die ›geborene Tiphaine‹ unterzeichnete.

Die Königin der Stadt war die schöne, junge Madame Tiphaine, einzige Tochter von Madame Roguin, der reichen Frau eines ehemaligen Pariser Notars, über den nie gesprochen wurde. Als feinfühlige, hübsche und geistreiche Frau, die von ihrer Mutter, die sie nicht in ihrer Nähe haben wollte, absichtlich in die Provinz verheiratet und erst einige Tage vor der Hochzeit aus dem Pensionat geholt worden war, betrachtete Melanie Roguin Provins als ihre Verbannung, fügte sich aber dennoch erstaunlich willig in ihr Schicksal. Ohnehin reich begütert, hatte sie noch eine beträchtliche Erbschaft zu erwarten. Was Monsieur Tiphaine anbelangt, so hatte sein alter Vater der ältesten Tochter, Madame Guénée, bereits so große Teile der Erbschaft im voraus gezahlt, daß dem Präsidenten ein fünf Meilen von Provins entfernt liegendes Landgut, das achttausend Francs Rente abwarf, zufallen sollte. So würden die Tiphaines, die, den Posten und das Haus des Präsidenten nicht mitgerechnet, mit zwanzigtausend Livres Rente geheiratet hatten, eines Tages über weitere zwanzigtausend Livres Rente verfügen. »Die haben es nicht schlecht getroffen«, sagte man. Die einzige, wirklich große Sorge für die schöne Madame Tiphaine war, wie Monsieur Tiphaine Abgeordneter werden könnte. Der Abgeordnete würde Richter in Paris werden. Vom Gericht aus beabsichtigte sie, ihn unverzüglich an den obersten Gerichtshof aufsteigen zu lassen. Deshalb ging sie mit der Eigenliebe eines jeden behutsam um, deshalb bemühte sie sich zu gefallen. Und, was schon schwieriger war, sie hatte sogar Erfolg damit. Zweimal wöchentlich empfing sie das gesamte Großbürgertum von Provins in ihrem schönen Haus in der Oberstadt. Dieser jungen zweiundzwanzigjährigen Frau war auf dem heiklen Terrain, auf dem sie sich bewegte, noch nicht ein Fehler unterlaufen. Sie schmeichelte der Eigenliebe eines jeden und nahm Anteil an seinen besonderen Neigungen: ernst mit den ernsten Leuten, jungmädchenhaft mit den jungen Mädchen, ganz Mutter unter den Müttern, heiter mit den jungen Frauen und hilfsbereit ihnen gegenüber, liebenswürdig zu allen, kurzum: eine Perle, ein Schatz, der Stolz von Provins. Sie hatte noch kein Wort darüber verlauten lassen, aber alle Wähler von Provins warteten nur darauf, daß ihr lieber Präsident das erforderliche Alter haben würde, um ihn als Abgeordneten wählen zu können. Jeder von ihnen baute auf seine Talente und machte aus ihm seinen Mann, seinen Protektor. Ach, Monsieur Tiphaine würde es weit bringen, er würde Justizminister werden, er würde sich für Provins verwenden!

Hier nun die Mittel, mit denen es der glücklichen Madame Tiphaine gelungen war, die kleine Stadt Provins zu beherrschen. Madame Guénée, die Schwester von Monsieur Tiphaine, hatte, nachdem sie ihre erste Tochter an Lesourd, den Staatsanwalt, die zweite an Martener, den Arzt, und die dritte an Auffray, den Notar, verheiratet hatte, in zweiter Ehe den Steuereinnehmer Galardon geheiratet. Die Damen Lesourd, Martener, Auffray und ihre Mutter, Madame Galardon, hielten den Präsidenten Tiphaine für den reichsten und fähigsten Mann der Familie. Der durch Einheirat in die Familie zum Neffen von Monsieur Tiphaine gewordene Staatsanwalt war sehr daran interessiert, seinen Onkel nach Paris zu befördern, um Präsident in Provins zu werden. Daher bildeten diese vier Damen (Madame Galardon betete ihren Bruder an) auch den Hofstaat von Madame Tiphaine, die zu allen Dingen befragt und deren Rat in allem befolgt wurde. Der älteste Julliard-Sohn, der die einzige Tochter eines reichen Bauern geheiratet hatte, wurde plötzlich von einer jähen, heimlichen und aufopferungsvollen Liebe zu der Präsidentin erfaßt, zu diesem vom Pariser Himmel herabgestiegenen Engel. Die schlaue Melanie, außerstande, sich mit einem Julliard zu belasten, und sehr wohl imstande, sich ihn als Amadis zu halten und seine Dummheit auszunutzen, riet ihm, eine Zeitung zu gründen, der sie als Egeria dienen würde. Seit zwei Jahren unterhielt Julliard also ein öffentliches Blatt und eine öffentliche Postkutsche für Provins und frönte gleichzeitig seiner romantischen Leidenschaft. Die Zeitschrift mit dem Titel ›Der Bienenkorb‹, *Zeitung für Provins*, enthielt hausgemachte literarische, archäologische und medizinische Beiträge. Die Inserate aus dem Arrondissement deckten die Kosten. Die Abonnenten, zweihundert an der Zahl, machten den Gewinn aus. Im ›Bienenkorb‹ erschienen melancholische, für die Brie unverständliche Stanzen *An sie!!!*, mit diesen drei Ausrufungszeichen dahinter. So hatte das junge Ehepaar Julliard, das von Madame Tiphaine nur in den höchsten Tönen sprach, den Clan der Julliards und den Clan der Guénées zusammengebracht. Seitdem war der Salon des Präsidenten natürlich der erste der Stadt, denn die wenigen Aristokraten, die es in Provins gibt, bilden nur einen Salon in der Oberstadt bei der alten Comtesse de Bréauty.

Durch den günstigen Umstand ihrer alten Beziehungen zu den Julliards, den Guépins und den Guénées bedingt, wurden die Rogrons, nachdem sie sich auf ihre Verwandtschaft mit Monsieur Auffray, den Notar, Urgroßneffe ihres Großvaters, berufen hatten, in den ersten sechs Monaten nach ihrer Übersiedlung zuerst von der alten Madame Julliard und von Madame Galardon empfangen; dann gelangten sie nach einigen Schwierigkeiten in den Salon der schönen Madame Tiphaine. Jeder wollte die Rogrons erst unter die Lupe nehmen, bevor er sie zu sich einlud. Es war schwierig, die in Provins geborenen Händler der Rue Saint-Denis, die zurückgekehrt waren, um hier ihre Einkünfte zu verzehren, nicht zu empfangen. Das Ziel einer jeden Gesellschaft Gleichgestellter wird es aber dennoch immer sein, Leute aufzunehmen, die ihren Vermögensverhältnissen, Gewohnheiten und Kenntnissen, die ihrer Bildung und ihrer Sinnesart entsprechen. Nun waren die Guépins, die Guénées und die Julliards aber Personen von höherem bürgerlichen Rang und besaßen einen besseren Stammbaum als die Nachfahren eines Gastwirts und Wucherers, dem einst sowohl über seinen Lebenswandel als auch bezüglich der Erbschaftssache Auffray einiges vorzuwerfen gewesen war. Notar Auffray, der Schwiegersohn von Madame Galardon, der geborenen Tiphaine, wußte darüber Bescheid, denn die Angelegenheit hatte sein Vorgänger geregelt. Diese ehemaligen Kaufleute, die vor zwölf Jahren wieder zurückgekehrt waren, standen hinsichtlich der Bildung, der Lebensart und hinsichtlich ihres Benehmens auf einer Stufe mit dieser Gesellschaft, der Madame Tiphaine das gewisse

Etwas gab, den bestimmten Pariser Schliff; hier paßte alles zusammen: man verstand sich, jeder wußte sich zu benehmen und konnte reden, daß es allen angenehm war. Alle kannten die Eigenart der anderen und hatten sich aneinander gewöhnt. Nachdem die Rogrons das erste Mal bei Monsieur Garceland, dem Bürgermeister, empfangen worden waren, brüsteten sie sich damit, binnen so kurzer Zeit so gut mit der besten Gesellschaft der Stadt zu stehen. Sylvie lernte daraufhin Boston spielen. Rogron, der nicht in der Lage war, irgendein Spiel zu spielen, drehte die Daumen, und wenn er alles über sein Haus erzählt hatte, geriet er ins Stocken; aber seine unausgesprochenen und verschluckten Sätze waren wie eine bittere Medizin: sie schienen ihn sehr zu quälen, er stand auf, er sah so aus, als ob er sprechen wollte, doch verschüchtert setzte er sich wieder, mit einem sonderbaren Zucken um die Lippen. Beim Spiel offenbarte Sylvie ihren wahren Charakter. Als Unruhestifterin, die immer herumjammerte, wenn sie verlor, sich unverschämt freute, wenn sie gewann, die stritt und stichelte und Gegenspieler und Mitspieler aus der Fassung brachte, wurde sie zur wahren Plage der Gesellschaft. Von einfältigem und ganz offensichtlichem Neid gepeinigt, maßten Rogron und seine Schwester sich an, eine Rolle zu spielen, in einer Stadt, über welche zwölf Familien ein engmaschiges Netz gebreitet hatten, in der die Belange eines jeden und der Egoismus eines jeden eine Art Parkett bildeten, auf dem sich Neuankömmlinge sehr vorsehen mußten, um nirgendwo anzustoßen und um darauf nicht auszugleiten. Wenn sie voraussetzten, daß die Wiederherstellung ihres Hauses dreißigtausend Francs kosten würde, besaßen die Geschwister zusammen zehntausend Livres Rente. Sie glaubten sehr reich zu sein und langweilten diese Gesellschaft mit ihrem künftigen Luxus, sie offenbarten damit, wie kärglich, über die Maßen dumm und wie lächerlich mißgünstig sie waren. An dem Abend, an welchem sie der schönen Madame Tiphaine vorgestellt wurden, die die beiden schon bei Madame

Garceland, bei ihrer Schwägerin Galardon und bei der alten Madame Julliard beobachtet hatte, sagte die Königin der Stadt ganz im Vertrauen zu dem jungen Julliard, der nach allen anderen noch einige Augenblicke mit ihr und dem Präsidenten beisammensaß: »Sie scheinen ja alle ganz vernarrt zu sein in diese Rogrons?«

»Unter uns gesagt«, antwortete der Amadis von Provins, »meine Mutter findet sie langweilig, meiner Frau sind sie lästig, und mein Vater konnte Mademoiselle Sylvie schon vor dreißig Jahren nicht ausstehen, als sie zu ihm in die Lehre kam.«

»Doch ich möchte ihnen gern«, sagte die schöne Frau des Präsidenten und setzte dabei ihren kleinen Fuß auf die Stange des Kamingitters, »zu verstehen geben, daß mein Salon kein Wirtshaus ist.«

Julliard hob die Augen zur Decke, wie um zu sagen: »Mein Gott! Wie geistreich! Welch Scharfsinn!«

»Ich will eine erlesene Gesellschaft; wenn ich die Rogrons zulassen würde, wäre sie es gewiß nicht.«

»Sie sind herzlos und haben weder Geist noch Manieren«, sagte der Präsident. »Wenn man, nachdem man zwanzig Jahre lang Garn verkauft hat, wie zum Beispiel meine Schwester ...«

»Ihre Schwester wäre in keinem Salon fehl am Platze, mein Lieber«, unterbrach ihn Madame Tiphaine.

»Wenn man so dumm ist, Kurzwarenhändler zu bleiben«, fuhr der Präsident fort, »wenn man sich nicht über seinen Stand erheben kann und beim Stichwort ›Grafen der Champagne‹ denkt, es handle sich um Sektrechnungen,* so wie es den Rogrons heute abend passiert ist, dann sollte man zu Hause bleiben.«

»Sie sind widerlich«, sagte Julliard. »Man könnte meinen,

* Wortspiel, beruht auf dem Gleichklang der beiden französischen Worte comte (Graf) und compte (Rechnung).

es gäbe nur ein Haus in Provins. Sie wollen uns alle in den Schatten stellen. Dabei besitzen sie kaum das Lebensnotwendigste.«

»Wenn nur der Bruder wäre«, erwiderte Madame Tiphaine, »er wäre zu ertragen, er stört nicht. Wenn man ihm ein Geduldsspiel geben würde, würde er ganz friedlich in einer Ecke bleiben. Er hätte einen ganzen Winter damit zu tun, um eine Kombination zu finden. Doch Mademoiselle Sylvie, was für eine heisere Hyänenstimme! Was für Hummerpranken! Lassen Sie nichts darüber verlauten, Julliard.«

Als Julliard gegangen war, sagte die kleine Frau zu ihrem Mann: »Mein Lieber, die Einheimischen, die ich empfangen muß, sind schon eine Zumutung, aber diese beiden würden mich umbringen; wenn du erlaubst, werden wir auf sie verzichten.«

»Du kannst in deinem Hause tun und lassen, was du willst«, sagte der Präsident, »aber wir werden uns Feinde machen. Die Rogrons werden zur Gegenpartei überwechseln, die bis jetzt noch nicht viel zu sagen hatte in Provins. Dieser Rogron ist schon ständiger Gast bei Baron Gouraud und bei Anwalt Vinet.«

»Oh!« sagte Melanie lächelnd, »Sie werden dir in diesem Fall einen Dienst erweisen. Wo es keine Feinde gibt, können keine Siege gefeiert werden. Durch eine liberale Verschwörung, eine illegale Vereinigung, durch irgendeinen Kampf würdest du groß herauskommen.«

Der Präsident betrachtete seine junge Frau mit einer gewissen ängstlichen Bewunderung.

Am folgenden Tag bei Madame Garceland flüsterte sich jedermann zu, daß die Rogrons keinen Erfolg gehabt hatten bei Madame Tiphaine, und ihre Bemerkung über das Wirtshaus fand immensen Beifall. Es dauerte einen Monat, bis Madame Tiphaine Mademoiselle Sylvie einen Gegenbesuch abstattete. Eine solche Taktlosigkeit wird in der Provinz genauestens vermerkt. Sylvie hatte beim Boston bei Madame

Tiphaine einen unangenehmen Auftritt mit der alten ehrenwerten Madame Julliard wegen eines prächtigen Misere, das ihre ehemalige Arbeitgeberin sie, wie sie behauptete, boshafterweise absichtlich verlieren ließ. Sylvie, die anderen gern einen üblen Streich spielte, konnte sich nicht vorstellen, daß man ihr mit gleicher Münze heimzahlen könnte. Madame Tiphaine begann als erste, die Partien zu eröffnen, bevor die Rogrons kamen, so daß Sylvie gezwungen war, von Tisch zu Tisch zu irren und den anderen, die sie insgeheim spöttisch betrachteten, beim Spielen zuzusehen. Bei der alten Madame Julliard fing man an, Whist zu spielen, ein Spiel, das Sylvie nicht konnte. Die alte Jungfer begriff endlich, daß man sie ächtete, ohne jedoch die Gründe dafür zu verstehen. Sie glaubte, daß jeder in dieser Gesellschaft auf sie neidisch war. Die Rogrons wurden bald zu niemandem mehr eingeladen; doch sie verbrachten weiterhin ihre Abende in der Stadt. Die Leute mit Humor machten sich ohne Feindseligkeit auf die sanfte Art über sie lustig, indem sie die beiden dazu brachten, tölpelhafte Dummheiten über die Oven in ihrem Haus von sich zu geben oder über ein gewisses Flaschenschränkchen, das in Provins nicht seinesgleichen hatte. Unterdessen wurde das Haus der Rogrons fertiggestellt. Sie gaben natürlich auch einige kostspielige Essen, sowohl um die ihnen erwiesenen Höflichkeiten zu erwidern als auch um dabei ihren Luxus vorzuzeigen. Man kam nur der Neugierde wegen. Das erste Essen wurde für die bedeutenden Persönlichkeiten gegeben, für Monsieur und Madame Tiphaine, bei denen die Rogrons indessen nicht ein einziges Mal gespeist hatten; für Vater, Sohn, Mutter und Schwiegertochter Julliard; für Monsieur Lesourd, für den Herrn Pfarrer und für Monsieur und Madame Galardon. Es war eines jener Provinzessen, bei denen man von fünf bis neun Uhr zu Tisch sitzt. Madame Tiphaine führte in Provins die feinen Pariser Sitten ein, wo die ordentlichen Leute den Salón verlassen, nachdem sie Kaffee getrunken haben. Sie hatte zu Hause eine Abendgesellschaft und wollte sich davonstehlen, doch die Rogrons verfolgten das Ehepaar bis auf die Straße hinaus, und als sie zurückkamen, bestürzt darüber, den Herrn Präsidenten und seine Gemahlin nicht zurückhalten zu können, erklärten ihnen die anderen Gäste den guten Geschmack von Madame Tiphaine und taten es ihr mit unerbittlich provinzieller Unverzüglichkeit gleich.

»Sie werden unseren beleuchteten Salon nicht sehen«, sagte Sylvie, »und durch das Licht kommt er erst richtig zur Geltung.«

Die Rogrons hatten ihren Gästen eine Überraschung bereiten wollen. Niemandem war bislang der Zutritt in dieses berühmt gewordene Haus gestattet worden. Deshalb erwarteten alle Stammgäste des Salons von Madame Tiphaine ungeduldig deren Urteil über die Wunderdinge des Palais Rogron.

»Nun«, sagte Madame Martener, »Sie haben den Louvre gesehen, Sie werden uns doch alles erzählen?«

»Ja, aber alles ist so, wie auch das Essen war, nichts Besonderes.«

»Wieso?«

»Nun, durch die Haustür, die Sie kennen und deren gußeisernes vergoldetes Fenstergitter wir unbedingt bewundern mußten«, erwiderte Madame Tiphaine, »gelangt man in einen langen Korridor, der das Haus ziemlich ungleich teilt, denn rechts ist nur ein Fenster, das auf die Straße geht, links dagegen sind zwei. Auf der Gartenseite wird dieser Gang abgeschlossen durch die Glastür zur Freitreppe. Die Treppe führt zu einem Rondell, ein Rasenplatz mit einem Sockel, auf dem ein bronzefarbener Spartakus aus Gips steht. Hinter der Küche hat der Baumeister unter dem Treppenabsatz eine kleine Vorratskammer eingebaut, die uns nicht erspart geblieben ist. Die mit Portormarmorierungen überpinselte Treppe besteht aus Wendelstufen, wie die Kaffeehaustreppen, die vom Parterre zu den Toiletten im Zwischengeschoß führen. Diese mit einem kupferverzierten Geländer versehene und beängstigend leichte Schnörkelstiege aus Nußbaumholz wurde uns wie ein bis jetzt noch nicht bekanntes Weltwunder präsentiert. Darunter befindet sich die Kellertür. Auf der einen Seite des Korridors, zur Straße hin, liegt das Speisezimmer, durch eine Flügeltür gelangt man in den angrenzenden gleichgroßen Salon, dessen Fenster auf den Garten gehen.«

»Also nicht einmal ein Vorzimmer?« sagte Madame Auffray.

»Das Vorzimmer ist zweifelsohne dieser lange Gang, in dem man dem Luftzug ausgesetzt ist«, antwortete Madame Tiphaine. »Man trug sich mit der höchst nationalen, liberalen, konstitutionellen und patriotischen Absicht, nur französische Holzarten zu verwenden«, fuhr sie fort. »Also, das Riemenparkett im Speisezimmer ist aus Nußbaumholz. Die Schränke, der Tisch und die Stühle sind ebenfalls aus Nußbaum. An den Fenstern rotumrandete weiße Kattunvorhänge, mit einer gewöhnlichen roten Schnur an ausgefallenen Gardinenhaltern festgebunden, Gardinenhalter mit einer erhabenen mattgoldenen Rosette, die einem rötlichen Untergrund entsprießt. Diese prächtigen Vorhänge gleiten auf Stangen, die in extravaganten Palmetten auslaufen, und werden in Höhe jeder Falte von kupfergestanzten Löwenklauen gehalten. Über einer Anrichte hängt eine Kaffeehausuhr an einer Art goldbronzener Serviette, was den Rogrons ganz besonders gefiel. Sie wollten, daß ich diesen glücklichen Einfall bewunderte, und ich konnte ihnen nichts Besseres sagen, als daß, wenn man schon eine Serviette um eine Uhr binden muß, dies sicher im Speisezimmer angebracht ist. Auf dieser Anrichte stehen zwei große Lampen, ähnlich jenen, die die Schanktische bekannter Restaurants zieren. Über der anderen hängt ein verschnörkeltes Barometer, das eine große Rolle in ihrem Dasein zu spielen scheint, denn Rogron betrachtet es, als ob er seine Zukünftige anblicken würde. Zwischen den beiden Fenstern hat der Innenausstatter in einer ungeheuer überladenen Nische einen weißen Kachelofen plaziert. An den Wänden glänzt eine prächtige, rotgoldene Tapete, die man in ebendiesen Restaurants findet und die Rogron wahrscheinlich auch dort ausgesucht hat. Das Essen wurde in einem weiß-goldenen Porzellanservice aufgetragen und das Dessert in einem kornblumenblauen mit grünen Blumen; aber man hat eine Anrichte geöffnet, um uns ein anderes aus Steinzeug für alle Tage zu zeigen. Gegenüber jeder Anrichte steht ein großer Schrank mit Wäsche. Alles ist lackglänzend, sauber, neu und grell. Das Speisezimmer würde ich noch gelten lassen, es hat seinen eigenen Charakter, so unangenehm er auch sein mag, aber er ist bezeichnend für die Eigentümer des Hauses; es ist jedoch unmöglich, gleichzeitig fünf dieser Kupferstiche zu ertragen, gegen die das Innenministerium ein Gesetz erlassen sollte, Mezzotintos von Poniatowski, der in die Elster stürzt, der Verteidigung des Stadttores von Clichy, von Napoleon, der selbst eine Kanone richtet, und den beiden Mazeppas; alle in Goldrahmen, deren vulgäre Machart zu den Stichen paßt und wodurch einem geschichtliche Größe geradezu verhaßt werden kann. Ach, wieviel lieber sind mir doch Madame Julliards Früchtepastelle, diese exzellenten Louis-quinze-Pastelle, die mit dem guten alten Speisezimmer und seiner verblichenen, ein wenig wurmstichigen Täfelung harmonieren, die aber fürwahr Provinzcharakter haben und zu dem schweren Familiensilber, zu dem alten Porzellan und zu unseren Sitten passen. Provinz bleibt Provinz, sie macht sich lächerlich, wenn sie Paris nachäffen möchte. Vielleicht werden Sie zu mir sagen: ›Sie sind Goldschmied, Monsieur Josse‹, doch meines Schwiegervaters alten Salon hier mit seinen schweren, grünweißen Lampasvorhängen, mit seinem Louis-quinze-Kamin, seinen verzogenen Wandspiegeln, mit den blasigen Fensterscheiben und den ehrwürdigen Spieltischen, meine altblauen Alt-Sèvresvasen in alter Kupferfassung, meine Uhr mit den unmöglichen Blumen, meinen Rokokoleuchter und meine Gobelinmöbel ziehe ich aller Pracht ihres Salons vor.«

»Wie sieht der Salon aus?« fragte Monsieur Martener, äußerst beglückt über den Lobgesang auf die Provinz, den die schöne Pariserin gerade so geschickt in ihre Schilderung hatte einfließen lassen.

»Der Salon ist hochrot, rot wie Mademoiselle Sylvie, wenn sie sich über ein verlorenes Misere ärgert!«

»Sylvie-Rot«, ergänzte der Präsident, und dieser Ausdruck ging in den Wortschatz von Provins ein.

»Die Fenstervorhänge? ... rot! die Möbel? ... rot! der Kamin? ... roter Portor! die Kandelaber und die Uhr? roter Portor in einer gewöhnlichen und plumpen Bronzefassung; römische Konsolen, auf griechischem Blattwerk ruhend. Von der Uhr herab betrachtet sie mit der einfältigen Miene der Rogrons ein dicker, braver Löwe mit Namen Wappenlöwe, der den richtigen Löwen noch lange einen falschen Ruf einbringen wird. Unter einer Pranke rollt dieses Tier eine große Kugel, ein Sittenbild des Wappenlöwen, er verbringt sein Leben damit, eine große schwarze Kugel festzuhalten, ganz wie ein Abgeordneter der Linken. Vielleicht stellt das einen Verfassungsmythos dar. Das Zifferblatt dieser Uhr ist eine absonderliche Arbeit. Der Kaminspiegel hat jenen typischen Rahmen mit Stuckverzierungen, der erbärmlich und vulgär wirkt, auch wenn er neu ist. Der Genius des Tapezierers aber erstrahlt mit den Sonnenfalten eines roten Stoffes, die von einer in der Mitte vor dem Kamin angebrachten Halterrosette herabfallen, ein romantisches Poem, eigens für die Rogrons komponiert, die außer sich sind vor Entzücken, wenn sie es Ihnen zeigen. In der Zimmermitte hängt ein Kronleuchter, sorgfältig mit einem grünen Perkalinschweißtuch verhangen, zum Glück, denn er ist ausgesprochen geschmacklos; die ohnehin grelle Bronze hat noch abscheulichere Filetverzierungen aus brüniertem Gold. Darunter ein runder Teetisch, die Platte Portormarmor hier mehr denn je, mit einem Metallmohrtablett, auf dem bemalte Porzellantassen glänzen, und was für Malereien! Die Tassen stehen um eine Kristallzuckerdose, die so tollkühn geschliffen ist, daß unsere Enkeltöchter dereinst mit großen Augen sowohl die vergoldete Kupferfassung als auch die wie ein mittelalterliches Wams geschnittenen Rippen bewundern werden, nebst der Zuckerzange, die man wahrscheinlich niemals benutzen wird. Der Salon ist mit roter, samtartiger Papiertapete ausgeschlagen, die Paneele werden von Kupferleisten eingefaßt, die an den Ecken jeweils mit riesigen Palmetten verbunden sind. Über jedem Paneel prangt ein Farbdruck, und jeder dieser Rahmen wiederum ist mit Gipsfestons überladen, die unsere schönen Holzschnitzereien vortäuschen sollen. Die Möbel in Kaschmir und gemaserter Rüster in der herkömmlichen Zusammensetzung: zwei Sofas, zwei Lehnstühle, sechs Sessel und sechs Stühle. Die Konsole schmückt eine Medici-Vase aus Alabaster unter einer Glasglocke und das so prächtige, berühmte Flaschenschränkchen. Wir waren ja hinlänglich gewarnt worden, daß es ›einzigartig in Provins‹ sei! In den Fensternischen, in denen herrliche rote, mit Tüll gefütterte Seidengardinen drapiert sind, steht jeweils ein Spieltisch. Der Teppich ist aus Aubusson. Die Rogrons haben es nicht verfehlt, den roten mit blühenden Rosen zu nehmen, das vulgärste der gewöhnlichen Muster. Der Salon sieht nicht so aus, als ob er bewohnt würde: Sie sehen dort weder Bücher noch Stiche noch jene kleinen Gegenstände, die die Tische bereichern«, sagte sie, wobei sie ihren Tisch betrachtete, der mit Gegenständen nach dem Zeitgeschmack, mit Alben und hübschen Dingen, die man ihr geschenkt hatte, überhäuft war. »Dort steht weder eine Blume noch irgendeine Kleinigkeit, die mit Leben erfüllt wäre. Alles ist kalt und schroff, wie Mademoiselle Sylvie. Buffon hat recht, der Stil, das ist der Mensch, und fürwahr, Salons haben einen bestimmten Stil!«

Die schöne Madame Tiphaine setzte ihre epigrammatische Beschreibung fort. Nach dieser Kostprobe wird sich jeder leicht ausmalen können, wie die von den Geschwistern in der ersten Etage bewohnten Zimmer aussahen, die sie ihren Gästen ebenfalls gezeigt hatten. Doch niemand wird sich die lächerlichen Künsteleien vorstellen können, für die der findige Bauunternehmer die Rogrons begeistert hatte: das Schnitzwerk der Türen, die extra gefertigten Innenläden, die stuckverzierten Gesimse, die hübschen Malereien, die vergoldeten Kupfergriffe, die Klingeln, den Kamineinbau mit Rauchabzug, die Vorrichtungen gegen die Nässe, die Intarsien vortäuschende Treppenbemalung, die hochfeinen Glaser- und Schlosserarbeiten; mit einem Wort, all dieser Firlefanz, der einen Bau verteuert und dem Bürger gefällt, fand sich im Übermaß.

Die Erwartungen der Rogrons waren fehlgeschlagen, denn nun wollte niemand mehr zu ihren Abendgesellschaften gehen. An Begründungen für eine Absage mangelte es nicht: alle Tage gab es Verpflichtungen bei Madame Garceland, bei Madame Galardon, bei den Damen Julliard, bei Madame Tiphaine, beim Unterpräfekten und so weiter. Die Rogrons glaubten, daß es genügte aufzutischen, um eine Gesellschaft zu versammeln: es kamen auch ziemlich spöttische junge Leute und jene Esser, die es auf der ganzen Welt gibt, alle bedeutenden Persönlichkeiten jedoch blieben weg. Außer sich vor Entsetzen über den Reinverlust von vierzigtausend Francs, die das Haus, ihr ›teures‹ Haus, wie sie es nannte, ohne Gewinn zu bringen, verschlungen hatte, wollte Sylvie das Geld durch rigoroses Sparen wieder hereinbringen. Sie verzichtete also unverzüglich auf die Essen, die, den Wein nicht mitgerechnet, dreißig bis vierzig Francs kosteten und mit denen sich ihre Hoffnung auf eine Gesellschaft, ein in der Provinz ebenso schwieriges Unterfangen wie in Paris, in keiner Weise verwirklichen ließ. Sylvie entließ ihre Köchin und nahm für die groben Arbeiten ein Mädchen vom Land. Sie kochte selbst, ›zu ihrem Vergnügen‹, wie sie vorgab.

Vierzehn Monate nach ihrer Rückkehr begann also ein einsames Müßiggängerdasein für die Geschwister. Man hatte sie von der Gesellschaft ausgeschlossen, und das ließ in Sylvies Innerstem einen furchtbaren Haß aufkommen gegen die

Tiphaines, die Julliards, die Auffrays, die Garcelands, gegen die ganze höhere Gesellschaft von Provins, die sie die ›Clique‹ nannte und zu der sie fortan nur noch ausgesprochen kühle Beziehungen unterhielt. Sie hätte ihnen gern eine Gesellschaft entgegengestellt, doch das gesamte niedere Bürgertüm bestand entweder aus kleinen Kaufleuten, die nur an Sonn- und Feiertagen frei waren oder aus anrüchigen Leuten wie dem Anwalt Vinet und dem Arzt Néraud und unzumutbaren Bonapartisten wie Oberst Baron Gouraud, mit welchen Rogron sich übrigens, entgegen den eindringlichen Warnungen seitens der besseren Gesellschaft, äußerst leichtfertigerweise einließ. Die Geschwister waren also gezwungen, in ihrem Speisezimmer in der Ofenecke zu hocken und an ihre Geschäftstätigkeit, an die Gesichter ihrer Kundschaft und andere ebenso angenehme Dinge zurückzudenken. Der zweite Winter war noch nicht vorbei, und schon war die Langeweile zu einer entsetzlichen Last geworden. Sie hatten alle Mühe, die Stunden des Tages auszufüllen. Abends beim Schlafengehen sagten sie: »Wieder einer vergangen!« Morgens beim Aufstehen trödelten sie, blieben lange im Bett, zogen sich langsam an. Rogron rasierte sich jeden Tag selbst, er betrachtete aufmerksam sein Gesicht, er redete mit seiner Schwester über die Veränderungen, die er darin wahrzunehmen glaubte; er hatte mit dem Dienstmädchen Auseinandersetzungen über die Temperatur des warmen Wassers, er ging in den Garten und sah nach, ob die Blumen gewachsen waren; er wagte sich bis zum Flußufer, wo auf sein Geheiß ein Gartenhäuschen errichtet worden war; er begutachtete die Tischlerarbeiten seines Hauses: hatten sie sich verzogen? Hatten sich durch das Senken Risse in irgendeiner Malerei gebildet? Hielten die Anstriche? Er kam zurück, um seiner Schwester, die die Vielbeschäftigte spielte, indem sie den Tisch deckte oder das Dienstmädchen schikanierte, seine Besorgnis über ein krankes Huhn mitzuteilen oder über eine Stelle, an der durch die Feuchtigkeit Flecke auftraten. Das Barometer war für Rogron das wichtigste Möbelstück: ohne jegliche Veranlassung sah er darauf nach, gab ihm wie einem Freund vertraute Klapse und sagte dann: »Ungemütliches Wetter!« Seine Schwester antwortete ihm: »Ach, was! Zu dieser Jahreszeit ist eben solches Wetter.« Jedesmal, wenn ihn jemand besuchte, rühmte er dieses vortreffliche Instrument. Das Essen nahm auch noch etwas Zeit in Anspruch. Wie langsam diese beiden Wesen jeden Bissen kauten! Deshalb besaßen sie eine tadellose Verdauung, sie hatten kein Magengeschwür zu fürchten. Mit der Lektüre des ›Bienenstock‹ und des ›Constitutionnel‹ wurde es Mittag. Das Abonnement der Pariser Tageszeitung wurde zu je einem Drittel von ihnen, dem Anwalt Vinet und Oberst Gouraud getragen. Rogron brachte die Zeitungen selbst zum Oberst, der auf dem Platz in Monsieur Marteners Haus wohnte, denn die langen Erzählungen boten jedesmal einen über die Maßen ergötzlichen Zeitvertreib. Rogron fragte sich deshalb, worin denn die Gefährlichkeit des Oberst bestehen sollte. Er war so töricht, ihm von dem Scherbengericht zu erzählen und ihm das Gerede der Clique zu hinterbringen. Gott weiß, wie der Oberst, der vor niemandem Angst hatte und der mit der Pistole ebenso gefürchtet war wie mit dem Degen, der Tiphaine und ihrem Julliard zusetzte und den Ministeriellen der Oberstadt, diesen vom Ausland bestochenen Leuten, die für ein Amt zu allem fähig waren, bei den Wahlen von den Stimmzetteln Namen ganz nach ihrem Gutdünken ablasen und so weiter. Gegen zwei Uhr unternahm Rogron einen kleinen Spaziergang. Er war überglücklich, wenn er von einem Ladenbesitzer aufgehalten wurde, der ihm von der Türschwelle aus zurief: »Rogron, wie geht's?« Er machte ein Schwätzchen und fragte nach den Neuigkeiten in der Stadt, er hörte sich den Klatsch an, die kleinen Gerüchte von Provins und erzählte sie weiter. Bei entsprechendem Wetter lief er bis zur Oberstadt hinauf und ging die Hohlwege entlang. Ab und an begegnete er alten Männern, die wie er spazierengingen. Diese Begegnungen waren freudige Erlebnisse. In Provins gab es vom Pariser Leben ernüchterte Leute, anspruchslose Gelehrte, die mit ihren Büchern lebten. Machen Sie sich ein Bild vom Verhalten Rogrons, und hören Sie einem Gerichtsbeisitzer namens Desfondrilles zu, übrigens mehr Archäologe als Justizbeamter, wie dieser den belesenen alten Monsieur Martener fragt, wobei er auf das Tal zeigt: »Erklären Sie mir, warum die Müßiggänger Europas lieber nach Spa als nach Provins fahren, wo doch der Brunnen von Provins besser ist, wie die französischen Ärzte festgestellt haben, und in Wirkung und an Eisengehalt der Heilkraft unserer Rosen würdig zur Seite steht?«

»Das ist nun einmal nicht anders!« erwiderte der belesene Mann. »Eine Laune des Schicksals und wie das Schicksal nicht zu erklären. Vor einhundert Jahren war der Wein von Bordeaux unbekannt: Marschall Richelieu, eine der größten Gestalten des vorigen Jahrhunderts, der französische Alkibiades, wird zum Gouverneur der Guyenne ernannt; er hat eine schwache Lunge und, der Himmel weiß warum! vom Wein der Gegend erholt er sich und wird gesund. Bordeaux hat daraufhin ein Einkommen von einhundert Millionen, und der Marschall erweitert das Stadtgebiet bis nach Angoulême, bis nach Cahors und schließlich bis auf vierzig Meilen im Umkreis. Wer weiß schon, wo die Weinberge von Bordeaux aufhören? Und der Marschall hat kein Reiterstandbild in Bordeaux!«

»Oh! Falls sich etwas Derartiges in Provins ereignen sollte, in hundert Jahren oder mehr«, fuhr nun Monsieur Desfondrilles fort, »dann wird hier, so hoffe ich, entweder auf dem kleinen Platz unten in der Stadt oder am Schloß in der Oberstadt doch bestimmt ein Relief aus weißem Marmor mit dem Porträt von Monsieur Opoix, des Wiederentdeckers der Mineralquellen von Provins, zu finden sein!«

»Eine Ehrenrettung von Provins wird wohl ausgeschlossen sein, mein Lieber«, sagte der alte Monsieur Martener. »Diese Stadt hat Konkurs gemacht.«

Bei diesen Worten machte Rogron große Augen und rief: »Wieso?«

»Sie ist einst eine Residenzstadt gewesen, die im zwölften Jahrhundert, als die Grafen der Champagne hier einen Hofstaat hatten wie König René in der Provence, sogar Paris den Rang streitig machte«, erwiderte der gebildete Mann. »Zu dieser Zeit gab es die Kultur, das Vergnügen, die Poesie, die Eleganz und die Frauen, mit einem Wort, allen gesellschaftlichen Glanz, nicht nur ausschließlich in Paris. Doch Städte erholen sich nur ebensoschwer wieder von ihrem Ruin wie Handelshäuser: Uns bleibt von Provins nur der Hauch unserer einstigen Herrlichkeit, der Duft unserer Rosen und eine Unterpräfektur.«

»Ach, was wäre Frankreich, wenn es seine feudalen Residenzen behalten hätte!« sagte Desfondrilles. »Können Unterpräfekten das kriegerisch-galante Poetengeschlecht der Thibauds ersetzen, die aus Provins das gemacht hatten, was Ferrara in Italien war, was Weimar in Deutschland wurde und was München heute sein möchte?«

»Provins ist eine Residenz gewesen?« rief Rogron.

»Das wußten Sie wohl nicht?« erwiderte Desfondrilles, der Archäologe.

Dann klopfte der Gerichtsbeisitzer Desfondrilles mit seinem Stock auf den Boden der Oberstadt und rief: »Aber wußten Sie denn nicht, daß dieser Teil von Provins auf Krypten steht?«

»Krypten!«

»Ja doch, unbeschreiblich hohe und weiträumige Krypten, wie Kirchenschiffe, sie haben sogar Stützpfeiler.«

»Monsieur arbeitet an einem großen archäologischen Werk, worin er diese eigentümlichen Bauten zu erklären beabsichtigt«, sagte der alte Martener, der sah, daß der Richter wieder einmal auf seinem Steckenpferd herumritt.

Überglücklich, sein Haus im Tal gebaut zu wissen, kehrte Rogron heim. Fünf bis sechs Tage wurden die Krypten von

Provins nun exploriert, und mehrere Abende lang waren sie Gesprächsstoff für die beiden Unverheirateten. Auf diese Weise erfuhr Rogron immer etwas über das alte Provins, über die Verwandtschaftsverhältnisse der einzelnen Familien oder über schon längst nicht mehr neue politische Neuigkeiten, was er dann seiner Schwester wiedererzählte. Deshalb fragte er auf seinem Spaziergang wohl an die hundertmal und oft mehrmals die gleiche Person: »Nun, was erzählt man sich denn? Nun, was gibt es Neues?« Wenn er nach Hause kam, ließ sich der lediglich durch sein Eigengewicht Niedergekämpfte wie ein vor Müdigkeit erschöpfter Mann auf ein Sofa des Salons fallen. Die Zeit bis zum Essen verbrachte er damit, zwanzigmal vom Salon zur Küche zu laufen, auf der Uhr nachzusehen, die Türen zu öffnen und wieder zu schließen. Solange die Geschwister Abendgesellschaften in der Stadt besucht hatten, waren die Stunden bis zum Schlafengehen schnell dahingegangen, doch als sie sich damit begnügen mußten, daheim zu bleiben, lag der Abend wie eine Einöde vor ihnen. Leute, die nach einer Gesellschaft in der Stadt den kleinen Platz überquerten und nach Hause gingen, hörten bei den Rogrons bisweilen Schreie, als ob der Bruder die Schwester umbringen würde: das waren die erschreckenden Entäußerungen der Langeweile eines Kurzwarenhändlers, der mit seinen Nerven am Ende war. Zwischen ihrem rostigen Räderwerk hatten diese beiden Maschinen nichts, was sie zermalmen konnten, deshalb kreischten sie. Der Bruder griff zu einem letzten, verzweifelten Mittel und sprach davon, sich zu verheiraten, doch er fühlte sich gealtert und müde: der Gedanke an eine Frau flößte ihm Furcht ein. Sylvie, die begriff, daß eine dritte Person im Hause notwendig war, erinnerte sich nun wieder an ihre arme Cousine, nach der niemand gefragt hatte, da in Provins jeder glaubte, daß beide, die junge Madame Lorrain und ihre Tochter, tot seien. Bei Sylvie Rogron ging nichts verloren; sie war zu sehr alte Jungfer, als daß ihr irgend etwas abhanden kommen würde! Sie tat so, als ob sie den Brief der Lorrains zufällig gefunden hätte, um mit ihrem Bruder ganz zwanglos über Pierrette sprechen zu können, der geradezu glücklich war über die Aussicht, ein kleines Mädchen im Haus zu haben. Halb geschäftlich, halb familiär schrieb Sylvie den alten Lorrains, wobei sie ihre späte Antwort auf die Geschäftsauflösung, auf ihre Übersiedlung nach Provins und die Einrichtung ihres Hauses schob. Sie schien ganz erpicht darauf, ihre Cousine zu sich zu nehmen, und gab zu verstehen, daß Pierrette eines Tages ein Vermögen von zwölftausend Livres Rente erben sollte, falls Monsieur Rogron nicht heiratete. Man muß ein wenig wildes Tier gewesen sein wie Nebukadnezar und eingesperrt in einen Käfig des Jardin des Plantes, ohne andere Beute als das vom Wächter gereichte Fleisch aus dem Metzgerladen, oder ehemaliger Kaufmann ohne einen zu peinigenden Ladengehilfen, um sich vorstellen zu können, mit welcher Ungeduld die Geschwister ihre Cousine Lorrain erwarteten. Deshalb fragten sie sich schon drei Tage nachdem der Brief abgegangen war, wann denn ihre Cousine ankommen würde. Sylvie sah in der angeblichen Mildtätigkeit ihrer armen Verwandten gegenüber ein geeignetes Mittel, um die Gesellschaft von Provins umzustimmen. Sie ging zu Madame Tiphaine, von der sie mit Verdammnis gestraft worden waren und die in Provins, wie in Genf, eine vornehme Gesellschaft zusammenbringen wollte, um dort die bevorstehende Ankunft ihrer Cousine Pierrette, der Tochter des Oberst Lorrain, herauszuposaunen, wobei sie deren Mißgeschick bejammerte und auftrat, als ob sie glücklich wäre, den Leuten eine schöne und junge Erbin offerieren zu können.

»Sie haben sie reichlich spät entdeckt«, erwiderte die auf einem Sofa in ihrer Kaminecke thronende Madame Tiphaine ironisch.

Madame Garceland flüsterte während des Kartengebens etwas über die Erbschaftsgeschichte des alten Auffray. Der Notar erläuterte die Vergehen des Gastwirts.

»Wo ist denn die arme Kleine?« fragte Präsident Tiphaine höflich.

»In der Bretagne«, sagte Rogron.

»Nun, die Bretagne ist groß«, bemerkte Monsieur Lesourd, der Staatsanwalt.

»Ihr Großvater und ihre Großmutter haben uns geschrieben. Wann war das doch gleich, meine Liebe?« fragte Rogron.

Sylvie, die damit beschäftigt war, bei Madame Garceland nachzufragen. wo diese den Stoff für ihr Kleid erstanden hatte, wußte nicht, was ihre Antwort bewirken würde, und sagte:

»Bevor wir unser Geschäft verkauft haben.«

»Und vor drei Tagen haben Sie geantwortet, Mademoiselle?« rief der Notar.

Sylvie wurde glutrot.

»Wir haben an die Anstalt Saint-Jacques geschrieben«, begann Rogron von neuem.

»Dort gibt es tatsächlich eine Art Altenhospiz«, sagte ein Richter, der Gerichtsbeisitzer in Nantes gewesen war, »doch dort kann sie nicht sein, da man in das Hospiz nur Leute aufnimmt, die das sechzigste Lebensjahr überschritten haben.«

»Sie ist dort bei ihrer Großmutter Lorrain«, sagte Rogron.

»Sie besaß etwas Geld, die achttausend Francs, die Ihr Vater..., nein, ich wollte sagen, die Ihr Großvater ihr hinterlassen hat«, sagte der Notar, der sich absichtlich versprochen hatte.

»Ach!« rief Rogron mit einfältiger Miene, ohne diese spöttische Bemerkung verstanden zu haben.

»Ihnen sind also weder die Vermögensverhältnisse noch die Lebensumstände Ihrer leiblichen Cousine bekannt?« fragte der Präsident.

»Wenn Monsieur darum gewußt hätte, hätte er sie sicher nicht in einem Haus gelassen, das lediglich ein besseres Armenhaus ist«, sagte der Richter streng. »Jetzt erinnere ich mich, als Vollzugsbeamter in Nantes dabeigewesen zu sein, als zwangshalber ein Haus verkauft worden ist, das Monsieur und Madame Lorrain gehörte, Mademoiselle Lorrain hat dadurch ihre Schuldansprüche verloren.«

Der Notar sprach vom Oberst Lorrain, der, wenn er noch leben würde, sicherlich äußerst erstaunt wäre, seine Tochter in einer Einrichtung wie Saint-Jacques zu wissen.

Die Rogrons traten nun den Rückzug an, dies alles hatte ihnen wieder einmal gezeigt, wie ungemein schlecht die Welt doch war. Sylvie begriff, wie wenig Erfolg sie mit ihrer Neuigkeit gehabt hatte: sie hatte, sich bei allen die Gunst verscherzt, und von nun an war es ihr nicht mehr gestattet, mit der oberen Gesellschaft von Provins zu verkehren. Von diesem Tag an wurde der Haß auf die großbürgerlichen Familien von Provins und deren Anhänger von den Rogrons nicht mehr verhehlt. Der Bruder teilte seiner Schwester nun all das liberale Geschwätz mit, was ihm Oberst Gouraud und der Anwalt Vinet über die Tiphaines, Guénées, Garcelands, Guépins und die Julliards eingepaukt hatten.

»Hör mal, Sylvie, ich verstehe überhaupt nicht, warum Madame Tiphaine den Handel der Rue Saint-Denis in Abrede stellt, wo doch ihr eigen Fleisch und Blut von dort stammt. Ihre Mutter, Madame Roguin, ist die Cousine der Guillaumes von der ›Ballspielenden Katze‹, die ihr Geschäft ihrem Schwiegersohn Joseph Lebas überlassen haben. Ihr Vater ist jener Notar Roguin, der 1819 Bankrott gemacht und das Haus Birotteau ruiniert hat. Also ist das Vermögen von Madame Tiphaine erstohlen, denn was ist das für eine Notarsfrau, die ihren Kopf aus der Schlinge zieht und ihren Mann einen betrügerischen Bankrott machen läßt? Da hört ja alles auf! Ah, ich weiß, sie hat ihre Tochter nach Provins verheiratet wegen ihrer Beziehungen mit dem Bankier du Tillet! Und solche Leute bilden sich ein, daß sie etwas Besseres wären; aber ... so ist die Welt eben.«

Von dem Tag an, an welchem Denis Rogron und seine Schwester begannen, über die Clique herzuziehen, wurden sie, ohne es zu wissen, zu Persönlichkeiten und waren auf dem besten Wege, eine Gesellschaft zu haben: ihr Salon sollte zum Zentrum der Partei werden, die einen geeigneten Schauplatz suchte. Jetzt wurde der ehemalige Kurzwarenhändler zu einer geschichtlichen und politischen Größe, da er, wiederum ohne es zu wissen, die bis dahin noch schwankenden Elemente der liberalen Partei in Provins einte und stärkte. Und das kam so: Das Debüt der Rogrons war vom Oberst Gouraud und vom Anwalt Vinet, die die gemeinsame Denkart in ihrer Isolation einander nähergebracht hatte, neugierig beobachtet worden. Diese Männer bekundeten beide aus dem gleichen Grund die gleiche Art von Patriotismus: sie wollten zu bedeutenden Persönlichkeiten werden. Sie verstanden sich beide als geistige Führer, es fehlte ihnen jedoch das streitende Fußvolk. Ein alter, Limonadenhersteller gewordener Soldat, ein Gastwirt, Monsieur Cournant, Notar und Konkurrent von Monsieur Auffray, Doktor Néraud, der Widersacher von Monsieur Martener und einige unabhängige Leute, im Arrondissement verstreute Bauern und Käufer von Nationalgütern, bildeten die Liberalenschar von Provins. Der Anwalt und der Oberst waren glücklich darüber, einen Dummkopf für sich gewonnen zu haben, dessen Vermögen ihren Vorhaben dienlich sein konnte, der seine Unterschrift unter die ihre setzen würde, der gegebenenfalls den Kugelhagel abfangen und dessen Haus der Partei als Rathaus dienen würde, und sie zogen den Nutzen aus der Feindschaft der Rogrons zu den vornehmen Leuten der Stadt. Der Anwalt, der Oberst und Rogron sahen sich des öfteren durch das gemeinsame Abonnement des ›Constitutionnel‹, es sollte dem Oberst also nicht schwerfallen, aus dem ehemaligen Kurzwarenhändler einen Liberalen zu machen, wenn auch Rogron so wenig von Politik verstand, daß er nicht einmal die Taten des Sergeanten Mercier kannte: er hielt ihn für einen Kollegen aus seiner Berufsbranche. Pierrettes bevorstehende Ankunft brachte die unlauteren Absichten, die mit der Unwissenheit und mit der Dummheit der Geschwister spekulierten, vorschnell zur Ausführung. Als der Oberst sah, daß für Sylvie keinerlei Aussicht mehr bestand, sich in der Tiphaine-Gesellschaft zu etablieren, faßte er insgeheim einen Entschluß. Altgediente Kriegsmänner haben in so vielen Ländern so viele Scheusale, auf so vielen Schlachtfeldern so viele entstellte Gesichter entblößter Leichen gesehen, daß sie keine Physiognomie mehr erschreckt, und Gouraud hatte das Vermögen der alten Jungfer im Visier. Jener Oberst, ein kleiner, dicker Mann, trug ungeheure Ohrringe, obwohl die Ohren schon jeweils mit einem ungeheuren Haarbüschel geziert waren. Er hatte zerzauste, langsam ergrauende Bartkoteletten, die man 1799 ›Flossen‹ nannte. Sein gutmütig-dickes und rötliches Gesicht war ein wenig sonnenverbrannt, wie die Gesichter all jener, die der Beresina entgangen sind. Der große Spitzbauch beschrieb unten im Ansatz jenen rechten Winkel, der für einen alten Kavallerieoffizier typisch ist. Gouraud hatte das zweite Husarenregiment befehligt. Sein grauer Schnurrbart verbarg ein ungeheures Großmaul, es sei mir erlaubt, dieses soldatische Wort zu gebrauchen, das einzige, das diesen Schlund bezeichnen könnte: der Oberst hatte nicht gegessen, sondern gefressen. Ein Säbelhieb hatte seine Nase verstümmelt, wodurch er sich eine dumpfe und näselnd-tiefe Kapuzinerstimme eingehandelt hatte. So kleine, kurzfingrige und gedrungene Hände wie die seinen veranlassen die Frauen gemeinhin zu dem Ausruf: »Sie haben die Hände eines verkommenen Subjekts.« Unter seinem Torso schienen seine Beine dünn. In diesem dicken, aber dennoch agilen Menschen regte sich ein scharfsinniger Geist, fand sich eine hinter scheinbarer militärischer Unbekümmertheit versteckte, umfassende Erfahrung in den Dingen des Lebens und eine radikale Verachtung gesellschaftlicher Konventionen. Oberst Gouraud besaß das Kreuz eines Offizier der Ehrenlegion und zweitausendvierhundert

Francs Pension, insgesamt also ein Vermögen von eintausend Talern Rente.

Der große, hagere Anwalt besaß seine liberalen Ansichten als einzige Gabe und die ziemlich schmalen Erträge seiner Praxis als einziges Einkommen. In Provins verteidigen die Anwälte ihren Fall selbst. Überdies hatte Maître Vinet wegen seiner Anschauungen einen wenig günstigen Stand beim Gericht. Deshalb nahmen auch die liberalsten Bauern, falls sie prozessierten, lieber einen Anwalt, der das Vertrauen des Gerichts besaß, als den Anwalt Vinet. Dieser Mann hatte, so sagte man, ein reiches Mädchen aus der Umgebung von Coulommiers verführt und die Eltern gezwungen, sie ihm zur Frau zu geben. Seine Frau gehörte zu den Chargebœufs, einer alten Adelsfamilie aus der Brie, deren Name von der Heldentat eines Junkers beim Eroberungsfeldzug des heiligen Ludwig in Ägypten herrührt. Sie war bei ihrem Vater und bei ihrer Mutter in Ungnade gefallen, die es vor Vinets Augen derart einrichteten, daß sie ihr gesamtes Vermögen ihrem ältesten Sohn vermachten, zweifellos mit der Bedingung, daß er einen Teil davon den Kindern seiner Schwester zukommen ließ. Auf diese Weise war das erste ehrgeizige Unternehmen dieses Mannes fehlgeschlagen. In kurzer Zeit von der Armut heimgesucht und beschämt darüber, seiner Frau nicht das angemessene Äußere bieten zu können, hatte der Anwalt vergebliche Anstrengungen unternommen, die Laufbahn eines Staatsanwaltes einzuschlagen, der reiche Zweig der Familie Chargebœuf lehnte es jedoch ab, ihn zu unterstützen. Als gesittete Menschen mißbilligten diese Royalisten eine Muß-Heirat; außerdem nannte sich ihr angeblicher Verwandter lediglich Vinet: Wie sollte man einen Nichtadligen protegieren? Der Anwalt wurde also bei den Verwandten seiner Frau von einer Familie zur anderen weiterkomplimentiert, wenn er sich ihrer Beziehungen bedienen wollte. Madame Vinet fand nur bei einer Chargebœuf Anteilnahme, einer armen Witwe, die mit ihrer Tochter in Troyes lebte. Deshalb erinnerte sich

Vinet auch eines Tages daran, daß diese Chargebœuf seine Frau aufgenommen hatte. Von jedermann abgewiesen, nahm Vinet schließlich sein Schicksal auf sich, haßerfüllt gegen die Familie seiner Frau, gegen die Regierung, die ihm ein Amt verweigerte, und gegen die Gesellschaft von Provins, die ihm keinen Zugang gewährte. Sein Groll war immer größer geworden und gab ihm die Kraft zum Widerstand. Er wurde Liberaler, weil er erriet, daß sein Glück mit dem Triumph der Opposition verbunden war, und vegetierte in der Oberstadt in einem schäbigen kleinen Haus, das seine Frau nur selten verließ. Dieses junge Mädchen, dem einst ein besseres Schicksal verheißen schien, war mit einem Kind ganz allein in ihrem Haushalt. Es gibt ein Elend, das mit Würde hingenommen und mit Frohsinn ertragen wird; doch in Vinet, der sich vor Ehrgeiz verzehrte und der sich einem jungen, verführten Mädchen gegenüber in der Schuld fühlte, steckte ein düsterer Zorn: Sein Begriff von einem Gewissen erweiterte sich und rechtfertigte alle Mittel, um vorwärtszukommen. Sein junges Gesicht begann zu verfallen. Mitunter erschraken einige Leute, wenn sie diese flachköpfige Schlange mit dem breiten Mund und den durch die Brillengläser funkelnden Augen im Gerichtsgebäude sahen und diese dünne, schrille, eindringliche und nervende Stimme hörten. Sein unreiner, stellenweise gelb- und grünfleckiger, kränklicher Teint war das Spiegelbild seines zurückgedrängten Ehrgeizes, seiner ständigen Enttäuschungen und seines verheimlichten Elends. Er konnte streiten und reden; es fehlte ihm weder an Einfällen noch an bildhaften Vergleichen; er war gebildet und ein Fuchs. Da er daran gewohnt war, alles Erdenkliche zu ersinnen, um Karriere zu machen, konnte aus ihm durchaus ein Politiker werden. Ein Mann, der vor nichts zurückschreckt, vorausgesetzt, daß alles im Rahmen der Gesetze bleibt, ist ein sehr starker Mann: und genau dies war Vinets Stärke. Dieser künftige Athlet der Parlamentsdebatten, einer derjenigen, die die Königsherrschaft des Hauses Orléans ausrufen sollten, bestimmte in furchtbarer Weise Pierrettes Schicksal. Vorerst jedoch suchte er nach einer geeigneten Waffe und gründete in Provins eine Zeitung. Nachdem er mit Hilfe des Oberst die beiden Junggesellen aus der Ferne studiert hatte, hatte der Anwalt schließlich auf Rogron gesetzt. Dieses Mal verrechnete er sich nicht, und nach sieben peinvollen Jahren, in denen mehr als ein brotloser Tag an seine Tür geklopft hatte, sollte sein Elend aufhören. An dem Tag, an dem Gouraud Vinet auf dem kleinen Platz verkündete, daß die Rogrons jegliche Beziehungen zu der bürgerlichen und ministeriellen Aristokratie der Oberstadt abgebrochen hatten, wurde er vom Anwalt bedeutungsvoll mit dem Ellenbogen angestoßen.

»Diese Frau oder eine andere, schön oder häßlich, das ist Ihnen doch ganz gleichgültig«, sagte er, »Sie sollten Mademoiselle Rogron heiraten, dann könnten wir hier etwas unternehmen.«

»Ich habe daran gedacht, doch sie lassen ihre Erbin kommen, die Tochter des armen Oberst Lorrain«, sagte der Oberst.

»Sie werden sich ihr Vermögen testamentarisch überantworten lassen. Ach! Sie bekämen ein gut ausgestattetes Haus!«

»Übrigens, diese Kleine! Nun ja, wir werden sie ja kennenlernen«, sagte der Oberst mit einem abgefeimt-spöttischen Gesicht, das einem Mann vom Schlage Vinets zeigte, wie wenig ein kleines Mädchen in den Augen dieses Söldners wert war.

Seit ihre Großeltern in diese Art Hospiz gegangen waren, wo sie ihren Lebensrest dahinkümmerten, litt die junge und stolze Pierrette so entsetzlich darunter, dort von Almosen zu leben, daß sie glücklich war, von reichen Verwandten zu erfahren. Als Brigaut, der Sohn des Majors und ihr Spielkamerad, der Tischlergeselle in Nantes geworden war, von ihrer Abreise hörte, kam er, um ihr die notwendige Summe für die Reise mit der Kutsche anzubieten, sechzig Francs, der ganze

Schatz seiner mühsam zusammengesparten Lehrlingstrinkgelder, der von Pierrette mit der erhabenen Selbstverständlichkeit wahrer Freundschaft angenommen wurde, die in einem solchen Fall sogar durch Dank beleidigt würde. Brigaut war jeden Sonntag zum Hospiz Saint-Jacques geeilt, um dort mit Pierrette zu spielen und um sie zu trösten. Der tüchtige Arbeiter hatte bereits erfahren, wieviel Wonne es bereitete, das Wesen, das man unwillkürlich ins Herz geschlossen hat, hingebungsvoll in allem zu beschützen. Mehr als einmal schon hatten Pierrette und er sonntags, in einer Ecke des Gartens sitzend, mit ihrer kindlichen Phantasie die Fäden der Zukunft gesponnen: der Tischlerlehrling zog, auf seinem Hobel reitend, in der Welt umher und wurde reich für Pierrette, die auf ihn wartete. Im Oktober des Jahres 1824 also wurde Pierrette, die gerade ihr elftes Lebensjahr vollendete, von den beiden Alten und dem jungen Arbeiter nach schmerzlichem Abschiednehmen dem Kutscher der Postkutsche Nantes – Paris mit der Bitte anvertraut, sie in Paris in die Kutsche nach Provins zu setzen und gut auf sie achtzugeben. Armer Brigaut! Wie ein Hund lief er dem Gefährt hinterher und schaute, so lange er konnte, seine liebe Pierrette an. Ungeachtet der von der kleinen Bretonin gegebenen Zeichen lief er eine Meile weit aus der Stadt hinaus, und als er ganz entkräftet war, blickten seine tränenfeuchten Augen ein letztes Mal auf Pierrette, die zu weinen anfing, als sie ihn nicht mehr sah. Pierrette legte den Kopf an das Türfenster und erblickte noch einmal den Freund, der wie festgewachsen dastand und zusah, wie der schwerfällige Wagen davonfuhr. Brigaut und die Lorrains kannten das Leben derart wenig, so daß die Bretonin schon keinen Sou mehr besaß, als sie in Paris ankam. Der Kutscher, dem das Mädchen von seinen reichen Verwandten erzählte, bezahlte in Paris für sie die Übernachtungskosten, die er sich vom Kutscher des Wagens nach Troyes wiedergeben ließ, den er wiederum beauftragte, Pierrette bei ihrer Familie abzugeben und sich dort die Auslagen zurückerstatten zu lassen, genau wie für eine Frachtkiste. Vier Tage nach ihrer Abfahrt von Nantes, an einem Montag gegen neun Uhr, nahm ein dicker, gutmütiger Kutscher der Königlichen Privatpost Pierrette bei der Hand, und während man in der Hauptstraße die für das Amt von Provins bestimmten Waren und die Reisenden auslud, führte er sie mit dem wenigen Gepäck von zwei Kleidern, zwei Paar Strümpfen und zwei Hemden zu Mademoiselle Rogron, deren Haus ihm vom Amtsvorsteher beschrieben worden war.

»Guten Tag, die Herrschaften«, sagte der Kutscher, »ich bringe Ihnen hier eine Cousine von Ihnen, weiß Gott, ein ausgesprochen liebes Kind. Ich bekomme siebenundvierzig Francs von Ihnen. Die Kleine hatte zwar nicht viel bei sich, aber unterschreiben Sie mir meine Fahrtenliste.«

Mademoiselle Sylvie und ihr Bruder gaben sich ganz der Freude und dem Staunen hin.

»Entschuldigung«, sagte der Kutscher, »mein Wagen wartet, unterschreiben Sie meine Fahrtenliste, ich bekomme siebenundvierzig Francs sechzig Centimes ... und das, was Sie dem Kutscher aus Nantes und mir geben möchten, wir haben für die Kleine wie für unser eigenes Kind gesorgt. Wir haben das Geld für ihre Unterkunft, für ihr Essen, für ihren Platz nach Provins und für einige Kleinigkeiten ausgelegt.«

»Siebenundvierzig Francs zwölf Sous! ...« sagte Sylvie.

»Sie wollen doch nicht etwa feilschen?« rief der Kutscher.

»Und die Rechnung?« fragte Rogron.

»Die Rechnung? Da, die Fahrtenliste.«

»Rede nicht so lange herum, sondern bezahle lieber!« sagte Sylvie zu ihrem Bruder. »Du siehst doch, daß man nur bezahlen muß.«

Rogron holte siebenundvierzig Francs und zwölf Sous.

»Und für meinen Kameraden und mich nichts?« sagte der Kutscher.

Sylvie kramte aus ihrem mit Schlüsseln vollgestopften alten Samtbeutel vierzig Sous.

»Danke, behalten Sie es!« sagte der Kutscher. »Dann möchten wir für die Kleine lieber um ihrer selbst willen gesorgt haben.«

Er nahm seinen Schein und sagte beim Gehen zu dem dikken Dienstmädchen: »Das ist vielleicht eine Schinderbude hier! Gutgenährte Krokodile gibt es trotzdem, wie sonst nur in Ägypten!«

»Diese Leute sind wirklich ungehobelt«, sagte Sylvie, die die Bemerkung gehört hatte.

»Freilich, wo sie sich um die Kleine gekümmert haben«, antwortete Adèle und stemmte dabei die Arme in die Hüften.

»Wir müssen ja nicht mit ihm zusammenleben«, sagte Rogron.

»Wo soll sie schlafen?« fragte das Dienstmädchen.

Das war die Ankunft und der Empfang von Pierrette Lorrain bei ihrem Cousin und ihrer Cousine, die sie anstierten und bei denen sie wie ein Paket abgegeben worden war, übergangslos zwischen dem erbärmlichen Zimmer, in dem sie in Saint-Jacques bei ihren Großeltern gelebt hatte, und dem Speisezimmer ihrer Cousine, das ihr wie ein Palast vorkam. Für jeden anderen als diese ehemaligen Kurzwarenhändler hätte die kleine Bretonin entzückend ausgesehen in ihrem Rock aus grobem blauem Wollstoff, mit der Schürze aus rosafarbenem Perkal, den derben Schuhen, blauen Strümpfen, mit ihrem weißen Halstuch und den rotgefrorenen Händen, die in rotwollenen, weißgeränderten Strickfäustlingen steckten, die der Kutscher ihr gekauft hatte. Wirklich, ihre kleine bretonische Haube, die man ihr in Paris gewaschen hatte (sie war auf der Fahrt von Nantes zerknittert), umgab ihr munteres Gesicht wie ein Heiligenschein. Diese Trachtenhaube aus feinem Batist und mit steifer, zu großen, abgeplatteten Röhrenfalten gelegter Spitze besetzt, würde eine Darstellung verdienen, so hübsch und so einfach zugleich ist sie. Das durch den Batist und die Spitze gedämpfte Licht wirft auf das Gesicht einen Halbschatten, ein mildes Zwielicht; es verleiht ihm jene jungfräuliche Anmut, die die Maler zu mischen versuchen und die Léopold Robert auf dem Bild ›Die Schnitter‹ in dem raffaelischen Antlitz der Frau mit dem Kind darzustellen vermochte. Unter dieser lichtkrausen Einfassung erstrahlte ein vor Gesundheit strotzendes, hellrosiges Kindergesicht. Die Wärme des Zimmers trieb ihr das Blut hinein, und die beiden hübschen Ohren, die Lippen und die Spitze ihres feinen Näschens wurden feurig-rot, was den lebhaften Teint noch heller erscheinen ließ.

»Nun, du redest nicht mit uns?« sagte Sylvie. »Ich bin deine Cousine Rogron, und das ist dein Cousin.«

»Möchtest du etwas essen?« fragte sie Rogron.

»Wann bist du von Nantes abgefahren?« fragte Sylvie.

»Sie ist stumm«, sagte Rogron.

»Arme Kleine, sie hat fast nichts«, rief die dicke Adèle, als sie das aus einem Taschentuch des alten Lorrain geknotete Bündel öffnete.

»Gib doch deinem Cousin einen Kuß«, sagte Sylvie.

Pierrette gab Rogron einen Kuß.

»Gib doch deiner Cousine einen Kuß«, sagte Rogron.

Pierrette gab Sylvie einen Kuß.

»Sie ist durch die Reise verschreckt, die Kleine; vielleicht braucht sie Schlaf«, sagte Adèle.

Pierrette empfand plötzlich ihren beiden Verwandten gegenüber eine unwiderstehliche Abneigung, ein Gefühl, das ihr bis jetzt noch nie jemand eingeflößt hatte. Sylvie und ihr Dienstmädchen brachten die kleine Bretonin zu Bett, in jenem Zimmer in der zweiten Etage, in dem Brigaut die weißen Kattunvorhänge gesehen hatte. Darin standen: ein Pensionärsbett mit einer blaugestrichenen Bettstange, von der ein Kattunvorhang herabhing, eine Nußbaumkommode ohne Marmorplatte, ein Nußbaumtischchen, ein Spiegel, ein gewöhnlicher Nachttisch ohne Tür und drei erbärmliche Sessel. Die zur Vorderseite hin abgeschrägten Wände waren mit einer schäbigen blauen, mit schwarzen Streublümchen gemusterten Papiertapete bespannt. Der übermalte, gebohnerte Fliesenfußboden ließ die Füße zu Eis erstarren. Als Teppich gab es nur einen dünnen Bettvorleger aus Abfallstreifen. Ein Spiegel, zwei vergoldete Kupferleuchter und eine vulgäre, aus Sylvies Pariser Zimmer stammende Alabasterschale, aus der zwei als Henkel angebrachte Tauben tranken, zierten den Kamin aus gewöhnlichem Marmor.

»Wird es dir hier gefallen, meine Kleine?« sagte die Cousine zu ihr.

»Oh, das ist sehr schön!« antwortete das Kind mit seiner Silberstimme.

»Anspruchsvoll ist sie nicht«, murmelte die dicke Briardin. »Muß ihr nicht das Bett angewärmt werden?« fragte sie.

»Ja«, sagte Sylvie, »die Tücher werden klamm sein.«

Adèle brachte eins ihrer Haartücher und die Wärmepfanne, und Pierrette, die bislang nur in grober bretonischer Leinenbettwäsche geschlafen hatte, wunderte sich über die feinen weichen Bettücher aus Baumwolle. Als man die Kleine untergebracht und schlafen gelegt hatte, konnte Adèle beim Hinuntergehen nicht umhin auszurufen: »Ihr ganzes Zeugs ist keine drei Francs wert, Mademoiselle.«

Seit Sylvie ihre Sparmaßnahmen eingeführt hatte, durfte ihr Dienstmädchen im Speisezimmer bleiben, damit nur ein Licht und nur ein Feuer benötigt werde. Wenn aber Oberst Gouraud und Vinet kamen, zog sich Adèle in ihre Küche zurück. Die Ankunft von Pierrette belebte die noch verbleibenden Abendstunden.

»Gleich morgen müssen wir ihr eine Ausstattung zusammenstellen«, sagte Sylvie, »sie hat absolut nichts.«

»Nur die pfundschweren, klobigen Schuhe, die sie anhatte«, sagte Adèle.

»In der Gegend dort ist das so«, sagte Rogron.

»Wie sie ihr Zimmer angesehen hat, was gar nicht einmal so schön ist, wie für eine Cousine von Ihnen, Mademoiselle!«

»Nun ist es aber gut, halten Sie den Mund«, sagte Sylvie, »Sie sehen doch, daß sie davon begeistert ist.«

»Oh, mein Gott, was für Hemden! Das muß ihr ja die Haut aufkratzen; davon ist aber auch nichts zu gebrauchen«, sagte Adèle, als sie Pierrettes Bündel ausleerte.

Bis zehn Uhr waren der Hausherr, die Hausherrin und das Dienstmädchen damit beschäftigt, darüber zu entscheiden, aus welchem Perkalin und zu welchem Preis die Hemden, wieviel Paar Strümpfe, aus welchem Stoff wieviel Unterröcke gekauft werden sollten und zu überschlagen, was Pierrettes Garderobe kosten würde.

Rogron, der sich infolge seiner alten Gewohnheit von allem die Preise gemerkt und sie im Kopf zusammengezählt hatte, sagte zu seiner Schwester: »Unter dreihundert Francs wirst du dabei nicht davonkommen.«

»Dreihundert Francs?« rief Sylvie.

»Ja, dreihundert Francs! Rechne nach.«

Die Geschwister fingen wieder von vorn an und kamen auf dreihundert Francs, ohne Macherlohn.

»Dreihundert Francs auf einen Schlag!« sagte Sylvie, und mit diesem Gedanken, den die sprichwörtliche Wendung recht geglückt und vielsagend bezeichnet, ging sie zu Bett.

Pierrette war eines jener Kinder der Liebe, das von der Liebe die Zärtlichkeit, die Heftigkeit, den Frohsinn, den Edelmut und die Hingebung mitbekommen hat; bisher hatte nichts ihr Herz von fast wilder Zartheit geängstigt oder verletzt, doch beim Empfang ihrer beiden Verwandten krampfte es sich schmerzlich zusammen. Wenn die Bretagne für sie auch voller Elend gewesen war, so war sie aber voller Zuneigung für sie. Wenn auch die Lorrains die ungeschicktesten Kaufleute waren, so waren sie dennoch die liebevollsten, aufrichtigsten, zärtlichsten Menschen der Welt, so wie alle Menschen, die nicht berechnend sind. In Pen-Hoël war ihre Enkelin einzig durch die Natur gebildet worden. Wenn sie wollte, fuhr Pierrette auf den Teichen Kahn, oder sie lief in

Begleitung von Jacques Brigaut, ihrem Kameraden, durch den Ort und durch die Felder, ebenso wie Paul und Virginie. Von jedermann herzlich aufgenommen und von jedermann geliebt, jagten beide frei wie die Vögel den tausendfältigen Freuden der Kindheit nach: im Sommer sahen sie beim Angeln zu, fingen Insekten, pflückten Blumensträuße und halfen bei der Gartenarbeit; im Winter legten sie Schlitterbahnen an, bauten lustige Häuser und Schneemänner oder bewarfen sich mit Schneebällen. Sie waren immer willkommen und ernteten überall ein Lächeln. Als die Lehrjahre kamen, begann das Unheil. Jacques, der nach dem Tode seines Vaters mittellos dastand, wurde von seinen Verwandten zu einem Tischler in die Lehre gegeben, wo er, wie später Pierrette in Saint-Jacques, aus Barmherzigkeit aufgenommen wurde. Aber sogar noch in jenem Armenheim war die liebenswerte Pierrette von allen Leuten verhätschelt, liebkost und behütet worden. Die an soviel Zuneigung gewöhnte Kleine fand bei diesen so sehnlichst herbeigewünschten Verwandten, bei diesen so reichen Verwandten, nichts von dem wieder, was alle Leute, sogar die fremden und die Kutscher der Postkutsche für sie übriggehabt hatten: ein lächelndes Gesicht, eine freundliche Stimme, etwas liebevolle Zuwendung und Herzlichkeit. Dieses so ungewohnte seelische Klima, was sie hier vorfand, brachte sie deshalb ganz aus der Fassung. So schnell wie der Körper fühlt auch das Herz Kälte oder Wärme. Ohne zu wissen, warum, war der armen Kleinen zum Weinen zumute: Doch sie war müde und schlief ein. Da sie wie alle auf dem Lande großgewordenen Kinder gewohnt war, zeitig aufzustehen, wurde Pierrette am nächsten Morgen zwei Stunden vor der Köchin wach. Sie zog sich an, trippelte in ihrem Zimmer herum, das über dem Zimmer ihrer Cousine lag, betrachtete den kleinen Platz, versuchte hinunterzugehen und war über die schöne Treppe erstaunt; sie besah sich die Einzelheiten näher, die Rosetten, die Kupferarbeiten, die Verzierungen, die Malereien und so weiter. Dann stieg sie hinunter, konnte die Gartentür nicht öffnen, ging wieder hinauf, als Adèle wach war, wieder hinunter und sprang, vom Garten Besitz ergreifend, hinaus, sie lief bis zum Fluß, war über das Gartenhäuschen verblüfft, ging in das Gartenhäuschen hinein; sie hatte das, was sie sah, zu besehen und zu bestaunen, bis ihre Cousine Sylvie aufgestanden war. Während des Frühstücks sagte ihre Cousine zu ihr: »Mein Püppchen, du warst es also, die seit dem Morgengrauen auf der Treppe herumgelaufen ist und so gepoltert hat? Du hast mich so gründlich geweckt, daß ich nicht wieder einschlafen konnte. Du mußt schön lieb und schön brav sein und dir die Zeit vertreiben, ohne Lärm zu machen. Dein Cousin mag keinen Lärm.«

»Paß in Zukunft auch auf, wo du hintrittst«, sagte Rogron. »Du bist mit deinen schmutzigen Schuhen in den Pavillon gegangen und hast dort deine Fußabdrücke auf dem Parkett hinterlassen. Deine Cousine achtet sehr auf Sauberkeit. Ein so großes Mädchen wie du muß ordentlich sein. Du warst in der Bretagne wohl nicht ordentlich? Also wirklich, wenn ich dorthin Garn kaufen gefahren bin, war es ein Jammer, sie zu sehen, diese Wilden. Auf alle Fälle hat sie einen gesunden Appetit«, sagte Rogron, wobei er seine Schwester ansah, »man könnte meinen, daß sie seit drei Tagen nichts gegessen hat.«

So wurde Pierrette schon vom ersten Augenblick an durch die Bemerkungen ihrer Cousine und ihres Cousins gekränkt, gekränkt, ohne zu wissen, weshalb. Ihre ehrliche und freimütige Natur, die bislang sich selbst überlassen worden war, kannte kein Überlegen. Da sie nicht imstande war, herauszufinden, worin ihr Cousin und ihre Cousine sündigten, sollte ihr das erst in langem Leid bewußt werden. Glücklich über Pierrettes Staunen, wollten ihre Cousine und ihr Cousin sich schleunigst daran weiden und zeigten ihr nach dem Frühstück den schönen Salon, um ihr beizubringen, daß dessen Pracht zu schonen war. Infolge ihrer Abgeschiedenheit führt es bei Junggesellen aufgrund jenes moralischen Bedürfnisses, sich für irgend etwas zu interessieren, dazu, daß sie anstelle natürlicher Zuneigungen Ersatzzuneigungen frönen und Hunde mögen, Katzen, Kanarienvögel, ihr Dienstmädchen oder ihren Beichtvater. Daher brachten Rogron und Sylvie eine maßlose Liebe auf für das, was sie so viel gekostet hatte, für ihr Mobiliar und für ihr Haus. Sylvie hatte schließlich Adèle morgens geholfen, weil sie fand, daß diese die Möbel nicht reinigen, sie nicht bürsten und in ihrem Originalzustand erhalten konnte. Dieses Saubermachen wurde bald zu ihrer Hauptbeschäftigung. Die Möbel wurden deshalb, statt an Wert zu verlieren, besser. Sie zu benutzen ohne sie abzunutzen, ohne sie zu beflecken, ohne das Holz zu bekratzen, ohne den Lack zu beschädigen, das war das Problem. Diese Arbeit wurde bald zu einer altjüngferlichen Schrulle. Sylvie hatte in einem Schrank Wollappen, Wachs, Lack und Bürsten, sie lernte, alles ebensogut wie ein Schreiner zu handhaben; sie hatte ihre Federbesen, ihre Glanztücher; zuletzt bohnerte sie, ohne sich auch nur im geringsten zu schaden, sie war so stark! Der eisige, stählerne Blick ihrer blauen Augen glitt fortwährend bis unter die Möbel, deshalb hätten Sie sogar eher noch eine empfindliche Stelle in ihrem Herzen entdeckt als eine Staubflocke unter einem Lehnsessel.

Nach dem, was bei Madame Tiphaine gesagt worden war, war es Sylvie unmöglich, die Ausgabe von dreihundert Francs zu umgehen. Während der ersten Woche war Sylvie also ausschließlich damit beschäftigt, Kleider zu bestellen, sie anzuprobieren, Unterhemden und Unterröcke zuzuschneiden und sie von Tagelöhnerinnen nähen zu lassen, für Pierrette ein interessanter Zeitvertreib. Pierrette konnte nicht nähen.

»Sie ist ja schön erzogen worden!« sagte Rogron. »Du kannst also gar nichts, mein Schätzchen?«

Pierrette, die nur lieben konnte, antwortete nicht, sondern machte nur ein hübsches Kleinmädchengesicht.

»Womit hast du denn deine Zeit in der Bretagne verbracht?« fragte sie Rogron.

»Ich habe gespielt«, antwortete sie naiv. »Alle haben mit mir gespielt. Meine Großmutter und mein Großvater, jeder hat mir Geschichten erzählt. Ach, man hatte mich sehr gern.«

»Ach!« erwiderte Rogron. »Da konntest du es dir ja bequem machen.«

Pierrette verstand die Ironie der Rue Saint-Denis nicht und machte große Augen.

»Sie ist strohdumm«, sagte Sylvie zu Mademoiselle Borain, der geschicktesten Arbeiterin von Provins.

»Sie ist noch so kindlich!« sagte die Arbeiterin, wobei sie Pierrette ansah, deren kleines Mäulchen sich ihr aus dem pfiffigen Gesicht entgegenstreckte.

Pierrette zog die Arbeiterinnen ihren beiden Verwandten vor, ihnen gegenüber war sie kokett, sie sah ihnen beim Arbeiten zu und unterhielt sie mit jenen hübschen Sprüchen aus Kindermund, die Rogron und Sylvie schon deshalb ängstlich zu verhindern suchten, weil sie Untergebenen zweckdienlicherweise lieber Furcht einflößten. Die Arbeiterinnen waren von Pierrette entzückt. Dennoch wurde die Ausstattung nicht ohne schreckliche Entäußerungen fertiggestellt.

»Dieses Mädchen wird uns noch ein Heidengeld kosten!« sagte Sylvie zu ihrem Bruder.

»Steh doch gerade, Kleine! Es ist deinetwegen, zum Teufel, nicht meinetwegen«, sagte sie zu Pierrette, als man dieser für ein Kleidungsstück Maß nahm.

»Laß Mademoiselle Borain doch arbeiten, du bezahlst ihren Tagelohn ja nicht!« sagte sie, als sie sah, daß Pierrette die Vorarbeiterin etwas fragte.

»Mademoiselle«, fragte Mademoiselle Borain, »soll dies hier mit Rückstichen genäht werden?«

»Ja, machen Sie es so, daß es lange hält, ich habe keine Lust, immer wieder mit solch einer Ausstattung anzufangen.«

Mit der Cousine war es wie mit dem Haus. Pierrette mußte genauso gut angezogen sein wie die Kleine von Madame

Garceland. Sie bekam modische, bronzefarbene Lederschnürstiefel, wie sie die kleine Tiphaine hatte. Sie bekam feinste Baumwollstrümpfe, ein Mieder von der besten Schneiderin, ein blaues Repskleid und eine hübsche, mit weißem Taft gefütterte Pelerine, um wenigstens mit der Kleinen der jungen Madame Julliard den Kampf aufnehmen zu können. Deshalb paßte sogar die Unterwäsche zu den Sachen, so sehr fürchtete Sylvie den kritisch-prüfenden Blick der Familienmütter. Pierrette bekam hübsche Hemden aus Madapolamtuch. Mademoiselle Borain sagte, daß die Kleinen der Frau Unterpräfektin Perkalhosen mit Stickereien und Besatz trügen, die neueste Mode eben. Pierrette bekam Manschettenhosen. Man bestellte ihr eine bezaubernde, mit weißem Satin gefütterte blaue Samtkapotte, denn die kleine Martener besaß eine ähnliche. Pierrette wurde also das süßeste kleine Mädchen von ganz Provins. Sonntags nach der Messe wurde sie von allen Damen geküßt. Die Damen Tiphaine, Garceland, Galardon, Auffray, Lesourd, Martener, Guépin und Julliard waren in die reizende Bretonin vernarrt. Dieser Aufruhr schmeichelte der Eigenliebe der Gealterten, der es bei ihrer Wohltätigkeit weniger um Pierrette als um den Triumph ihrer Eitelkeit ging. Dennoch sollte Sylvie ihrer Cousine letztlich die Erfolge übelnehmen, und zwar aus folgendem Grund: man bat sie um Pierrette; und um über diese Damen zu triumphieren, gewährte sie Pierrette. Man holte Pierrette, die mit den Kindern dieser Damen Karten spielte und Puppenmahlzeiten einnahm. Pierrette hatte weitaus mehr Erfolg als die Rogrons. Sylvie nahm daran Anstoß, Pierrette zu den anderen gebeten zu sehen, ohne daß die anderen Pierrette aufgesucht hätten. Das naive Kind verhehlte nicht die Freuden, die es bei den Damen Tiphaine, Martener, Galardon, Julliard, Lesourd, Auffray und Garceland genoß, deren Gefälligkeiten sich so über die Maßen von den Schikanen ihres Cousins und ihrer Cousine abhoben. Eine Mutter wäre über das Wohlergehen ihres Kindes sehr glücklich gewesen, doch als die

Rogrons Pierrette aufgenommen hatten, war das nicht wegen Pierrette, sondern ihretwegen geschehen: Sie konnten keine elterlichen Gefühle aufbringen, ihre Gefühle waren von Egoismus und einer Art kommerzieller Nutzbarmachung besudelt.

Mit der schönen Ausstattung, mit den schönen Sonntagskleidern und mit den Kleidern für alle Tage begann Pierrettes Unglück. Wie alle in ihrem Zeitvertreib nicht bevormundeten Kinder daran gewohnt, den Eingebungen ihrer Phantasie zu folgen, verdarb sie erschreckend schnell ihre Schuhe, ihre Schnürstiefel, ihre Kleider und besonders ihre Manschettenhosen. Wenn eine Mutter ihr Kind rügt, denkt sie nur an das Kind; sie erhebt ihre sanfte Stimme nur, wenn sie zum Äußersten getrieben wird und das Kind unrecht hat; bei den ewigen Auseinandersetzungen wegen der Kleidung jedoch standen die Taler der beiden Cousins im Vordergrund: darum ging es, nicht um Pierrette. Kinder haben das Gespür von Hunden, wenn es um das Unrecht derer geht, die über sie herrschen: auf bewundernswürdige Weise fühlen sie, ob sie geliebt oder geduldet werden. Reine Herzen werden mehr noch durch feine Unterschiede beleidigt als durch schroffe Gegensätze: Ein Kind versteht das Böse noch nicht, doch es weiß, wenn das Gefühl für das Schöne, das die Natur ihm eingegeben hat, verletzt wird. Die Belehrungen, die sich Pierrette einhandelte, über das Benehmen, das wohlerzogene junge Mädchen haben müssen, über Bescheidenheit und über Sparsamkeit waren das Korollarium des Hauptthemas: Pierrette ruiniert uns! Diese Zurechtweisungen, die für Pierrette unheilvoll endeten, brachten die beiden Unverheirateten wieder in ihren alten kaufmännischen Trott, wovon sie durch ihre Niederlassung in Provins abgelenkt worden waren und worin ihre Eigenart sich entfalten und gedeihen sollte. Da sie daran gewöhnt waren zu gängeln, zu überwachen, anzuordnen und ihre Ladengehilfen herunterzuputzen, gingen Rogron und seine Schwester in Ermangelung von Opfern allmählich zugrunde.

Kleine Geister brauchen den Despotismus, um ihre Nerven anzureizen, so wie die großen Seelen nach Gleichheit dürsten, damit ihr Herz weiterschlagen kann. Nun können engherzige Wesen aber genausogut durch Quälen an Größe gewinnen wie durch Mildtätigkeit; sie können sich ihre Macht entweder durch eine grausame oder durch eine wohlmeinende Herrschaft über andere bestätigen; doch sie tendieren dorthin, wohin ihr Charakter sie treibt. Denken Sie sich nun noch, daß Eigennutz mit im Spiel ist, und Sie werden das Rätselhafte der meisten gesellschaftlichen Zustände begreifen. Von nun an wurde Pierrette geradezu unentbehrlich für das Dasein ihrer beiden Cousins. Nachdem sie angekommen war, waren die Rogrons sehr mit der Ausstattung beschäftigt gewesen, später hatte das Neuartige des Zusammenlebens sie zurückgehalten. Jede neue Sache, ein Gefühl und selbst eine Herrschaft, wird erst allmählich zur Gewohnheit. Sylvie hatte anfangs zu Pierrette ›meine Kleine‹ gesagt, dann ließ sie ›meine Kleine‹ weg und nannte sie nur einfach Pierrette. Die süßlichen Verweise wurden jetzt heftig und streng. Seit sie diesen Weg eingeschlagen hatten, machten die Geschwister schnell Fortschritte: Sie langweilten sich nun nicht mehr! Das war nicht die Verschwörung böser und grausamer Wesen, das war die instinktive Tyrannei der Dummheit. Die Geschwister glaubten, Pierrette zu nutzen, wie sie einst geglaubt hatten, ihren Lehrlingen zu nutzen. Pierrette, deren wahre, edle und übermäßige Empfindsamkeit völlig unvereinbar mit der Unempfindlichkeit der Rogrons war, verabscheute Vorwürfe, sie wurde davon so heftig verletzt, daß sogleich Tränen ihre klaren schönen Augen benetzten. Sie hatte lange zu kämpfen, bevor sie ihre bewundernswürdige Lebhaftigkeit, die anderswo so gefiel, unterdrücken konnte, sie entäußerte sie bei den Müttern ihrer kleinen Freundinnen; doch zu Hause begann sie gegen Ende des ersten Monats teilnahmslos dazusitzen, und Rogron fragte sie, ob sie krank sei. Auf diese sonderbare Frage hin sprang sie auf und lief bis an das Ende des Gartens, um dort am Flußufer zu weinen, ihre Tränen gingen in der Flut unter, wie auch sie selbst einmal im reißenden Strom der Gesellschaft untergehen sollte. Eines Tages hatte das Mädchen trotz seiner Vorsicht einen Riß in seinem schönen Repskleid, das war bei Madame Tiphaine passiert, wohin es an einem schönen Tag spielen gegangen war. Sogleich zerfloß sie in Tränen, weil sie die grausame Rüge voraussah, die sie zu Hause erwartete. Als sie gefragt wurde, entschlüpften ihr unter Tränen einige Worte über die schreckliche Cousine. Die schöne Madame Tiphaine hatte ähnlichen Reps und besserte den Schaden selbst aus. Mademoiselle Rogron erfuhr von dem Streich, den ihr, um ihre Worte zu gebrauchen, dieses verteufelte kleine Mädchen gespielt hatte. Von diesem Augenblick an wollte sie ›diesen Damen‹ Pierrette nicht mehr mitgeben.

Das neue Leben, das Pierrette von nun an in Provins führen würde, sollte in drei gänzlich verschiedene Abschnitte zu trennen sein. Der erste, in dem ihr eine Art Glück zuteil wurde, eine Mischung aus den gefühllosen Liebkosungen der beiden Junggesellen und den Schimpfreden, die wie ein Feuerregen auf Pierrette niedergingen, dauerte drei Monate. Das Verbot, ihre kleinen Freundinnen zu besuchen, das mit der Notwendigkeit begründet wurde, von nun an all das lernen zu müssen, was ein wohlerzogenes junges Mädchen wissen sollte, beendete den ersten Abschnitt von Pierrettes Leben in Provins, die einzige Zeit, in der ihr das Dasein erträglich schien.

Das, was sich intern bei den Rogrons durch den Aufenthalt von Pierrette bedingt abspielte, wurde von Vinet und vom Oberst mit der Behutsamkeit von Füchsen beobachtet, die sich gerade vorgenommen haben, in einen Hühnerstall einzudringen, und die beunruhigt darüber sind, dort ein neues Wesen zu sehen. Beide kamen nicht allzuoft, um Mademoiselle Sylvie nicht aufzuscheuchen, plauderten unter verschiedenen Vorwänden mit Rogron und nisteten sich mit einer

Behutsamkeit und auf eine Art und Weise ein, die der große Tartuffe bewundert hätte. Am gleichen Tag, an dem Sylvie es mit äußerst bitteren Worten abgelehnt hatte, der schönen Madame Tiphaine Pierrette mitzugeben, verbrachten der Oberst und der Anwalt den Abend bei den Rogrons. Als sie von dieser Ablehnung hörten, sahen sich der Oberst und der Anwalt bedeutungsvoll an, wie Leute, die sich in Provins auskannten.

»Ganz bestimmt sogar hat sie Sie durch die Sache mit dem Kleid bloßstellen wollen. Wir haben Rogron schon vor geraumer Zeit vor dem gewarnt, was Ihnen nun passiert ist. Mit diesen Leuten zusammen, das kann nicht gutgehen.«

»Was soll man von der anti-nationalen Partei auch anderes erwarten?« rief, den Anwalt unterbrechend, der Oberst und zwirbelte dabei seinen Schnurrbart. »Wenn wir versucht hätten, Sie von ihnen abzubringen, hätten Sie gedacht, wir würden aus Haß so zu Ihnen sprechen. Aber warum, Mademoiselle, wollen Sie nicht, wenn Sie gern einmal ein Spielchen machen, abends hier bei Ihnen zu Hause Boston spielen? Sollte es denn nicht möglich sein, für Schwachköpfe wie diese Julliards jemand anderen zu finden? Vinet und ich können Boston, einen vierten werden wir schließlich noch finden. Vinet kann Ihnen seine Frau vorstellen, sie ist liebenswürdig und darüber hinaus eine Chargebœuf. Sie werden es nicht machen wie diese Vogelscheuchen aus der Oberstadt, Sie werden von einer guten kleinen Hausfrau, die durch die Schändlichkeit ihrer Familie gezwungen ist, zu Hause alles selbst zu machen, und die den Mut eines Löwen mit der Sanftmut eines Lammes vereint, keine Herzoginnenroben verlangen.«

Sylvie entblößte ihre langen gelben Zähne, als sie den Oberst anlächelte, der diesem schrecklichen Anblick überaus gut standhielt und sogar noch ein schmeichelhaftes Gesicht machte.

»Wenn wir nur vier sind, werden wir nicht jeden Abend Boston spielen können«, antwortete sie.

»Was soll ein alter Haudegen wie ich, der nur seine Pension zu verzehren hat, denn sonst tun? Der Anwalt ist abends immer frei. Übrigens werden Sie Gesellschaft haben, das verspreche ich Ihnen«, fügte er mit geheimnisvoller Miene hinzu.

»Es würde genügen«, sagte Vinet, »sich offen gegen die Ministeriellen der Oberstadt zu stellen und ihnen die Stirn zu bieten; Sie würden sehen, wie man Ihnen in Provins zugetan wäre, viele Leute wären auf ihrer Seite. Die Tiphaines würden aus der Haut fahren, wenn Sie ihnen Ihren Salon entgegensetzten. Wenn die anderen über uns lachen, na schön, dann werden wir über die anderen lachen. Die Clique hat übrigens in dem, was Sie anbelangt, auch keine Hemmungen!«

»Wieso?« fragte Sylvie.

In der Provinz gibt es mehrere ›undichte Stellen‹, durch welche das Geschwätz von einer Gesellschaft in die andere durchsickert. Vinet hatte alles erfahren, was man in den Salons, aus denen die beiden Kurzwarenhändler endgültig verbannt worden waren, über die Rogrons geredet hatte. Der Gerichtsbeisitzer und Archäologe Desfondrilles gehörte keiner Partei an. Dieser Richter wie auch einige andere unabhängige Personen erzählten infolge der Provinzgepflogenheiten alles, was sie hörten, weiter, und Vinet hatte sich dieses Geschwätz zunutze gemacht. Wenn dieser tückische Anwalt Madame Tiphaines Scherze wiederholte, waren sie mit Gift durchtränkt. Indem er das Trugbild entlarvte, dem sich Rogron und Sylvie hingegeben hatten, entfachte er den Zorn und weckte Rachegedanken bei diesen beiden gefühllosen Naturen, die ihre erbärmlichen Leidenschaften genährt haben wollten.

Einige Tage später brachte Vinet seine Frau mit, eine wohlerzogene, schüchterne, weder hübsche noch häßliche, äußerst sanfte Person, die sehr unter ihrem Unglück litt. Madame Vinet war blond, ein wenig durch die Sorgen um ihren kärglichen Haushalt angegriffen und äußerst einfach gekleidet.

Keine andere Frau hätte Sylvie besser gefallen können. Madame Vinet ertrug die Art von Sylvie und gab ihr nach, wie eine Frau, die gewohnt ist nachzugeben. Auf ihrer gewölbten Stirn, auf ihren rosig schimmernden Wangen und in ihrem versunken-sanften Blick zeigten sich die Spuren jener tiefgehenden Betrachtungen und jener klarblickenden Gedanken, die leidgewohnte Frauen hinter absolutem Stillschweigen verbergen. Der Einfluß des Oberst, der Sylvie gegenüber einige, seinem militärisch-schroffen Wesen allem Anschein nach abgerungene, geradezu höfische Gunstbezeigungen an den Tag legte, und der Einfluß des geschickten Vinet hatten alsbald Folgen für Pierrette. In die Wohnung eingesperrt, die sie nur noch in Begleitung ihrer alten Cousine verließ, traf Pierrette, das hübsche Eichhörnchen, ununterbrochen ein: »Pierrette, faß das nicht an!« und der ständige Sermon über ihre Haltung. Pierrette ließ die Schultern hängen und überspannte den Rücken; sie sollte kerzengerade sein wie ihre Cousine, die einem Soldaten ähnelte, der seinem Oberst das Gewehr präsentiert; von dieser bekam sie manchmal kleine Klapse auf den Rücken, um sich aufzurichten. Das unbefangene und fröhliche Mädchen des Marais lernte, seine Bewegungen zu unterdrücken und einer Maschine zu ähneln.

An einem Abend, der den Beginn des zweiten Abschnitts einleiten sollte, kam Pierrette, die von den drei Stammgästen während der Abendstunden nicht gesehen worden war, bevor sie schlafen ging, um ihren Verwandten einen Gutenachtkuß zu geben und um die Gesellschaft zu begrüßen. Sylvie hielt dem reizenden Kind gleichgültig ihre Wange hin, wie um sich ihres Kusses zu entledigen. Die Geste war von so schmerzlicher Eindeutigkeit, daß Pierrette in Tränen ausbrach.

»Meine kleine Pierrette ist wohl beleidigt?« sagte der grausame Vinet zu ihr.

»Was hast du denn?« fragte Sylvie sie streng.

»Nichts«, sagte das arme Kind und ging, um ihrem Cousin einen Kuß zu geben.

»Nichts?« fing Sylvie wieder an. »Man weint nicht ohne Grund.«

»Was hast du, mein hübsches Kind?« sagte Madame Vinet zu ihr.

»Meine reiche Cousine ist nicht so gut zu mir wie meine arme Großmutter!«

»Deine Großmutter hat dir dein Vermögen weggenommen, deine Cousine wird dir ihres hinterlassen.«

Der Oberst und der Anwalt sahen sich insgeheim an.

»Ich möchte lieber bestohlen und geliebt werden«, sagte Pierrette.

»Na schön, dann werden wir dich dorthin zurückschicken, wo du hergekommen bist.«

»Aber was hat die liebe Kleine denn getan?« fragte Madame Vinet.

Vinet warf seiner Frau jenen eisig-stierenden und furchtbaren Blick zu, den Menschen haben, die eine uneingeschränkte Herrschaft ausüben. Die arme Helotin, die fortwährend gestraft wurde, weil sie das einzige, was man von ihr wollte, ein Vermögen, nicht gehabt hatte, griff wieder zu ihren Karten.

»Was sie getan hat?« rief Sylvie, wobei sie den Kopf mit einer so ungestümen Bewegung zurückwarf, daß die Goldlackblüten auf ihrer Haube hin- und hergeschüttelt wurden. »Sie weiß nicht, was sie sich noch ausdenken soll, um uns zu ärgern: Sie hat meine Uhr aufgemacht, um zu sehen, wie sie funktioniert, sie hat das Rad angefaßt und die große Spiralfeder zerbrochen. Das Fräulein befolgt nichts. Den ganzen Tag schärfe ich ihr ein, daß sie auf alles achtgeben soll, und es ist, als ob ich zu dieser Lampe hier reden würde.«

Pierrette, die sich schämte, in der Gegenwart von Fremden gescholten zu werden, ging ganz leise hinaus.

»Ich frage mich, wie dieses wilde Kind zu bändigen ist«, sagte Rogron.

»Sie ist doch alt genug, um in ein Pensionat zu gehen«, sagte Madame Vinet.

Ein erneuter Blick Vinets gebot seiner Frau Schweigen, er hatte sich wohlweislich gehütet, sie in seine und des Obersten Pläne über die beiden Unverheirateten einzuweihen.

»Das kommt davon, wenn man sich mit anderer Leute Kinder belastet!« rief der Oberst. »Sie könnten selbst noch welche haben, Sie oder Ihr Bruder; warum heiratet denn nicht einer von Ihnen beiden?«

Sylvie sah den Oberst überaus liebenswürdig an: zum ersten Mal in ihrem Leben begegnete ihr ein Mann, bei dem ihr die Vorstellung, daß sie sich hätte verheiraten können, nicht absurd erschien.

»Aber Madame Vinet hat recht«, rief Rogron, »das würde Pierrette zur Vernunft bringen. Ein Lehrer wird nicht allzuviel kosten!« Sylvie war derart mit dem Ausspruch des Oberst beschäftigt, daß sie Rogron nicht antwortete.

»Wenn Sie nur für die Oppositionszeitung, von der wir sprachen, bürgen würden, hätten Sie gleich einen Lehrer für ihre kleine Cousine in dem verantwortlichen Herausgeber, wir würden diesen armen, durch die Übergriffe des Klerus betroffenen Schulmeister nehmen. Meine Frau hat recht: Pierrette ist ein roher Diamant, der geschliffen werden muß«, sagte Vinet zu Rogron.

»Ich dachte, daß Sie Baron seien«, sagte Sylvie nach einer langen Pause, in der jeder Spieler nachdenklich geschwiegen hatte, während eines Kartengebens, zum Oberst.

»Ja; aber hatte ich, obwohl ich 1814 nach der Schlacht von Nangis ernannt worden bin, wo mein Regiment wahre Wunder vollbracht hat, das nötige Geld und die nötigen Protektionen, um mit der Staatskanzlei ins reine zu kommen? Mit der Baronie wird es sein wie mit dem Generalsgrad, den ich 1815 hatte, es muß wieder eine Revolution stattfinden, damit ich beides zurückbekomme.«

»Falls Sie die Kautionssumme durch eine Hypothek erstellen könnten«, antwortete Rogron endlich, »das ließe sich machen.«

»Aber das kann mit Cournant geregelt werden«, erwiderte Vinet. »Die Zeitung wird dem Oberst zum Sieg verhelfen, dann wäre Ihr Salon einflußreicher als der von Tiphaine und Konsorten.«

»Wieso?« fragte Sylvie.

Zur gleichen Zeit, als der Anwalt, dessen Frau die Karten austeilte, die Bedeutung erläuterte, die Rogron, der Oberst und er, Vinet, durch die Veröffentlichung eines unabhängigen Blattes für den Stadtkreis von Provins erlangen würden, zur gleichen Zeit zerfloß Pierrette in Tränen; ihr Herz und ihr Verstand sagten ihr, daß ihre Cousine weitaus schuldiger war als sie. Instinktiv verstand das Kind des Marais, daß Nächstenliebe und Mildtätigkeit keine Einschränkung erfahren dürfen. Sie haßte ihre schönen Kleider und alles, was für sie getan wurde. Sie mußte für die Wohltaten zu teuer bezahlen. Sie weinte darüber, sich eine Blöße gegeben zu haben, und faßte den Entschluß, sich künftig so zu betragen, daß ihre Verwandten nichts mehr sagen konnten, das arme Kind! Sie dachte nun daran, welche Größe Brigaut besessen hatte, als er ihr seine Ersparnisse gegeben hatte. Sie glaubte, den Gipfel ihres Unglücks erreicht zu haben, und wußte nicht, daß sich für sie im gleichen Augenblick im Salon ein neues trauriges Schicksal entschied. Einige Tage später bekam Pierrette auch tatsächlich einen Schreiblehrer. Sie sollte lesen, schreiben und rechnen lernen. Durch Pierrettes Ausbildung wurde ungeheurer Schaden im Haus der Rogrons angerichtet. Wenn sie ihre Aufgaben erledigte, war Tinte auf den Tischen, auf den Möbeln, auf der Kleidung; dann die überall herumliegenden Schreibhefte und Schreibfedern, der Streusand auf den Bezügen und die zerrissenen, eselsohrigen Bücher. Man sprach ihr gegenüber bereits davon (und mit welchen Worten!), daß es notwendig sei, sein Brot zu verdienen und niemandem zur Last zu fallen. Wenn sie diese schreckliche Warnung hörte, fühlte Pierrette einen Schmerz in ihrer Brust: dort zog sich etwas heftig zusammen, und ihr Herz überschlug sich fast.

Das Weinen mußte sie unterdrücken, weil man für ihre Tränen Rechenschaft forderte wie für eine Beleidigung der Güte ihrer edelmütigen Verwandten. Rogron hatte das ihm angemessene Leben gefunden: er schalt Pierrette, wie er früher seine Ladengehilfen gescholten hatte, er holte sie, wenn sie gerade spielte, um sie zum Lernen zu zwingen, er fragte sie ihre Lektionen ab, er war der unbarmherzige Aufseher dieses armen Kindes. Sylvie wiederum sah es als ihre Pflicht an, Pierrette das Wenige, was sie selbst vom Handarbeiten verstand, beizubringen. Weder Rogron noch seine Schwester hatten etwas Sanftmütiges in ihrem Charakter. Diese beschränkten Geister, die überdies ihre wahre Freude daran hatten, diese arme Kleine zu quälen, gingen unmerklich von ihrer süßlichen Art zu äußerster Strenge über. Diese Strenge rührte von der angeblichen Böswilligkeit des Kindes her, das, da es zu spät zu lernen begonnen hatte, nur langsam begriff. Ihre Lehrer beherrschten nicht die Kunst, den Aufgaben eine der Intelligenz des Schülers angemessene Form zu geben, das, was den Unterschied zwischen der privaten und der öffentlichen Bildung ausmacht. Deshalb lag die Schuld weniger bei Pierrette als vielmehr bei ihren Verwandten. Sie brauchte also außerordentlich lange, um die Grundbegriffe zu lernen. Wegen einer Nichtigkeit nannte man sie einfältig und dumm, töricht und ungeschickt. Die unaufhörlich mit Worten gequälte Pierrette traf nur auf die abweisenden Blicke ihrer beiden Verwandten. Sie nahm die stumpfsinnige Haltung eines kleinen Schafes an: Sie wagte nichts mehr zu tun, da sie sah, daß alles, was sie tat, ungerecht beurteilt, ungünstig aufgenommen und falsch gedeutet wurde. In allen Dingen erwartete sie den gnädigen Willen, die Befehle ihrer Cousine, behielt ihre Gedanken für sich und beschränkte sich auf einen passiven Gehorsam. Ihre leuchtenden Farben begannen zu verlöschen. Bisweilen klagte sie, daß sie Schmerzen hätte. Als ihre Cousine sie fragte: »Wo?«, antwortete das arme Kind, das am ganzen Körper Schmerzen verspürte: »Überall.«

»Hat man so etwas schon gehört, es tut überall weh? Wenn es dir überall weh täte, dann wärst du schon tot!« antwortete Sylvie.

»Man hat Schmerzen in der Brust«, krittelte Rogron herum, »man hat Zahnschmerzen, Kopfschmerzen, Schmerzen in den Füßen und Bauchschmerzen; aber überall Schmerzen haben, das gibt es nicht. Was heißt überall? Überall Schmerzen haben heißt nirgends Schmerzen haben. Weißt du, was du tust? Du redest nur irgend etwas daher.«

Pierrette sagte schließlich nichts mehr, da sie sah, daß man ihre unschuldigen, mädchenhaften Betrachtungen, die Blüten ihres erwachenden Geistes, mit Phrasen abtat, die sie mit ihrem gesunden Menschenverstand als lächerlich empfand.

»Du beklagst dich, ißt aber wie ein Scheunendrescher!« sagte Rogron zu ihr.

Der einzige Mensch, der diese kostbare und so zarte Blume nicht verletzte, war Adèle, das dicke Dienstmädchen. Adèle ging dem kleinen Mädchen mit der Wärmpfanne das Bett anwärmen, jedoch heimlich, von dem Abend an, als sie dabei überrascht worden war, der jungen Erbin ihrer Herrschaft diese Annehmlichkeit zu bereiten, und von Sylvie gescholten wurde.

»Man muß Kinder mit Härte erziehen, dann bekommen sie einen starken Charakter. Ist das meinem Bruder und mir etwa nicht gut bekommen?« sagte Sylvie. »Sie würden aus Pierrette eine Zimperliese machen«, ein Wort aus Rogrons Vokabular, das kränkelnde, weinerliche Menschen bezeichnete.

Die liebevollen Entäußerungen dieses Engels wurden als Heuchelei aufgefaßt. Die Rosen der Zuneigung, die so frisch und so anmutig in dieser jungen Seele sprossen und die sich nach außen hin entfalten wollten, wurden mitleidslos zertreten.

Pierrette empfing die härtesten Schläge an den empfindlichsten Stellen ihres Herzens. Wenn sie versuchte, diese beiden unbarmherzigen Naturen durch Liebkosungen zu besänftigen, wurde ihr vorgeworfen, zärtlich zu sein, weil sie etwas haben wollte.

»Sag mir sofort, was du willst!« rief Rogron brutal, »du umschmeichelst mich bestimmt nicht umsonst.«

Weder die Schwester noch der Bruder duldeten Liebe, und Pierrette war voller Liebe. Der Oberst, der ängstlich darauf bedacht war, Mademoiselle Rogron zu gefallen, gab ihr in allem, was Pierrette betraf, recht. Auch Vinet unterstützte die beiden Geschwister in allem, was sie gegen Pierrette vorbrachten; er schrieb die angeblichen Missetaten dieses Engels dem sturen bretonischen Charakter zu und behauptete, daß keine Macht und kein Wille etwas dagegen auszurichten vermochten.

Diese beiden Galane hatten Rogron und seiner Schwester in derart raffiniertem Übermaß gelobhudelt, daß sie schließlich von Rogron die Kaution für den ›Kurier von Provins‹ und von Sylvie fünftausend Francs in Aktien erhalten hatten. Der Oberst und der Anwalt begannen nun ihren Feldzug. Sie verkauften hundert Aktien zu fünfhundert Francs unter den Wählern, die Eigentümer von Nationalgütern waren und denen liberale Zeitungen Furcht einflößten; unter den Pachtbauern und unter den sogenannten unabhängigen Leuten. Schließlich vergrößerten sie ihr Netzwerk und stießen sogar bis ins Departement vor und, darüber hinaus, bis in einige angrenzende Gemeinden. Selbstverständlich wurde jeder Aktionär auch Abonnent. Daraufhin wurden gerichtliche und andere Bekanntmachungen zwischen dem ›Bienenkorb‹ und dem ›Kurier‹ geteilt. Die erste Nummer der Zeitung erhob einen schwülstigen Lobgesang auf Rogron. Rogron wurde als der Laffitte von Provins vorgestellt. Wenn die öffentliche Meinung eine Richtung bekam, war es leicht abzusehen, daß die nächsten Wahlen heftig umstritten sein würden. Die schöne Madame Tiphaine war verzweifelt.

»Ich habe«, sagte sie, als sie einen gegen sich und gegen Julliard gerichteten Artikel las, »leider vergessen, daß sich nicht weit von einem Narren immer ein Spitzbube findet und daß die Dummheit immer einen schlauen Fuchs anzieht.«

Sowie die Zeitung in einem Umkreis von zwanzig Meilen loderte, hatte Vinet einen neuen Frack, ordentliche Stiefel, eine anständige Hose und Weste. Er trug den berüchtigten grauen Liberalenhut zur Schau und ließ seine Leibwäsche sehen. Seine Frau nahm ein Dienstmädchen und erschien so gekleidet, Wie es sich für die Frau eines einflußreichen Mannes gehörte; sie bekam hübsche Hauben. Aus Berechnung zeigte sich der Anwalt erkenntlich. Vinet und dessen Freund, Cournant, Notar der Liberalen und Widersacher von Auffray, wurden die Ratgeber der Rogrons, denen sie zwei große Dienste erwiesen. Die von dem alten Rogron 1815 unter unglücklichen Umständen abgeschlossenen Pachtverträge würden bald ablaufen. Gartenbau und Gemüsekulturen hatten um Provins in erstaunlichem Maße zugenommen. Der Anwalt und der Notar bewerksteiligten es, den Rogrons vierzehnhundert Francs Einkommenserhöhung durch die neuen Pachtverträge zu verschaffen. Vinet gewann zwei Prozesse über Baumpflanzungen gegen zwei Gemeinden, es ging dabei um fünfhundert Pappeln. Das Geld für die Pappeln und die Ersparnisse der Rogrons, die seit drei Jahren jährlich sechstausend Francs zu hohen Zinsen anlegten, wurde äußerst geschickt für den Kauf mehrerer Enklaven verwendet. Schließlich übernahm Vinet die Enteignung einiger der Bauern, denen der alte Rogron sein Geld geliehen hatte und die sich umsonst mit dem Bestellen und dem Düngen ihrer Äcker zu Tode gearbeitet hatten, um bezahlen zu können, und brachte die Verfahren zum Abschluß. Der durch den Hausbau dem Kapital der Rogrons zugefügte Schaden wurde also reichlich wiedergutgemacht. Ihr um Provins gelegener Grundbesitz, der von ihrem Vater ausgewählt worden war, wie nur Gastwirte zu wählen verstehen, in kleine Flächen aufgeteilt, von denen die größte keine fünf Morgen maß, an außerordentlich zahlungskräftige Leute vermietet, die fast alle Besitzer einiger Stückchen Land waren, und mit Hypotheken belastet, wegen der Pachtdeckung, brachte zu Sankt Martin im November 1826 fünftausend Francs ein. Die Steuern gingen zu Lasten der Bauern, und es gab kein Gebäude instand zu setzen oder gegen Feuer zu versichern. Jeder der beiden Geschwister besaß viertausendsechshundert Francs zu fünf Prozent, und da dieser Wert das Pari überschritt, ermahnte sie der Anwalt, davon eine Wiederanlegung in Land zu tätigen, wobei er ihnen versprach, daß sie mit Hilfe des Notars keinen Liard Zinsen beim Wechsel verlieren würden.

Am Ende des zweiten Abschnitts war das Leben für Pierrette derart hart, wurde die Gleichgültigkeit der Stammgäste des Hauses, der zänkische Unverstand und der Mangel an Zuneigung ihrer Verwandten derart ätzend, sie fühlte so sehr eine feuchte Grabeskälte über sich hinwehen, daß sie den kühnen Plan faßte, zu Fuß und ohne Geld wieder in die Bretagne zu ihrer Großmutter und ihrem Großvater Lorrain zu gehen. Zwei Ereignisse hinderten sie daran. Der gute Lorrain verstarb, und Rogron wurde durch einen in Provins abgehaltenen Familienrat zum Vormund seiner Cousine ernannt. Es ist anzunehmen, daß, wenn die Großmutter als erste gestorben wäre, Rogron, von Vinet beraten, Pierrettes achttausend Francs zurückgefordert und den Großvater zu bitterster Armut verdammt hätte.

»Aber sie können Pierrette beerben«, sagte Vinet mit einem abscheulichen Lächeln zu ihm. »Man weiß nie, wer wen überlebt!«

Von diesem Ausspruch erleuchtet, ließ Rogron die Witwe Lorrain, die Schuldnerin ihrer Enkeltochter, nicht eher in Ruhe, bis sie den Besitz von achttausend Francs, dessen Nießbrauch sie besaß, Pierrette durch eine Schenkung zu Lebzeiten gesichert hatte, deren Gebühren von ihm bezahlt wurden.

Die Trauer um ihren Großvater nahm Pierrette außerordentlich mit. Als sie diesen schrecklichen Schicksalsschlag hinnehmen mußte, war gerade die Rede davon, daß sie zur Erstkommunion gehen sollte: wiederum ein Ereignis, dessen Verpflichtungen sie in Provins zurückhielten. Diese unumgängliche und einfache Zeremonie sollte große Veränderungen bei den Rogrons mit sich bringen. Sylvie erfuhr, daß die Kleinen der Julliards, Lesourds, der Garcelands und anderer von Pfarrer Péroux unterrichtet wurden. Sie setzte ihre ganze Ehre daran und wollte für Pierrette den persönlichen Stellvertreter von Abbé Péroux bekommen, Monsieur Habert, der als Mitglied der Kongregation galt, äußerst beflissen für die Interessen der Kirche einstand, in Provins sehr gefürchtet war und der seinen Ehrgeiz hinter absoluter Prinzipienfestigkeit verbarg. Die ungefähr dreißigjährige unverheiratete Schwester dieses Priesters unterhielt in der Stadt ein Pensionat für höhere Töchter. Die Geschwister ähnelten sich: beide mager, gelbhäutig, schwarzhaarig und gallsüchtig. Da Pierrette als Bretonin mit den Bräuchen und der poesievollen Sprache der katholischen Kirche aufgewachsen war, öffnete sie den Worten dieses ehrfurchtgebietenden Priesters ihr Herz und lauschte ihnen aufmerksam. Leid macht fromm, und fast alle jungen Mädchen neigen, von einer instinktiven Liebe getrieben, zum Mystizismus, der unfaßbaren Seite der Religion. Der Priester fand also einen ausgezeichneten Nährboden für das Samenkorn des Evangeliums und die Lehren der Kirche. Durch ihn wurde Pierrette ganz anders. Pierrette liebte Jesus Christus, der den jungen Mädchen in der Kommunion als ein himmlischer Bräutigam dargereicht wird; ihre körperlichen und seelischen Leiden bekamen einen Sinn, sie wurde dazu abgerichtet, in allem einen Fingerzeig Gottes zu sehen. Ihre Seele, die in diesem Hause so grausam verwundet worden war, ohne daß das Kind seine Verwandten dafür anklagen konnte, erhob sich in jene Sphäre, in die alle Unglücklichen, getragen von Glaube, Liebe und Hoffnung, entfliehen. Folglich gab Pierrette ihre Fluchtpläne auf. Sylvie, die sich über den inneren Wandel wunderte, der sich durch Habert bei Pierrette vollzogen hatte, begann neugierig zu werden. Während Monsieur Habert eigentlich Pierrette auf ihre Erstkommunion vorbereitete, eroberte er von nun an für Gott auch die bis dahin verirrte Seele von Mademoiselle Sylvie. Sylvie wurde fromm. Denis Rogron, den der angebliche Jesuit nicht packen konnte, weil nun der Geist seiner Liberalen Majestät, des seligen ›Constitutionnel I.‹ auf gewisse Dummköpfe stärker wirkte als der Geist der Kirche, Denis blieb Oberst Gouraud, Vinet und dem Liberalismus treu.

Selbstverständlich machte Mademoiselle Rogron die Bekanntschaft von Mademoiselle Habert, mit der sie sich vortrefflich verstand. Die beiden liebten sich wie Schwestern. Mademoiselle Habert machte das Angebot, Pierrette zu sich zu nehmen, um Sylvie den Ärger und die Mühen der Erziehung zu ersparen; doch die Geschwister antworteten, daß ihnen ohne Pierrette das Haus zu leer wäre. Die Rogrons schienen unsäglich an ihrer kleinen Cousine zu hängen. Als Oberst Gouraud und der Anwalt Vinet Mademoiselle Habert ein- und ausgehen sahen, mutmaßten sie, daß der ehrgeizige Vikar für seine Schwester ebenso Ehepläne geschmiedet hatte wie der Oberst für sich.

»Ihre Schwester will Sie verheiraten«, sagte der Anwalt zu dem ehemaligen Kurzwarenhändler.

»Mit wem?« fragte Rogron.

»Mit dieser alten Hexe von Erzieherin«, rief der alte Oberst, wobei er sich seinen grauen Schnurrbart zwirbelte.

»Davon hat sie mir nichts gesagt«, antwortete Rogron naiv.

Eine so unfehlbare Frau wie Sylvie sollte auf dem Weg des Heils schnell vorankommen. Der Einfluß des Priesters wurde in diesem Haus, unterstützt von Sylvie, die über ihren Bruder bestimmte, immer größer. Die beiden Liberalen, die mit Recht einen Schrecken bekamen, begriffen, daß, falls der Priester beschlossen hatte, seine Schwester mit Rogron zu verheiraten, was übrigens eine weitaus passendere Verbindung gewesen wäre als die von Sylvie und dem Oberst, er Sylvie zu den allerstrengsten Glaubenspraktiken verleiten und Pierrette ins Kloster stecken lassen würde. Sie konnten also den Einsatz achtzehnmonatiger Bemühungen, Niederträchtigkeiten und Schmeicheleien einbüßen. Dumpfer und schrecklicher Haß gegen den Priester und seine Schwester packte sie, doch nichtsdestoweniger fühlten sie, daß sie gut mit ihnen auskommen mußten, um kein Stück an Boden zu verlieren. Monsieur und Mademoiselle Habert, die Whist und Boston konnten, kamen jeden Abend. Die Emsigkeit der einen spornte den Eifer der anderen an. Der Anwalt und der Oberst fühlten sich auf gleicher Höhe mit gleichstarken Gegnern, und ebendiese Ahnung beunruhigte auch Monsieur und Mademoiselle Habert. In diesem Bewußtsein rüsteten beide Seiten zum Kampf. In dem Maße, wie der Oberst Sylvie von den unverhofften Annehmlichkeiten einer Werbung zu kosten gab, denn sie hatte schließlich in Gouraud doch den zu ihr passenden Mann gesehen, in dem Maße hüllte auch Mademoiselle Habert den ehemaligen Kurzwarenhändler in die Zuckerwatte ihrer Aufmerksamkeiten, Worte und Blicke. Keine der beiden Parteien konnte das ›Teilen wir?‹, das wichtige Wort der hohen Politik, über die Lippen bringen. Jeder wollte die gesamte Beute. Überdies begingen die beiden schlauen Füchse der Opposition von Provins, einer Opposition, die allmählich größer wurde, den Fehler, sich für stärker zu halten als die Geistlichkeit: sie feuerten als erste! Vinet, dessen Dankbarkeit von der gierigen Hand des Eigennutzes erweckt wurde, holte Mademoiselle de Chargebœuf und ihre Mutter zu sich. Diese beiden Frauen kümmerten mit ihren rund zweitausend Livres Rente in Troyes dahin. Mademoiselle Bathilde de Chargebœuf war eines jener großartigen Geschöpfe, die an eine Liebesheirat glauben, die dann aber, wenn sie mit fünfundzwanzig Jahren immer noch nicht verheiratet sind, ihre Meinung ändern. Vinet konnte Madame de

Chargebœuf überreden, ihre zweitausend Francs zu den tausend Talern zu legen, die er seit der Gründung der Zeitung verdiente, und zur Familie nach Provins zu ziehen, wo Bathilde, wie er sagte, einen Einfaltspinsel namens Rogron heiraten würde und, geistreich wie sie war, mit der schönen Madame Tiphaine konkurrieren könne. Durch die beiden Damen Chargebœuf, die sich Vinets Haushalt angeschlossen und Vinets Gesinnung angenommen hatten, wurde das Ansehen der liberalen Partei von Provins ungemein gehoben. Über diese Verbindung gerieten die Aristokratie von Provins und die Partei der Tiphaines aus der Fassung. Madame de Bréautey, die untröstlich darüber war, daß zwei Frauen von Stand einen derartigen Fehltritt begehen konnten, bat sie zu sich. Sie jammerte über die Fehler der Royalisten und erboste sich insbesondere über die Royalisten aus Troyes, als sie die Lebensumstände von Mutter und Tochter erfuhr.

»Wie!« sagte sie. »Es hat sich nicht irgendein alter Landedelmann gefunden, um diese liebe Kleine zu heiraten, die dazu geschaffen wurde, Herrin auf einem Schloß zu werden? Man hat sie so lange sitzenlassen, und jetzt wird sie sich einem Rogron an den Hals werfen.«

Sie durchwühlte das ganze Departement, ohne darin auch nur einen einzigen Adligen finden zu können, der imstande gewesen wäre, ein Mädchen zu heiraten, dessen Mutter nur zweitausend Livres Rente besaß. Die Partei der Tiphaines und der Unterpräfekt machten sich auch, allerdings zu spät, auf die Suche nach diesem Unbekannten. Madame de Bréautey führte schreckliche Anklagereden gegen den Egoismus, der Frankreich verschlang und der die Frucht des Materialismus und der von den Gesetzen bewilligten Herrschaft des Geldes war: Adel galt nichts mehr! Nichts die Schönheit! Leute wie die Rogrons und die Vinets zogen gegen den König von Frankreich zu Felde!

Bathilde de Chargebœuf besaß ihrer Rivalin gegenüber nicht nur den eindeutigen Vorzug im Aussehen, sie besaß auch schönere Kleider. Ihre Haut war blendendweiß. Da sie fünfundzwanzig Jahre alt war, hatten ihre voll entwickelten Schultern und ihre schönen Formen eine köstliche Fülle. Ihr runder Hals, der klare Ansatz ihrer Gelenke, ihr üppiges, vornehm-blondes Haar, ihr anmutiges Lächeln, ihr distinguierter Kopf, die Haltung und das Profil ihres Gesichts, ihre schönen Augen im richtigen Verhältnis zu einer vorzüglich gemeißelten Stirn, ihre erhabenen und angenehmen Bewegungen, ihr noch schlanker Wuchs, alles an ihr war harmonisch. Sie hatte schöne Hände und zierliche Füße. Gesund, wie sie war, ähnelte sie vielleicht einem schönen Schankmädchen. »Aber das sollte in den Augen von Rogron doch kein Nachteil sein«, sagte die schöne Madame Tiphaine. Mademoiselle de Chargebœuf erschien das erste Mal ziemlich einfach gekleidet. Ihr braunes Merinowollkleid mit grüngestickten Nahtbögen war weit ausgeschnitten; doch ein innen gut festgeschnürtes Busentuch aus Tüll bedeckte ihre Schultern, ihren Rücken und den Busen, wobei es vorn, obwohl es von einer Sévigné-Brosche zusammengehalten wurde, etwas Einblick gewährte. Unter diesem zarten Netzwerk wirkten Bathildes Schönheiten noch reizender und verführerischer. Als sie kam, legte sie ihren Samthut und ihren Schal ab, wobei ihre hübschen, mit Goldgehängen gezierten Ohren zum Vorschein kamen. Sie trug ein goldenes Jeannettenkreuz an einem schmalen Samtband, das sich von ihrem Hals abhob wie der schwarze Ring, den die wunderliche Natur auf den Schwanz einer weißen Angorakatze streift Sie kannte alle Kniffe heiratswilliger Mädchen: Handbewegungen, um gar nicht verrutschte Locken wieder aufzustecken, sie hielt Rogron ihre Handgelenke hin und bat ihn, ihr eine Manschette fester zu binden, was der unglücklich Verblendete grob ablehnte, so seine Gemütslage hinter scheinbarer Gleichgültigkeit verbergend. Die schüchterne, einzige Liebe, die dieser ehemalige Kurzwarenhändler in seinem Leben empfinden sollte, ähnelte allen Anzeichen nach dem Haß. Sylvie und ebenso Céleste

Habert ließen sich dadurch täuschen, nicht aber der Anwalt, der dieser stumpfsinnigen Gesellschaft überlegen war und der nur den Priester als Gegner hatte, da der Oberst lange Zeit sein Verbündeter war.

Der Oberst wiederum verhielt sich von nun an zu Sylvie wie Bathilde zu Rogron. Er zog jeden Abend weiße Wäsche an, er hatte Halsbinden aus Samt, über denen sein martialisches Gesicht, von den beiden weißen Ecken des Hemdkragens hochgeschoben, gut zur Geltung kam; er trug eine weiße Piquéweste und ließ sich einen neuen Gehrock aus blauem Tuch machen, an dem seine rote Ordensschleife prangte, dies alles unter dem Vorwand, der schönen Bathilde alle Ehre machen zu wollen. Nach zwei Uhr rauchte er nicht mehr. Sein ergrauendes Haar wurde gewellt über seinen ockerfarbenen Schädel nach hinten gekämmt. Er nahm schließlich das Aussehen und die Haltung eines Parteiführers an, eines Mannes, der sich anschickte, die Feinde Frankreichs, die Bourbonen also, schonungslos in die Enge zu treiben.

Der teuflische Anwalt und der durchtriebene Oberst spielten Monsieur und Mademoiselle Habert noch grausamer mit, als es schon mit der Vorstellung der schönen Bathilde de Chargebœuf der Fall gewesen war, die von den Liberalen und von den Bréauteys zehnmal schöner gefunden wurde als die schöne Madame Tiphaine. Die beiden großen Kleinstadtpolitiker machten nach und nach die Leute glauben, daß Habert in allem ihre Ansichten teilte. Bald sprach Provins über den angeblich liberalen Priester. Daraufhin sofort vor den Bischof zitiert, war Monsieur Habert genötigt, auf seine Abende bei den Rogrons zu verzichten, doch seine Schwester verkehrte weiterhin dort. Somit war der Salon Rogron gegründet und wurde zu einer Macht.

Ebenso heftig wie die Heiratsintrigen wurden daher gegen Mitte dieses Jahres im Salon der Rogrons die politischen Intrigen geschürt. Als sich die unausgesprochenen, in den Herzen verborgenen Interessen erbitterte Kämpfe lieferten, erlangte der öffentliche Kampf eine verhängnisvolle Berühmtheit. Wie allgemein bekannt ist, wurde das Ministerium Villèle durch die Wahlen von 1826 zum Rücktritt gezwungen. Im Wahlbezirk Provins hätte Vinet, der liberale Kandidat, dem Monsieur Cournant durch den Kauf eines Landgutes, dessen Preis gestundet worden war, den Zensus verschafft hatte, beinahe den Sieg über Monsieur Tiphaine davongetragen. Der Präsident bekam nur zwei Stimmen mehr. Zu den Vinets, den Damen Chargebœuf und zu dem Oberst gesellten sich mitunter Cournant, dessen Frau und ferner der Arzt Néraud, ein Mann, der eine bewegte Jugend hinter sich hatte, dem Leben aber mit Ernst gegenübertrat; er war, so sagte man, der Wissenschaft verfallen und besaß, dem Reden der Liberalen zufolge, weitaus mehr Fähigkeiten als Monsieur Martener. Die Rogrons begriffen ihren jetzigen Siegeszug ebensowenig wie ihre einstige Verbannung.

Die schöne Bathilde de Chargebœuf behandelte Pierrette, die ihr von Vinet als Feindin gewiesen worden war, mit abscheulichem Hochmut. Das allgemeine Interesse verlangte, daß dieses arme Opfer erniedrigt wurde. Madame Vinet konnte nichts für dieses Kind tun, das, was sie schließlich begriffen hatte, zwischen unversöhnlichen Interessen zermalmt wurde. Ohne den gebietenden Willen ihres Mannes wäre sie nicht zu den Rogrons gekommen, sie litt zu sehr darunter, wenn sie sah, wie dieses hübsche kleine Wesen dort mißhandelt wurde, das sich zu ihr drängte, weil es die heimliche Beschützerin erriet und sie bat, ihm diesen oder jenen Stich zu zeigen und es eine Stickarbeit machen zu lassen. Pierrette bewies auf diese Weise, daß sie, wenn man behutsam mit ihr umging, sehr gut verstehen und daß ihr etwas bestens gelingen konnte. Doch bald konnte man auf Madame Vinet verzichten, und sie kam nicht mehr. Sylvie, die sich noch immer mit Heiratsabsichten trug, sah schließlich in Pierrette ein Hindernis: Pierrette war fast vierzehn Jahre alt, und durch ihre Blässe, deren krankhaften Symptomen die unwissende alte Jungfer keine Beachtung schenkte, sah sie bezaubernd aus. Sylvie kam nun auf den guten Einfall, die ihr durch Pierrette entstandenen Kosten wieder auszugleichen, indem sie sie zum Dienstmädchen machte. Vinet als Sachwalter der Chargebœufs, Mademoiselle Habert, Gouraud, alle einflußreichen Stammgäste beredeten Sylvie, die dicke Adèle zu entlassen. Könnte nicht Pierrette kochen und das Haus in Ordnung halten? Wenn zuviel Arbeiten anfallen würden, könnte sie auf die Haushälterin des Oberst zurückgreifen, eine erfahrene Person und eine der besten Köchinnen von Provins. Pierrette sollte kochen lernen, sagte der bösartige Anwalt, sie sollte bohnern können, fegen, ein Haus sauberhalten, auf den Markt gehen und sich die Preise einprägen. Die arme Kleine, deren Opfermut ihrem Edelmut gleichkam, bot sich noch freiwillig an, glücklich darüber, das harte Brot, das sie in diesem Hause aß, somit wenigstens bezahlen zu können. Adèle wurde entlassen. Pierrette verlor also den einzigen Menschen, der sie vielleicht beschützt hätte. Obwohl sie dagegen ankämpfte, fehlte ihr von nun an jegliche körperliche und seelische Kraft. Die beiden Junggesellen achteten sie noch weniger als eine Bedienstete, sie gehörte ja ihnen! Deshalb wurde sie für ein Nichts gescholten, wegen etwas Staub, den sie auf der Marmorplatte des Kamins oder auf einer Glasglocke übersehen hatte. Die Luxusgegenstände, die sie so sehr bewundert hatte, wurden ihr nun verhaßt. Obwohl sie sich Mühe gab, alles richtig zu machen, hatte ihre unerbittliche Cousine an allem, was von Pierrette gemacht worden war, etwas auszusetzen. In zwei Jahren hatte Pierrette kein Lob erhalten und kein liebes Wort zu hören bekommen. Glück bedeutete für sie, wenn man sie nicht ausschimpfte. Mit einer Engelsgeduld ertrug sie die düstere Art der beiden Unverheirateten, denen zärtliche Gefühle gänzlich unbekannt waren und die sie tagtäglich ihre Abhängigkeit spüren ließen. Dieses Leben, wo sich das junge Mädchen zwischen den beiden Krämern vorkam, als ob sie von eisernen Klauen eingezwängt würde, verschlimmerte ihre Krankheit. Sie litt derart unter der heftigen inneren Unruhe und den jähen Ausbrüchen heimlichen Kummers, daß ihrer Entwicklung auf nicht wiedergutzumachende Weise geschadet wurde. Ihr entsetzliches Leid heimlich erduldend, verfiel Pierrette allmählich in den Zustand, in dem der Freund ihrer Kindertage sie gesehen hatte, als er sie auf dem kleinen Platz mit der bretonischen Romanze grüßte.

Bevor wir auf das häusliche Drama eingehen, das Brigauts Erscheinen im Hause Rogron einleitete, ist es, um spätere Ausführungen nicht unterbrechen zu müssen, erforderlich, über den Bretonen und seine Niederlassung in Provins Aufschluß zu geben, da er ja gewissermaßen ein stummer Akteur bei diesem Auftritt war. Als er davonlief, war Brigaut nicht allein über Pierrettes Geste erschrocken, sondern auch darüber, wie sehr sich seine kleine Freundin verändert hatte: wäre nicht die Stimme, wären nicht die Augen und die Gesten gewesen, die ihn an seine so lebhafte, so heitere und doch so zärtliche kleine Gefährtin erinnerten, dann hätte er sie nicht wiedererkannt. In sicherer Entfernung vom Haus blieb er stehen, seine Knie bebten, und der Schweiß lief ihm den Rükken hinunter. Er hatte nur Pierrettes Schatten gesehen, nicht Pierrette selbst. Nachdenklich und besorgt stieg er zur Oberstadt hinauf, bis er eine Stelle gefunden hatte, von welcher er den Platz und Pierrettes Haus sehen konnte; in zahllose Gedanken vertieft, betrachtete er es, wie ein Unglück, an dem man beteiligt ist und von dem man nicht weiß, wo es enden wird. Pierrette litt, sie war nicht glücklich, sie sehnte sich nach der Bretagne! Was war mit ihr? Mit all diesen Fragen zermarterte sich Brigaut, dabei wurde ihm selbst erst bewußt, wie groß die Zuneigung zu seiner kleinen Adoptivschwester war. Es kommt nur äußerst selten vor, daß eine Neigung zwischen Kindern verschiedenen Geschlechts bestehenbleibt. Der bezaubernde Roman von Paul und Virginie löst die Frage, die dieser seltsame Tatbestand aufwirft, ebensowenig wie jener von Pierrette und Brigaut. In der neueren Geschichte findet sich nur die berühmte Ausnahme der erhabenen Marchesa di Pescara und ihres Gatten, die sich, seit ihrem vierzehnten Lebensjahr von ihren Eltern füreinander bestimmt, leidenschaftlich liebten und heirateten: ihre Verbindung war für das sechzehnte Jahrhundert ein Musterbeispiel grenzenloser und ungetrübter ehelicher Liebe. Nachdem sie mit vierunddreißig Jahren ihren Mann verloren hatte, wies die schöne, geistreiche und weltweit angebetete Marchesa sogar Könige ab und zog sich in ein Kloster zurück, wo sie außer Nonnen nie wieder andere Menschen sah. Die so vollkommene Liebe war plötzlich auch in dem Herzen des armen Bretonen aufgegangen. Pierrette und er hatten sich so oft gegenseitig beschützt, er war so froh gewesen, ihr das Geld für die Reise schenken zu können, ihm wäre beinahe etwas zugestoßen, weil er der Kutsche nachgelaufen war, und Pierrette hatte nichts davon gewußt. Oft hatte ihm diese Erinnerung während der letzten drei Jahre in den schweren Stunden seines mühevollen Daseins wieder Kraft gegeben. Für Pierrette hatte er sich weitergebildet, für Pierrette hatte er seinen Beruf erlernt, wegen Pierrette war er nach Paris gegangen, wobei er sich vorgenommen hatte, dort für sie reich zu werden. Nachdem er vierzehn Tage in Paris gewesen war, hielt es ihn bei dem Gedanken an ein Wiedersehen nicht länger, er war von Samstagabend bis zu jenem Montagmorgen gelaufen, er hatte auch beabsichtigt, wieder nach Paris zurückzukehren, der ergreifende Anblick seiner kleinen Freundin jedoch hielt ihn in Provins. Ihm unbewußt, wirkte ein sonderbarer, trotz so vieler Beweise noch umstrittener Magnetismus auf ihn ein: ihm traten Tränen in die Augen, als auch Pierrettes Augen von Tränen getrübt wurden. Wenn er für sie die Bretagne und eine sehr glückliche Kindheit bedeutete, dann bedeutete Pierrette für ihn das Leben. Mit seinen sechzehn Jahren konnte Brigaut weder ein Gesims zeichnen noch es nivellieren, er wußte viele Dinge noch nicht; aber er hatte mit seinen Arbeiten vier bis fünf Francs täglich verdient. Er konnte also in Provins leben, er wäre dort ganz in Pierrettes Nähe, er würde sich den besten Tischler der Stadt wählen, seine Lehre beenden und auf Pierrette achtgeben. Brigaut zögerte nicht lange, er lief nach Paris, ließ sich seinen Lohn auszahlen und nahm sein Wanderbuch, sein Gepäck und sein Werkzeug mit. Drei Tage später war er Geselle bei Frappier, dem besten Tischler von Provins. Ordentliche und fleißige Arbeiter, die nicht herumkrakeelen und in Wirtshäusern verkehren, sind ziemlich selten, deshalb nehmen die Meister gern einen jungen Mann wie Brigaut. Um die Geschichte des Bretonen diesbezüglich zum Abschluß zu bringen: Nach zwei Wochen wurde er Obergeselle, bekam Kost und Logis bei Frappier, der ihm Arithmetik und geometrisches Zeichnen beibrachte. Jener Tischler wohnte in der Hauptstraße, etwa hundert Schritt von dem kleinen länglichen Platz entfernt, an dessen Ende das Haus der Rogrons stand. Brigaut verschloß seine Liebe in seinem Innersten und gab nicht das Geringste preis. Er ließ sich von Madame Frappier die Geschichte der Rogrons erzählen; sie sagte ihm, wie der alte Gastwirt es angestellt hatte, um an die Erbschaft des guten Auffray heranzukommen. Brigaut erfuhr etwas über den Charakter des Kurzwarenhändlers Rogron und seiner Schwester. Er entdeckte Pierrette und ihre Cousine morgens auf dem Markt, und er erschauderte, als er sah, daß sie einen schweren Einkaufskorb trug. Um Pierrette wiederzusehen, ging er sonntags in die Kirche, wo die Bretonin in ihrer Festtagskleidung erschien. Dabei wurde ihm zum ersten Mal bewußt, daß Pierrette eine Mademoiselle Lorrain war. Pierrette bemerkte ihren Freund, gab ihm aber insgeheim ein Zeichen, daß er sich gut verborgen halten sollte. Diese Geste war so vielsagend wie jene, durch welche sie ihm zwei Wochen vorher bedeutet hatte zu entfliehen. Welch ein Vermögen mußte er nicht in zehn Jahren zusammenbringen, um die kleine Freundin seiner Kindheit heiraten zu können, der die Rogrons ein Haus hinterlassen würden, hundert Morgen

Land und zwölftausend Livres Rente, ihre Ersparnisse nicht einmal mitgerechnet. Der beharrliche Bretone wollte nicht eher sein Glück versuchen, bis er nicht seine noch mangelhaften Berufskenntnisse vervollkommnet hätte. Solange es sich nur um die Theorie handelte, war es gleich, ob er in Paris oder in Provins lernte, und er wollte lieber bei Pierrette bleiben, die er übrigens in seine Pläne einweihen wollte, damit sie wußte, daß sie auf seinen Beistand zählen konnte. Und schließlich wollte er sie nicht verlassen, ohne das Geheimnis ihrer Blässe ergründet zu haben, jener Farblosigkeit, die schon den Glanz der Augen trübte, aus denen das Leben erst ganz zuletzt entweicht; ohne zu wissen, weshalb sie so litt und so aussah, als ob sie sich schon dem Tod beugte und bald hinsinken würde. Die beiden ergreifenden Gesten, die ihre Freundschaft nicht in Abrede stellten, ihm jedoch größte Vorsicht geboten, ängstigten die Seele des Bretonen. Pierrette verlangte offensichtlich, daß er abwarten und nicht versuchen sollte, sie zu sehen, sonst würde sie gefährdet, wäre in unmittelbarer Gefahr. Als sie die Kirche verließ, konnte sie ihm einen Blick zuwerfen, und Brigaut sah Pierrettes tränenfeuchte Augen. Der Bretone hätte eher die Quadratur des Kreises gefunden als erraten, was sich im Haus der Rogrons seit seiner Ankunft abgespielt hatte.

An dem Morgen, als Brigaut in ihrem morgendlichen Traum plötzlich wie ein Trugbild erschienen war, verließ Pierrette ihr Zimmer schon mit ängstlichen Vorahnungen. Da Mademoiselle Rogron aufgestanden war und das Fenster geöffnet hatte, mußte sie dieses für die Ohren einer alten Jungfer ziemlich kompromittierende Lied und dessen Text gehört haben; doch Pierrette wußte nicht, weshalb ihre Cousine so flink gewesen war. Sylvie hatte allen Grund aufzustehen und ans Fenster zu laufen. Seit acht Tagen etwa wurden die Hauptpersonen des Salon Rogron von eigenartigen, geheimnisvollen Begebenheiten und schmerzlichen Gefühlen in Aufruhr versetzt. Diese ihr unbekannten, von allen Beteiligten sorgsam verschwiegenen Vorfälle sollten bald wie eine eisige Lawine über Pierrette hereinbrechen. Diese Unmenge an Mysteriösem, die man vielleicht als den Unrat des menschlichen Herzens bezeichnen müßte, liegt den größten politischen, sozialen und häuslichen Veränderungen zugrunde. Doch wenn man sie benennt, ist es sicherlich zweckdienlich zu erklären, daß ihre buchstäbliche Wiedergabe, obwohl richtig, dennoch ungenau bezüglich der Form ist. Diese unergründlichen Berechnungen äußern sich nicht so schonungslos, wie die Geschichte sie zum Ausdruck bringt. Wollte man die Umschreibungen wiedergeben, die oratorische Behutsamkeit, die langen Gespräche, in denen der Geist absichtlich das Licht verdunkelt, mit dem er sie durchdringt, bei denen sich das Gift bestimmter Absichten in honigsüßen Worten auflöst, so hieße das, ein so langes Buch wie das ausgezeichnete Poem ›Clarissa Harlowe‹ wagen zu wollen. Mademoiselle Habert und Mademoiselle Sylvie wollten beide gleichermaßen gern heiraten; doch die eine war zehn Jahre jünger als die andere, und Céleste Habert konnte sich mit ziemlich großer Wahrscheinlichkeit ausrechnen, daß ihre Kinder einmal das gesamte Vermögen der Rogrons bekommen würden. Sylvie ging auf die zweiundvierzig zu, ein Alter, in dem die Ehe schon Gefahren mit sich bringen kann. Da sie sich einander anvertrauten, um sich so gegenseitig zu ermuntern, war sie von Céleste Habert als Sprachrohr des rachsüchtigen Abbé über die angeblichen Gefahren ihrer Lage aufgeklärt worden. Der Oberst, ein kräftiger Bursche von fünfundvierzig Jahren und ein heftiger Mann mit kämpferischer Konstitution, würde das Leben so gestalten wie im Märchen: ›Sie waren glücklich und bekamen viele Kinder.‹ Dieses Glück ließ Sylvie erschaudern, und sie hatte Angst zu sterben, eine Vorstellung, die alle Nichtverheirateten zermartert. Doch durch den zweiten Sieg der Kammer, die das Ministerium Villèle stürzte, wurde das Ministerium Martignac ernannt. Die Partei Vinet schritt erhobenen Hauptes durch Provins. Vinet, jetzt der erste Anwalt der Brie, ›verdiente ein Heidengeld‹, wie es so volkstümlich heißt. Vinet war eine bedeutende Persönlichkeit. Die Liberalen prophezeiten seine Laufbahn, er würde sicherlich Abgeordneter werden, Generalstaatsanwalt. Der Oberst seinerseits würde Bürgermeister von Provins werden. Ach! Regieren, wie Madame Garceland regierte, die Frau des Bürgermeisters sein, Sylvie konnte dieser Aussicht nicht widerstehen und wollte einen Arzt konsultieren, obwohl sie sich durch die Fragen zu ihrer Angelegenheit lächerlich machen konnte. Die beiden Jungfern, von denen sich eine der anderen überlegen wähnte und die sicher waren, die jeweils andere an der Kandarre zu haben, ersannen eine List, die nur von Priestern beratene Frauen so gut einzurichten wissen. Monsieur Néraud aufzusuchen, den Arzt der Liberalen und Widersacher von Monsieur Martener, wäre ein Fehler. Céleste Habert machte das Angebot, Sylvie in ihrem Ankleidezimmer zu verstecken und für sich Monsieur Martener, den Arzt ihres Pensionats, darüber zu befragen. Ob nun in Absprache mit Céleste oder nicht, Martener antwortete seiner Patientin, daß sich die Gefahr schon bei einer Dreißigjährigen andeute. »Aber bei Ihrem Gesundheitszustand brauchen sie keine Befürchtungen zu haben«, sagte er abschließend.

»Und bei einer Frau über vierzig?« fragte Mademoiselle Habert.

»Eine vierzigjährige Frau, die verheiratet war und schon Kinder hatte, hat nichts zu befürchten.«

»Aber eine sittsame Frau, ausgesprochen sittsam, wie Mademoiselle Rogron zum Beispiel?«

»Unberührt! Da besteht gar kein Zweifel«, sagte Monsieur Martener. »Dann ist eine glückliche Entbindung eines jener Wunder, die sich Gott erlaubt, allerdings ziemlich selten.«

»Und weshalb?« fragte Céleste Habert.

Der Mediziner gab die Antwort mit einer erschreckenden Schilderung des Krankheitsbildes; er erklärte, daß die den Muskeln und Knochen in der Jugend gegebene Geschmeidigkeit ab einem gewissen Alter nicht mehr vorhanden ist, besonders bei Frauen, die lange Zeit eine sitzende Tätigkeit ausgeübt haben, wie zum Beispiel Mademoiselle Rogron.

»Also sollte eine tugendhafte Frau, die über vierzig Jahre alt ist, nicht mehr heiraten?«

»Oder warten«, erwiderte der Arzt, »doch dann ist es keine Ehe mehr, sondern eine Interessengemeinschaft: oder als was wäre das sonst zu bezeichnen?«

Diese Unterredung war schließlich ein deutlicher, schwerwiegender, wissenschaftlicher und vernünftiger Beweis dafür, daß sich ein tugendhaftes Fräulein, wenn es über vierzig Jahre alt war, nicht mehr allzusehr verehelichen sollte.

Als Monsieur Martener gegangen war, fand Céleste Habert Mademoiselle Sylvie in einem erschreckenden Zustand vor, die Pupillen weit aufgerissen, das Gesicht grün und gelb.

»Lieben Sie ihn denn sehr, den Oberst?« fragte sie.

»Ich hatte noch Hoffnungen«, erwiderte die alte Jungfer.

»Nun gut, dann warten Sie eben!« rief Mademoiselle Habert jesuitenphilosophisch, sehr wohl wissend, daß die Zeit bei dem Oberst ihr übriges tun würde.

Dennoch war es zweifelhaft, ob sich eine solche Heirat ziemte. Sylvie begab sich in das Dunkel des Beichtstuhls, um ihr schlechtes Gewissen zu offenbaren. Der unerbittliche Beichtvater erläuterte ihr die Meinung der Kirche, die nur sah, daß durch die Ehe die Menschheit fortgepflanzt würde, die eine zweite Heirat mißbilligt und die die bloße Leidenschaft ohne sozialen Endzweck brandmarkt. Sylvie wußte sich überhaupt keinen Rat mehr. Durch diesen inneren Widerstreit wurde ihre Leidenschaft zu einer ungewöhnlichen Macht und bekam jenen Reiz des Verbotenen, dem seit Evas Versuchung alle Frauen erliegen. Die Verwirrung Mademoiselle Rogrons konnte dem Scharfblick des Anwalts nicht entgehen.

Eines Abends näherte sich Vinet nach dem Kartenspielen seiner lieben Freundin Sylvie, nahm sie bei der Hand und setzte sich mit ihr auf eines der Sofas.

»Sie bedrückt doch etwas?« flüsterte er ihr ins Ohr.

Sylvie ließ traurig den Kopf hängen. Der Anwalt wartete, bis auch Rogron gegangen war, und entlockte der alten Jungfer dann ihre Herzensgeheimnisse.

›Das hast du dir gut ausgedacht, mein lieber Abbé, doch das hast du für mich getan‹, jubelte es in seinem Innersten, nachdem er von all den heimlich bewerkstelligten Konsultationen Sylvies gehört hatte, deren letzte die entsetzlichste war.

Dieser hinterlistige Fuchs der Gerichtssäle übertraf in seinen Ausführungen den Arzt noch an Schrecklichkeit; er riet zu einer Heirat, jedoch erst in etwa zehn Jahren, der größeren Sicherheit wegen. Der Anwalt schwor sich, daß Bathilde das gesamte Vermögen der Rogrons zufallen sollte. Als er den Damen Chargebœuf nacheilte, die er mit ihrer laternenbewappneten Dienerin schon hatte vorausgehen lassen, rieb er sich die Hände, und sein Gesicht hellte sich auf. Der Einfluß Monsieur Haberts, des Seelendoktors, bildete ein vortreffliches Gegengewicht zu Vinet, der sich um die Gesundung des Geldbeutels verdient machte. Rogron war nicht gerade als fromm zu bezeichnen; so fanden sich die beiden Schwarzröcke, der Mann der Kirche und der Mann des Gesetzes, in einem Patt. Als der Anwalt von dem Sieg erfuhr, den Mademoiselle Habert, die glaubte, Rogron zu heiraten, über Sylvie, die noch zwischen der Angst zu sterben und der Freude, Baronesse zu sein, schwankte, davongetragen hatte, entdeckte er eine Möglichkeit, wie der Oberst aus dem Feld geschlagen werden konnte. Er kannte Rogron gut genug, um Mittel und Wege zu finden, ihn mit der schönen Bathilde zu verheiraten. Rogron hatte den Angriffen von Mademoiselle Chargebœuf nicht widerstehen können. Vinet wußte, daß die Heirat eine beschlossene Sache wäre, wenn Rogron erst einmal mit ihm und Bathilde allein sein würde. Mit Rogron war es so weit gekommen, daß er unentwegt Mademoiselle Habert ansah, so große Angst hatte er davor, Bathildes Blicken zu begegnen. Vinet hatte gerade gesehen, wie sehr Sylvie den Oberst liebte. Er begriff, was eine solche Leidenschaft bei einer alten Jungfer, die sich noch dazu vor Frömmigkeit verzehrte, zu bedeuten hatte, und er würde bald das Mittel gefunden haben, um sowohl Pierrette als auch den Oberst loszuwerden, und er hoffte, sich des einen mit Hilfe des anderen entledigen zu können.

Am nächsten Morgen nach der Gerichtsverhandlung traf er den Oberst und Rogron auf ihrem üblichen Spaziergang.

Immer wenn diese drei Männer zusammen gesehen wurden, gab es Gesprächsstoff in der Stadt. Dieses von der Unterpräfektur, der Magistratur und der Tiphaineschen Partei verabscheute Triumvirat war ein Tribunat, auf das die Liberalen von Provins sich etwas einbildeten. Vinet allein redigierte den ›Kurier‹, er war das denkende Haupt der Partei; der Oberst als verantwortlicher Herausgeber war der ausführende Arm, und Rogron mit seinem Geld der Lebensnerv und angeblich der Verbindungsmann zwischen dem leitenden Ausschuß von Provins und dem leitenden Ausschuß von Paris. Dem Reden der Tiphaines zufolge waren diese drei Männer stets damit beschäftigt, etwas gegen die Regierung anzuzetteln, während die Liberalen sie als die Sachwalter des Volkes bewunderten. Als Vinet Rogron auf den kleinen Platz zuschreiten sah, da das Mittagsmahl lockte, hielt er den Oberst am Arm zurück, damit dieser nicht mit dem ehemaligen Kurzwarenhändler ginge.

»Nun Oberst«, sagte er, »werde ich Ihnen eine große Sorge abnehmen; es gibt noch eine bessere Partie als Sylvie: wenn Sie es richtig anpacken, können Sie in zwei Jahren die kleine Pierrette Lorrain heiraten.«

Und er erzählte ihm, was die Intrigen des Jesuiten bewirkt hatten.

»Was für eine Finte, und von wie langer Hand vorbereitet!« sagte der Oberst.

»Oberst«, fuhr Vinet gewichtig fort, »Pierrette ist ein bezauberndes Geschöpf, Sie können für den Rest Ihrer Tage glücklich sein, und Sie sind kerngesund, so daß diese Ehe für Sie nicht die üblichen Unannehmlichkeiten ungleicher Verbindungen haben wird; denken Sie aber nicht, daß es leicht sein wird, ein unangenehmes Los gegen ein angenehmes zu tauschen. Ihre Geliebte zu einer Vertrauten zu degradieren ist ein ebenso gefahrvolles Unterfangen wie in ihrem Beruf eine Flußüberquerung unter Feindbeschuß. Ein scharfsinniger Kavallerieoberst wie Sie wird die Lage erkunden und mit einer Überlegenheit vorgehen, die wir bis jetzt gezeigt haben und die uns zu unserer jetzigen Stellung verholfen hat. Wenn ich eines Tages Generalprokurator bin, können Sie das Departement befehligen. Ach, wenn Sie Wähler gewesen wären, wären wir schon einen Schritt weiter; ich hätte die Stimmen dieser beiden Beamten gekauft und sie für den Verlust ihrer Stellung entschädigt, und wir hätten die Mehrheit gehabt. Ich würde neben einem Dupin sitzen, neben einem Casimir Périer und ...«

Der Oberst hatte schon lange an Pierrette gedacht, doch er vertuschte diese Absicht durch ein gut abgesichertes Täuschungsmanöver; vor den anderen spielte er deshalb Pierrette gegenüber den Grobian. Das Kind verstand nicht, warum der angebliche Waffengefährte ihres Vaters sie so schlecht behandelte, wenn er sie doch, sobald er sie allein antraf, unters Kinn faßte und väterlich streichelte. Seit Vinets vertraulicher Mitteilung über Mademoiselle Sylvies entsetzliche Angst vor einer Heirat hatte Gouraud alle Gelegenheiten wahrgenommen, Pierrette allein anzutreffen, und dann war der rauhe Oberst sanft wie ein Lamm: er erzählte ihr, wie tapfer Lorrain gewesen war und welches Unglück es für sie bedeute, daß er tot sei!

Einige Tage vor Brigauts Ankunft hatte Sylvie Gouraud und Pierrette überrascht. Folglich bemächtigte sich die Eifersucht dieses Herzens mit mönchischem Ungestüm. Bei der Eifersucht, einer höchst leichtgläubigen und mißtrauischen

Leidenschaft, ist die meiste Phantasie im Spiel, diese verdrängt jedoch unvernünftigerweise den Verstand; und dies sollte Sylvie auf eigenartige Gedanken bringen. Sylvie dachte, daß der Oberst der Mann war, welcher mit dem Lied soeben die Worte von der ›lieben Braut‹ Pierrette gegenüber geäußert hatte. Sylvie glaubte den Oberst zu Recht dieses Stelldicheins zu bezichtigen, denn seit einer Woche schien ihr Gourauds Verhalten verändert. Dieser Mann war der einzige, der sich in der von ihr durchlebten Einsamkeit um sie bemüht hatte, deshalb richtete sich ihre ganze Aufmerksamkeit nur auf ihn. Da sie fortwährend hoffte oder ihre Hoffnungen zunichte gemacht sah, wurde alles derart bedeutsam, daß sie beständig das Trugbild ihrer Vorstellung vor Augen hatte. Wie es so schön in einer volkstümlichen Redewendung heißt: Man kann sehen und trotzdem blind sein. Abwechselnd wies sie die Schimäre dieser Nebenbuhlerschaft als unwahrscheinlich von sich oder bekämpfte sie siegreich. Sie verglich sich und Pierrette: Sie war vierzig Jahre alt und hatte graues Haar. Pierrette war ein kleines Mädchen mit köstlicher weißer Haut und zärtlichen Augen, die selbst ein erstorbenes Herz wieder erwärmt hätten. Sylvie hatte gehört, daß fünfzigjährige Männer kleine Mädchen wie Pierrette mochten. Bevor der Oberst ein ordentlicher Mensch geworden war und im Rogronschen Hause verkehrte, hatte Sylvie im Salon der Tiphaines merkwürdige Dinge über Gouraud und dessen Lebenswandel gehört. Alte Jungfern haben bezüglich der Liebe die übertrieben platonischen Vorstellungen zwanzigjähriger Backfische, sie halten an den absoluten Dogmen all derer fest, die keine Lebenserfahrung haben, die nicht erduldet haben, wie diese schönen und edlen Vorstellungen von höheren sozialen Gewalten gemäßigt, beeinträchtigt und vereitelt werden. Der Gedanke, vom Oberst hintergangen zu werden, peinigte Sylvie. In der Zeit, die jeder Unverheiratete müßig zwischen Erwachen und Aufstehen im Bett zubringt, hatte die alte Jungfer also darüber nachgedacht, über Pierrette und über die Romanze, deren

Wort von der Heirat sie hatte aufhorchen lassen. Sie war so dumm gewesen, das Fenster zu öffnen, ohne daran zu denken, daß Pierrette sie hören würde, anstatt den Liebhaber durch die Fensterläden zu betrachten. Wenn sie auf die allgemein übliche Art, jemanden zu belauern, verfallen wäre, hätte sie Brigaut gesehen, und das verhängnisvolle Drama, das nun begann, hätte sich nicht ereignet.

Trotz ihrer Schwäche nahm Pierrette die Querstangen der Fensterläden in der Küche ab, öffnete die Läden und hakte sie ein; danach öffnete sie die Flurtür, die zum Garten hinausging. Sie nahm die verschiedenen Besen, die notwendig waren, um das Speisezimmer, den Flur, die Treppen, um schließlich alles mit einer Sorgfalt und einer Genauigkeit zu reinigen, mit der kein Dienstmädchen, und wäre sie Holländerin, ans Werk gehen würde: so sehr war es ihr verhaßt, getadelt zu werden! Für sie bestand Glück darin, die kleinen, wäßrig-blauen und kalten Augen ihrer Cousine, nachdem diese ihren Besitzerblick hatte umherschweifen lassen, diesen rätselhaften Blick, der sieht, was auch dem aufmerksamsten Auge entgeht, diese Augen nicht etwa zufrieden, das schienen sie nie zu sein, sondern nur ruhig zu sehen. Pierrette hatte schon schweißfeuchte Haut, als sie wieder in die Küche kam, um dort alles in Ordnung zu bringen, um in den Öfen Feuer zu machen, damit sie ihrem Cousin und ihrer Cousine Glut hinaufbringen konnte, wenn sie jedem warmes Wasser zum Waschen brachte, sie, die für sich selbst keines gehabt hatte! Sie deckte den Frühstückstisch und heizte den Stubenofen. Bei diesen umfangreichen Arbeiten ging sie manchmal in den Keller, um Kleinholz zu holen, und wechselte beständig die Räume, von einem kühlen ging sie in einen warmen, von einem warmen in einen kalten und feuchten. Diese jähen Wechsel, mit jugendlich-unbedachter Schnelligkeit ausgeführt und oft auch, um einem harten Wort zu entgehen oder einer Anordnung nachzukommen, hatten eine unheilbare Verschlimmerung ihres Gesundheitszustandes zur Folge.

Pierrette wußte nicht, daß sie krank war. Sie begann dennoch zu leiden; sie hatte Appetit auf sonderbare Dinge, was sie verschwieg; sie aß gern rohe Salate und verschlang sie insgeheim. Das unschuldige Kind fand sich in völliger Unkenntnis darüber, daß ihr Zustand eine schwere Krankheit darstellte und größte Vorsicht gebot. Wenn jener Néraud, der sich den Tod von Pierrettes Großmutter zugute halten konnte, die Enkelin vor der Ankunft Brigauts auf diese Todesgefahr hingewiesen hätte, dann hätte Pierrette gelächelt: sie hatte zuviel Bitternis im Leben erfahren, warum sollte sie dem Tod nicht zulächeln? Doch sie, zu deren körperlichen Leiden noch das quälende Heimweh nach der Bretagne kam, einer so bekannten seelischen Krankheit, daß die Obersten bei den Bretonen, die sich in ihrem Regiment befinden, Rücksicht walten lassen, sie liebte seit einigen Augenblicken Provins! Der Anblick jener Goldblume, dieses Lied, die Gegenwart ihres Kinderfreundes, all das hatte sie wieder belebt, wie eine Pflanze, die nach langer Zeit ohne Wasser nach einem großen Regen wieder grünt. Sie wollte leben und glaubte nicht gelitten zu haben! Sie huschte schüchtern in das Zimmer ihrer Cousine, machte Feuer, ließ den Wasserkessel dort, wechselte einige Worte mit Sylvie, ging ihren Vormund wecken und lief hinunter, um die Milch, das Brot und all die Lebensmittel, die von den Lieferanten gebracht wurden, entgegenzunehmen. Darauf hoffend, daß Brigaut wiederkommen würde, blieb sie eine Zeitlang in der Tür stehen; doch Brigaut befand sich schon auf der Straße nach Paris. Sie hatte im Speisezimmer alles hergerichtet und war in der Küche beschäftigt, als sie ihre Cousine die Treppe herunterkommen hörte. Mademoiselle Sylvie erschien in ihrem hellbraunen Tafthauskleid, eine schleifengezierte Tüllhaube auf dem Kopf, ihren falschen Zopf ziemlich schlecht aufgesteckt, ihre Nachtjacke über dem Kleid, die Füße in schlappenden Pantoffeln. Sie überprüfte alles und ging zu ihrer Cousine, die sie erwartete, um zu hören, was es zum Frühstück geben sollte.

»Ach, da ist ja unser verliebtes Fräulein?« sagte Sylvie halb scherzend, halb spöttisch.

»Wie bitte?«

»Du hast dich wie eine Diebin zu mir hereingeschlichen und hast dich genauso wieder davongemacht; du hättest doch wissen müssen, daß ich allen Grund hatte, mit dir zu reden.«

»Ich ...«

»Das war ja heute morgen ein Ständchen für dich, wie für eine Prinzessin.»

»Ein Ständchen?« rief Pierrette.

»Ein Ständchen?« äffte Sylvie sie nach. »Und du hast einen Liebhaber.«

»Was ist ein Liebhaber, Cousine?«

Sylvie wich einer Antwort aus und sagte: »Wag nur nicht zu behaupten, mein Fräulein, daß kein Mann unter unseren Fenstern gestanden und mit dir über das Heiraten gesprochen hat!«

Da ihr unentwegt nachgestellt wurde, hatte Pierrette die Überlebensregeln von Sklaven gelernt und antwortete kühn: »Ich weiß nicht, was Sie meinen.«

»Du spielst auch noch das Unschuldslamm?« sagte die alte Jungfer gereizt.

»Liebe Cousine«, erwiderte Pierrette demütig.

»Du bist auch nicht aufgestanden und barfuß zum Fenster gelaufen? Du wirst dir dabei eine schöne Krankheit geholt haben. Dich hat es bestimmt erwischt! Das geschieht dir ganz recht so. Und hast du vielleicht nicht mit deinem Liebhaber gesprochen?«

»Nein, Cousine.«

»Ich wußte, daß du viele Fehler hast, doch ich wußte nicht, daß du auch lügst. Eines laß dir gesagt sein, mein Fräulein! Du wirst deinem Cousin und mir über das, was sich heute morgen abgespielt hat, Rede und Antwort stehen, sonst wird sich dein Vormund gezwungen sehen, Strenge walten zu lassen.«

Die alte Jungfer, die sich vor Eifersucht verzehrte, versuchte Pierrette einzuschüchtern. Pierrette tat, was alle Menschen tun, die über ihre Kräfte leiden, sie schwieg. Schweigen ist für alle Bedrängten das einzige Mittel, sich zu behaupten: es bezwingt die grausamen Angriffe der Neider, die unmenschlichen Scharmützel der Feinde; es verleiht einen vernichtenden, vollständigen Sieg. Gibt es etwas Vollkommeneres als das Schweigen? Es ist absolut, ist es somit nicht eine Wesensart des Unendlichen? Sylvie musterte Pierrette verstohlen. Das Kind errötete, doch nicht im ganzen Gesicht, sondern die Röte verteilte sich in unterschiedlich großen Papeln, in unmißverständlichen brennend-roten Flecken über die Wangen. Beim Anblick dieser Krankheitssymptome hätte eine Mutter sofort einen anderen Ton angeschlagen, dies Kind auf ihren Schoß genommen, es befragt, schon längst hätte sie die unzähligen Beweise von Pierrettes vollkommener und erhabener Unschuld mit Erstaunen verfolgt, sie hätte ihre Krankheit erraten und begriffen, daß die Körpersäfte und das Blut, wenn sie nicht mehr in ihren Bahnen fließen, die Verdauungsfunktionen stören und sich auf die Lungen schlagen. Diese vielsagenden Flecken hätten ihr die drohende Todesgefahr angezeigt.

Aber eine alte Jungfer, bei der die Gefühle, die durch die Familie hervorgebracht werden, niemals geweckt worden sind, der die Bedürfnisse von Kindern und die Behutsamkeit, die Halbwüchsige verlangen, unbekannt sind, konnte in keiner Weise die Nachsicht und das Mitgefühl aufbringen, wozu man durch die unzähligen Begebenheiten des Ehe- und Familienlebens angehalten wird. Leid und Not hatten ihr Herz nicht besänftigt, sondern es verhärtet.

›Sie wird rot, dann hat sie ein schlechtes Gewissen!‹ sagte sich Sylvie. Pierrettes Schweigen wurde also im schlechtesten Sinn gedeutet.

»Pierrette«, sagte sie, »bevor dein Cousin hinunterkommt, laß uns miteinander reden. Komm«, sagte sie etwas sanfter,

»mach die Haustür zu. Wenn jemand kommt, wird er klingeln, das werden wir bestimmt hören.«

Trotz des feuchten Nebels, der über dem Fluß aufstieg, ging Sylvie mit Pierrette den Sandweg entlang, der sich durch den Rasen bis zu dem mit Grottenwerk verkleideten Steindamm schlängelte, einem malerischen, von Schwertlilien und Wasserpflanzen gesäumten Ufer. Die bejahrte Cousine änderte ihre Taktik. Sie versuchte es bei Pierrette mit Güte. Die Hyäne verstellte sich als Katze.

»Pierrette«, sagte sie, »du bist kein Kind mehr, du gehst bald auf die fünfzehn zu, und es wäre nicht verwunderlich, wenn du einen Liebhaber hättest.«

»Aber liebe Cousine«, sagte Pierrette, wobei sie mit engelhafter Sanftmut zu dem verbitterten und seelenlosen, nunmehr zur Verkäuferinnenmiene erstarrten Gesicht ihrer Cousine aufsah, »was ist ein Liebhaber?«

Es war Sylvie unmöglich, dem Mündel ihres Bruders richtig und zugleich mit Anstand auseinanderzusetzen, was ein Liebhaber sei. Anstatt zu sehen, daß aus dieser Frage eine bewundernswürdige Unschuld sprach, sah sie darin nur Verlogenheit.

»Ein Liebhaber, Pierrette, ist ein Mann, der dich liebt und dich heiraten möchte.«

»Ah!« erwiderte Pierrette. »Wenn man sich in der Bretagne einig ist, dann wird der junge Mann Freier genannt.«

»Nun gut! Denk daran, meine Kleine, daß überhaupt nichts Schlimmes dabei ist, wenn du deine Gefühle für einen Mann eingestehst. Schlechtes tust du, wenn du es verheimlichst. Hast du etwa irgendeinem der Männer gefallen, die hierher kommen?«

»Ich glaube nicht.«

»Davon liebst du keinen?«

»Keinen!«

»Ganz bestimmt nicht?«

»Ganz bestimmt nicht.«

»Sieh mich an, Pierrette!«

Pierrette sah ihre Cousine an.

»Und trotzdem hat dich heute morgen auf dem Platz ein Mann gerufen?«

Pierrette schlug die Augen nieder.

»Du bist ans Fenster gegangen, hast es aufgemacht und hast gesprochen!«

»Nein, ich wollte wissen, wie das Wetter ist, und auf dem Platz habe ich einen Bauern gesehen.«

»Pierrette, seit deiner Erstkommunion hast du dich sehr gebessert, du bist folgsam und fromm, du liebst Gott und auch deine Verwandten; ich bin zufrieden mit dir, ich habe es dir nur nicht gesagt, damit du nicht zu überheblich wirst ...«

Diese gräßliche Jungfer hielt die Mutlosigkeit, die Unterwürfigkeit und das Schweigen der Gepeinigten für gute Eigenschaften!

Das Wohltuendste, was den Leidenden, den Duldenden, den Künstlern inmitten des ihnen von Haß und Mißgunst aufgezwungenen Leidensweges widerfahren kann, sind lobende Worte von jener Seite, auf der ihnen bislang nur Tadel und Treulosigkeit begegnet sind. Pierrette blickte gerührt zu ihrer Cousine auf und war nahe daran, ihr all den von ihr zugefügten Schmerz zu verzeihen.

»Doch wenn das alles nur geheuchelt war, wenn ich gezwungen bin, in dir eine Schlange zu sehen, die ich an meinem Busen genährt habe, dann wärst du eine infame, abscheuliche Kreatur!«

»Ich glaube nicht, daß ich mir etwas vorzuwerfen habe«, sagte Pierrette, die einen furchtbaren Schmerz in der Herzgegend verspürte, als der unverhoffte Lobgesang so plötzlich in den gräßlichen Tonfall der Hyäne überging.

»Du weißt, daß eine Lüge eine Todsünde ist?«

»Ja.«

»Nun gut, du hast dich vor Gott zu verantworten!« sagte die alte Jungfer, wobei sie mit feierlicher Geste auf die Gärten und den Himmel wies. »Schwöre mir, daß du diesen Bauern nicht kennst.«

»Ich werde nicht schwören«, sagte Pierrette.

»Ach, es war kein Bauer, du kleine Schlange!«

Ans Angst vor dieser Gewissensfrage sprang Pierrette wie ein aufgescheuchtes Reh durch den Garten davon. Ihre Cousine rief sie mit schrecklicher Stimme zurück.

»Es läutet«, antwortete sie.

›Ah! Was für eine durchtriebene kleine Leisetreterin‹, sagte sich Sylvie, ›jetzt bin ich sicher, daß diese kleine Natter versucht, den Oberst einzuwickeln. Sie hat von uns gehört, daß er Baron war. Baronesse! Du kleine dumme Gans! Ich werde sie mir vom Halse schaffen und sie in die Lehre geben, und zwar bald.‹

Sylvie stand derart gedankenverloren da, daß sie ihren Bruder, der den Weg hinunterkam und sich das Unheil besah, das der Frost bei seinen Dahlien angerichtet hatte, nicht bemerkte.

»Nun, Sylvie, worüber denkst du denn hier nach? Ich dachte, du siehst den Fischen zu, manchmal springen sie ja aus dem Wasser!«

»Nein«, sagte sie.

»Nun, und wie hast du geschlafen?« Er begann, ihr seine Träume zu erzählen. »Findest du nicht, daß mein Gesicht zerknautscht aussieht?» Ein weiteres Wort aus dem Rogronschen Vokabular.

Seit Rogron Mademoiselle de Chargebœuf liebte – entweihen wir dieses Wort lieber nicht –, seit er Mademoiselle de Chargebœuf begehrte, machte er sich große Sorgen über sein Aussehen und über sich selbst. In diesem Moment kam Pierrette die Freitreppe hinunter und rief von weitem, daß das Frühstück fertig sei. Als Sylvie ihre Cousine erblickte, wurde sie gelb- und grünfleckig im Gesicht, denn sie kochte vor Wut. Sie inspizierte den Flur und fand, daß ihn Pierrette hätte bohnern müssen.

»Wenn Sie es wünschen, werde ich ihn bohnern«, antwortete dieser Engel, wobei sie nicht wußte, welcher Gefahr sich ein junges Mädchen bei dieser Arbeit aussetzt.

Das Speisezimmer war tadellos hergerichtet. Sylvie setzte sich, und während des ganzen Frühstücks gab sie vor, Dinge zu benötigen, an die sie in einer normalen Gemütsverfassung nie gedacht hätte und die sie verlangte, damit Pierrette aufstehen mußte, wobei sie den Augenblick abpaßte, als die arme Kleine gerade wieder anfangen wollte zu essen. Doch eine Schikane genügte nicht, sie suchte nach etwas, was sie ihr vorwerfen konnte, und war innerlich erbost darüber, nichts zu finden. Wenn es rohe Eier gegeben hätte, hätte sie bestimmt auch daran etwas auszusetzen gehabt. Obwohl sie kaum auf die einfältigen Fragen ihres Bruders antwortete, vermied sie es, Pierrette anzusehen, und sah nur ihn an. Was diese Art der Behandlung betraf, war Pierrette äußerst verletzbar. Pierrette brachte den Kaffee für ihre Cousine und für ihren Cousin, große Silberbecher, in denen sie die mit Sahne gemischte Milch im Wasserbad erwärmt hatte. Die Geschwister gossen sich den von Sylvie bereiteten schwarzen Kaffee in der entsprechenden Menge selbst dazu. Als Sylvie sich ihren Genuß mit peinlicher Genauigkeit zubereitet hatte, bemerkte sie einen winzigen Rest Kaffeestaub; mit einer affektierten Geste schöpfte sie ihn aus dem gelben Strudel, betrachtete ihn, beugte sich darüber, um ihn besser zu sehen. Das Gewitter brach los.

»Was hast du denn?« fragte Rogron.

»Ich habe ... daß mir das Fräulein Asche in meinen Kaffee geschüttet hat. Wie angenehm, Kaffee mit Asche zu trinken! ... Nun, das ist ja auch nicht verwunderlich: man kann nämlich nicht zwei Dinge zugleich tun. Sie wird gerade an den Kaffee gedacht haben! Heute morgen hätte eine Amsel in ihrer Küche umherfliegen können, und sie hätte nicht darauf geachtet, wie sollte sie da Asche fliegen sehen? Und dann war es doch der Kaffee ihrer Cousine! Ah, das ist ihr vollkommen gleichgültig!«

In diesem Ton redete sie weiter, während sie den Kaffeestaub, der durch den Filter gefallen war, und einige Zuckerkörnchen, die sich nicht aufgelöst hatten, am Tellerrand abstreifte.

»Aber, liebe Cousine, das ist doch Kaffee«, sagte Pierrette.

»Ach, ich bin es also, die lügt?» rief Sylvie, wobei sie Pierrette mit einem furchtbaren zornentflammten Blick förmlich zerschmetterte.

Jene Wesen, die noch keine Leidenschaft zugrunde gerichtet hat, strömen über vor Lebenskraft. Jener phänomenale, außergewöhnlich durchdringende Blick in Momenten des Zorns war Sylvie um so leichter in Fleisch und Blut übergegangen, da sie einst in ihrem Laden Gelegenheit gehabt hatte, die Macht ihres Blickes zu genießen, wenn sie die Augen übermäßig aufsperrte, um ihren Untergebenen jederzeit nutzbringende Furcht einzuflößen.

»Ich rate dir, das zurückzunehmen«, fuhr sie fort, »du würdest es verdienen, aufzustehen und allein in die Küche essen zu gehen.«

»Was habt ihr beide denn?« rief Rogron. »Ihr seid heute morgen so gereizt.«

»Das Fräulein weiß, was ich gegen sie habe. Ich lasse ihr Zeit, sich zu überlegen, ob sie es dir selbst sagt, bevor ich es dir sage, damit erweise ich ihr mehr Güte, als sie verdient!«

Pierrette schaute durch die Fenster auf den Platz hinaus, um den Augen ihrer Cousine, die sie erschreckten, nicht zu begegnen.

»Sie macht überhaupt keine Anstalten, mir zuzuhören, ich könnte genausogut zu dieser Zuckerdose hier reden! Obwohl sie sehr hellhörig ist, oben vom Haus aus plaudert sie mit jemandem, der unten steht ... Dein Mündel ist von einer Verderbtheit, sage ich dir, von einer unsäglichen Verderbtheit! Bei ihr mußt du dich auf nichts Gutes gefaßt machen, hörst du, Rogron?«

»Was hat sie denn so Schlimmes getan?« fragte der Bruder die Schwester.

»In ihrem Alter! Das heißt ja beizeiten anfangen!« rief die alte Jungfer wütend.

Damit sie ihre Fassung nicht verlor, stand Pierrette auf, um abzudecken, denn sie wußte nicht, wie sie sich verhalten sollte. Obwohl diese Sprache nicht neu für sie war, hatte sie sich dennoch nie daran gewöhnen können. So zornig wie ihre Cousine war, mußte Pierrette annehmen, ein Verbrechen begangen zu haben, und sie fragte sich, wie groß Sylvies Wut erst wäre, wenn sie von Brigauts Eskapade wüßte. Vielleicht würde man ihr Brigaut wegnehmen. Da durchdachte sie schnell und tiefblickend die tausendfältige Sklavenpein und beschloß, eine Sache, über die ihr ihr Gewissen nichts Schlechtes sagte, mit absolutem Stillschweigen zu verteidigen. Sie bekam derart strenge und gefühllose Worte und derart verletzende Unterstellungen zu hören, daß sie in der Küche einen Magenkrampf bekam und sich fürchterlich übergeben mußte. Sie wagte nicht zu klagen, denn sie war nicht sicher, ob ihr Pflege zuteil würde. Sie kam blaß, geradezu leichenblaß zurück, sagte, daß sie sich nicht wohl fühle, und ging hinauf, um sich hinzulegen, wobei sie sich bei jeder Stufe am Geländer festhalten mußte. Sie glaubte, ihre letzte Stunde sei gekommen. ›Armer Brigaut!‹ dachte sie.

»Sie ist krank!« sagte Rogron.

»Sie und krank! Das ist doch nur Getue!« antwortete Sylvie laut, um von Pierrette gehört zu werden. »Heute morgen war sie nicht krank! Na, du wirst schon sehen!«

Dieser letzte Hieb nahm Pierrette alle Kraft, unter Tränen legte sie sich ins Bett und bat Gott, sie zu sich zu nehmen.

Seit ungefähr einem Monat brauchte Rogron den ›Constitutionnel‹ nicht mehr zu Gouraud zu bringen; überaus ehrerbietig kam der Oberst, um die Zeitung zu holen und zu konversieren, und bei schönem Wetter nahm er Rogron mit zum Spazierengehen. Da sie sicher war, den Oberst zu sehen und ihn ausfragen zu können, machte sich Sylvie hübsch. Die alte Jungfer glaubte hübsch zu sein, wenn sie ein grünes Kleid anzog, dazu einen kleinen, rotumrandeten gelben Kaschmirschal umlegte und einen weißen Hut mit spärlichen grauen Federn aufsetzte. Zu der Zeit, da der Oberst kommen mußte, nahm Sylvie mit ihrem Bruder, den sie genötigt hatte, den Morgenmantel und die Pantoffeln anzubehalten, im Salon Aufstellung.

»Es ist schönes Wetter, Oberst«, sagte Rogron, als er den schweren Schritt Gourauds hörte, »aber ich bin nicht angezogen, meine Schwester wollte sicherlich ausgehen, denn ich sollte das Haus hüten, warten Sie auf mich.«

Rogron ließ Sylvie mit dem Oberst allein.

»Wohin wollten Sie denn gehen, ich sehe Sie ja göttinnengleich vor mir«, fragte der Oberst, dem ein gewisser feierlicher Ausdruck auf dem großen blatternarbigen Gesicht der alten Jungfer aufgefallen war.

»Ich wollte ausgehen; doch da sich die Kleine nicht wohl fühlt, bleibe ich.«

»Was hat sie denn?«

»Ich weiß nicht, sie wollte sich hinlegen.«

Gourauds Vorsicht, um nicht zu sagen, Gourauds Mißtrauen, wurde durch die Ergebnisse seines Bündnisses mit Vinet ständig wachgehalten. Der beste Anteil schien offensichtlich dem Anwalt zugekommen zu sein. Der Anwalt redigierte die Zeitung und thronte dort als Gebieter, die Einkünfte verwandte er für seine Redaktion; wohingegen der Oberst als verantwortlicher Herausgeber wenig dabei verdiente. Vinet und Cournant hatten den Rogrons unermeßliche Dienste erwiesen, ein pensionierter Oberst konnte nichts für sie tun. Wer würde Abgeordneter? Vinet. Wer war der Fürst bei den Wahlen? Vinet. Wer wurde um Rat gefragt? Vinet! Schließlich wußte Gouraud mindestens ebensogut wie Vinet, welch große und tiefe Leidenschaft die schöne Bathilde de Chargebœuf bei Rogron entfacht hatte. Diese

Leidenschaft wurde töricht, wie alle letzten Leidenschaften der Männer. Bathildes Stimme ließ den Junggesellen erschaudern. Obwohl sich Rogron vor Verlangen verzehrte, verheimlichte er es, da er an einen derartigen Bund nicht zu denken wagte. Um aus dem Kurzwarenhändler etwas herauszubekommen, war der Oberst darauf verfallen, ihm zu sagen, daß er um Bathildes Hand anhalten würde; Rogron war angesichts dieses unvermuteten und derart zu fürchtenden Rivalen schreckensbleich geworden und verhielt sich Gouraud gegenüber frostig und beinahe feindselig. Vinet also hatte im Hause alle Fäden fest in der Hand, wohingegen der Oberst nur das lose Band einer von ihm erlogenen und von Sylvie wiederum noch nicht eindeutig erklärten Zuneigung geknüpft hatte. Als der Anwalt ihm die Machenschaften des Priesters enthüllt und ihm geraten hatte, mit Sylvie zu brechen und sich Pierrette zuzuwenden, hatte Vinet bei Gouraud eigentlich genau das Richtige getroffen; doch als diesem der tiefere Sinn dieses Vorschlages bewußt wurde und er das Terrain um sich herum einmal genau sondierte, glaubte er zu bemerken, daß Vinet hoffte, ihn mit Sylvie zu entzweien und von der Angst der alten Jungfer zu profitieren, um das gesamte Vermögen der Rogrons Mademoiselle de Chargebœuf in die Hände zu spielen. Als Rogron ihn mit Sylvie allein gelassen hatte, bemerkte der scharfsinnige Oberst deshalb sofort jene vagen Anzeichen dafür, daß Sylvie durch irgend etwas beunruhigt wurde. Er begriff, daß sie in ihrem besten Staat einen Moment mit ihm hatte allein sein wollen. Der Oberst, der sofort Vinet stark in Verdacht hatte, ihm einen üblen Streich zu spielen, schrieb diese Zusammenkunft irgendeiner geheimen Einflüsterung dieses Gerichtsaffen zu; er war auf der Hut wie bei einer Erkundung in Feindesland, behielt die Gegend im Auge, achtete auf den geringsten Laut, angestrengten Geistes die Hand jederzeit an der Waffe. Der Oberst hatte den Fehler, niemals auch nur ein Wort von dem zu glauben, was Frauen sagten; und als die alte Jungfer auf Pierrette zu sprechen kam und ihm sagte, daß sie sich mittags hingelegt hätte, dachte der Oberst, daß Sylvie sie aus Eifersucht ganz einfach in ihrem Zimmer eingesperrt habe.

»Sie wird ausgesprochen niedlich, die Kleine«, sagte er beiläufig.

»Sie wird einmal hübsch«, antwortete Mademoiselle Rogron.

»Sie sollten sie jetzt nach Paris in ein Geschäft schicken«, fügte der Oberst hinzu. »Dort würde sie es zu etwas bringen. Bei den Modistinnen nimmt man heutzutage nur äußerst hübsche Mädchen.«

»Ist das allen Ernstes Ihre Meinung?« fragte Sylvie unsicher.

›Ach, jetzt hab ich's!‹ dachte der Oberst. ›Vinet wird mir geraten haben, eines Tages Pierrette zu heiraten, um mich bei dieser alten Hexe in Mißkredit zu bringen.‹ – »Aber«, sagte er laut, »was wollen Sie denn mit ihr machen? Sie sehen doch, wie ein Mädchen von unvergleichlicher Schönheit, Bathilde de Chargebœuf, ein adliges Mädchen bester Herkunft, dazu verdammt ist, eine alte Jungfer zu werden: niemand will sie. Pierrette hat nichts, sie würde niemals geheiratet werden. Meinen Sie, daß mir zum Beispiel Jugend und Schönheit etwas bedeuten, mir, dem Rittmeister der Kaiserlichen Garde, seit der Kaiser seine Garde hatte, der ich in allen Hauptstädten abgestiegen bin und die schönsten Frauen ebendieser Hauptstädte kennengelernt habe? Jugend und Schönheit, das ist etwas verdammt Dummes und Gewöhnliches! ... Davon will ich nichts mehr wissen. Wenn man das Desaster von Moskau überstanden und den schrecklichen Frankreichfeldzug mitgemacht hat, ist man mit seinen achtundvierzig Jahren ein wenig mitgenommen«, sagte er, wobei er sich älter machte, als er wirklich war. »Ich bin ein alter Mann. Eine Frau wie Sie würde mich pflegen und mir das Leben angenehm machen; ihr Vermögen und meine bescheidenen tausend Taler Pension würden mir auf meine alten Tage einen angemessenen Wohlstand verschaffen, und ich würde eine solche tausendmal einem Zierpüppchen vorziehen, die mir nur Unannehmlichkeiten bereitet, die dreißig Jahre alt wäre und von Leidenschaft besessen, wenn ich sechzig bin und Rheuma habe. In meinem Alter ist man berechnend. Sehen Sie, aber das bleibt unter uns, ich würde keine Kinder haben wollen, wenn ich heirate.«

Während dieser Tirade konnte der Oberst es Sylvie förmlich vom Gesicht ablesen, was sie fühlte, und ihr verwunderter Ausruf überzeugte ihn vollends davon, wie heimtückisch Vinet war.

»Also lieben Sie Pierrette gar nicht?«

»Nun hören Sie aber mal, meine liebe Sylvie, sind Sie denn närrisch? Wenn man keine Zähne mehr hat, versucht man dann etwa, Nüsse zu knacken? Gott sei Dank bin ich noch bei Verstand und kenne mich.«

Sylvie wollte sich nun aus der Sache heraushalten und hielt sich für überaus scharfsinnig, indem sie so tat, als ob sie für ihren Bruder spräche.

»Mein Bruder«, sagte sie, »hatte die Idee, Sie zu verheiraten.«

»Aber Ihr Bruder kann nicht auf so eine abwegige Idee gekommen sein. Um hinter sein Geheimnis zu kommen, habe ich ihm vor einigen Tagen gesagt, daß ich Bathilde lieben würde, und da ist er so weiß geworden wie Ihre Halskrause.«

»Er liebt Bathilde«, sagte Sylvie.

»Wie ein Wahnsinniger. Und dabei will Bathilde ganz bestimmt nur sein Geld (›Hereingefallen, Vinet‹, dachte der Oberst). Wie sollte er da von Pierrette gesprochen haben? Nein, Sylvie«, sagte er, wobei er ihre Hand nahm und diese auf eine ganz bestimmte Art drückte, »da Sie nun einmal auf dieses Thema zu sprechen gekommen sind ...« Er ging näher an Sylvie heran. »Nun gut! (Er küßte ihr die Hand, er war Kavallerieoberst und hatte bereits bewiesen, daß er Mut besaß.) Sie sollen es wissen, ich möchte keine andere Frau als Sie. Obwohl diese Ehe vielleicht nach einer Vernunftehe aussieht, so empfinde ich meinerseits wahrhaft Zuneigung für Sie.«

»Aber *ich* war es, die Sie mit Pierrette verheiraten wollte. Und wenn ich ihr mein Vermögen geben würde ... Na, Oberst?«

»Aber ich möchte in meinem Heim nicht unglücklich werden und in zehn Jahren womöglich zusehen, wenn ein junger Laffe wie Julliard um meine Frau herumscharwenzelt und Verse für sie in die Zeitung setzt. In dieser Beziehung bin ich zu sehr Mann! Was das Alter betrifft, werde ich niemals eine ungleiche Ehe eingehen.«

»Nun gut, Oberst, über all das werden wir uns ernsthaft unterhalten«, sagte Sylvie, wobei sie ihm einen Blick zuwarf, den sie für liebevoll hielt, der aber so ziemlich dem einer Menschenfresserin gleichkam. Ihre kalten, grell-violetten Lippen verzogen sich über ihren gelben Zähnen, und sie glaubte zu lächeln.

»Da bin ich«, sagte Rogron und nahm den Oberst, der sich der alten Jungfer mit einer ritterlichen Geste empfahl, mit hinaus. Gouraud beschloß, seine Heirat mit Sylvie zu beschleunigen und somit der Herr in diesem Hause zu werden, wobei er hoffte, Bathilde und Céleste Habert loszuwerden, wenn er Sylvie während der Flitterwochen gleich dahingehend beeinflußte. Deshalb sagte er Rogron während dieses Spaziergangs, daß er sich neulich einen Scherz mit ihm erlaubt habe: er würde sich nicht anmaßen, über Bathildes Herz zu verfügen, da er nicht reich genug war, eine Frau ohne Mitgift zu heiraten; ferner vertraute er ihm sein Vorhaben an, aufgrund ihrer guten Eigenschaften habe er seit langem seine Schwester erwählt, er würde es schließlich als eine Ehre ansehen, sein Schwager zu werden.

»Ach, Oberst! Ach, Baron! Wenn nur meine Einwilligung fehlt, so wird dies in der gesetzlich vorgeschriebenen Frist erledigt sein«, rief Rogron, glücklich darüber, sich von diesem schrecklichen Rivalen befreit zu wissen.

Sylvie verbrachte den ganzen Vormittag in ihrer Wohnung und prüfte, ob ein Ehepaar Platz hätte. Sie beschloß, eine zweite Etage für ihren Bruder ausbauen und die erste für sich und ihren Gatten zweckdienlich herrichten zu lassen, doch einer altjungferlichen Vorstellung entsprechend beabsichtigte sie, den Oberst erst auf die Probe zu stellen, um sein Gefühl und seine Verhaltensweise beurteilen zu können, bevor sie sich entschied. Sie hegte noch Zweifel und wollte ganz sichergehen, daß es zwischen Pierrette und dem Oberst keinerlei Vertraulichkeiten gab.

Zur Essenszeit kam Pierrette herunter, um den Tisch zu decken. Sylvie war genötigt gewesen, selbst zu kochen, und hatte sich ihr Kleid bespritzt. »Verfluchte Pierrette!« hatte sie dabei ausgerufen. Selbstverständlich hätte sie sich diesen Fettfleck auf ihrem Seidenkleid nicht eingehandelt, wenn Pierrette das Essen zubereitet hätte.

»Na, da ist ja unsere Zimperliese. Wie der Hund des Hufschmieds; wenn der Meister arbeitet, schläft er, aber wenn Töpfe und Pfannen klappern, wird er wach! Ach, und dich soll man für krank halten, du kleine Lügnerin!«

Das ›Du hast mir nicht die Wahrheit gesagt über das, was sich heute morgen auf dem Platz abgespielt hat, also lügst du bei allem, was du sagst‹ sollte Pierrette nun unaufhörlich von Sylvie wie Hammerschläge zu spüren bekommen.

Zu Pierrettes großem Erstaunen sollte sie sich nach dem Essen für den Abend zurechtmachen. Auch die schöpferischste Einbildungskraft bleibt noch hinter jener Aktivität zurück, die der Argwohn dem Geist einer alten Jungfer verleiht. In diesem Fall sticht sie noch die Politiker aus, ist Anwälten und Notaren, Halsabschneidern und Geizigen überlegen. Sie nahm sich vor, alles um sich herum nachzuprüfen und Vinet um Rat zu fragen. Sie wollte Pierrette ganz in ihrer Nähe haben, damit sie aus dem Verhalten der Kleinen schließen konnte, ob der Oberst die Wahrheit gesagt hatte. Die Damen de Chargebœuf kamen als erste. Bathilde hatte den Rat ihres Cousins Vinet befolgt und sich besonders elegant angezogen. Sie trug ein reizendes blaues Kleid aus Baumwollsamt, dazu wieder das helle Busentuch, goldgefaßte Granattrauben als Ohrgehänge, die Haare gescheitelt und zu Ringellocken gedreht, das raffinierte Jeannettenkreuz, schwarze Atlasschuhchen, graue Seidenstrümpfe und schwedische Handschuhe; dazu kamen das Aussehen einer Königin und die Koketterie eines jungen Mädchens, womit sie solche Männer wie Rogron scharenweise hätte einfangen können. Wie die Tochter bewahrte auch die würdevolle und ruhige Mutter eine gewisse aristokratische Impertinenz, mit der die beiden Frauen alles überspielten und worin die Gesinnung ihrer Kaste zum Ausdruck kam. Bathilde war den anderen an Geist überlegen, was nur Vinet nach dem zweimonatigen Aufenthalt der Damen de Chargebœuf in seinem Hause hatte erraten können. Als er den wahren Wert dieses Mädchens erkannt hatte, das, durch die Nutzlosigkeit seiner Jugend und seiner Schönheit verletzt, mit Verachtung auf die Männer einer Epoche herabsah, in der einzig dem Abgott Geld gehuldigt wurde, rief Vinet überrascht aus: »Wenn ich Sie geheiratet hätte, wäre ich heute auf dem besten Wege, Justizminister zu werden, Ich würde mich Vinet de Chargebœuf nennen und hätte einen Sitz bei den Rechten!«

Bei ihrem Wunsch, heiraten zu wollen, trug sich Bathilde mit keiner der vulgären Absichten, sie heiratete nicht, um Mutter zu werden, sie heiratete nicht, um einen Mann zu haben, sie heiratete, um frei zu sein, um jemanden zu haben, der für das Schauspiel zahlte, um sich Madame zu nennen und um handeln zu können, wie Männer handelten. Rogron war lediglich ein Name für sie, sie hatte vor, aus diesem Einfaltspinsel etwas zu machen, einen stimmberechtigten Abgeordneten, dessen Seele sie wäre; sie mußte sich an ihrer Familie rächen, die sich mit einem armen Mädchen nicht abgegeben hatte. Vinet als Bewunderer und Befürworter ihrer Vorstellungen hatte ihre Ideen noch erweitert und sie darin unterstützt.

»Liebe Cousine«, sagte er, als er ihr erklärte, welchen Einfluß die Frauen hatten, und sie auf deren eigentliches Betätigungsfeld verwies, »glauben Sie etwa, daß Tiphaine, ein ausgesprochen mittelmäßiger Mensch, von selbst an das Untergericht nach Paris kommt? Madame Tiphaine hat ihn doch zum Abgeordneten ernennen lassen, sie verhilft ihm nach Paris. Ihre Mutter, Madame Roguin, ist ein durchtriebenes Klatschweib, die es versteht, den berüchtigten Bankier du Tillet um den Finger zu wickeln. Tillet ist einer der Kumpane von Nucingen, beide sind mit den Kellers liiert, und diese drei Häuser erweisen entweder der Regierung oder deren zuverlässigsten Männern hin und wieder eine Gefälligkeit, die Ämter stehen sich bestens mit diesen Geldluchsen, und solche Beamte wiederum kennen ganz Paris. Es gibt keinen Hinderungsgrund, warum es Tiphaine nicht gelingen sollte, Präsident irgendeines Hauptgerichtshofes zu werden. Heiraten Sie Rogron; wenn ich einen anderen Wahlbezirk hier im Departement erobert habe, werden wir ihn zum Abgeordneten von Provins machen. Er wird dann Hauptsteuereinnehmer, das ist ein Amt, in dem er nur zu unterschreiben braucht. Wir werden zur Opposition gehören, wenn sie gewinnt, falls die Bourbonen aber bleiben, oh, dann werden wir ganz behutsam zum Zentrum hin tendieren. Und außerdem wird Rogron ja nicht ewig leben, später heiraten Sie einen Mann von Stand. Seien Sie erst einmal in einer entsprechenden Position, dann werden uns die Chargebœufs schon helfen. Ihre Notlage wie auch die meine wird Ihnen sicher gezeigt haben, was die Menschen wert sind: man muß sie benutzen, wie man Postpferde benutzt. Ein Mann oder eine Frau ist nur dazu da, um uns jeweils eine Strecke vorwärtszubringen.«

Vinet hatte aus Bathilde eine kleine Katharina von Medici gemacht. Seine Frau, die mit ihren beiden Kindern glücklich war, ließ er daheim und begleitete die Damen de Chargebœuf immer zu den Rogrons. Er kam in seiner ganzen Herrlichkeit als Tribun der Champagne. Er besaß nun eine hübsche Brille mit Goldgestell, eine Seidenweste, eine weiße Halsbinde, schwarze Hosen, feine Stiefel, einen in Paris gefertigten Frack und eine goldene Uhr mit Uhrkette. Anstelle des schmächtigblassen und mürrisch-verstimmten Vinet von einst offenbarte sich im jetzigen Vinet die Haltung eines Politikers; mit der spezifischen Sicherheit eines Mannes vom Gericht, der sich im verworrenen Dunkel der Rechtsprechung auskannte, schritt er siegesbewußt voran. Sein schlauer kleiner Kopf war so gut frisiert, und sein glattes Kinn ließ ihn derart zart und kalt zugleich erscheinen, daß er auf die Robespierresche Art angenehm wirkte. Er hätte gewiß einen vortrefflichen Generalstaatsanwalt mit vieldeutiger, gefährlicher und geradezu tödlicher Eloquenz oder einen Redner von der Brillanz eines Benjamin Constant abgegeben. Bitternis und Haß, die ihn unlängst vorwärtsgetrieben hatten, waren zu einer heimtükkischen Freundlichkeit geworden. Das Gift wurde nun als Medizin verabreicht.

»Guten Tag, meine Liebe, wie geht es Ihnen?« sagte Madame de Chargebœuf zu Sylvie.

Bathilde ging gleich auf den Kamin zu, nahm ihren Hut ab, und damit Rogron ihren hübschen Fuß sehen konnte, setzte sie ihn auf das Gitter des Kaminschirms.

»Was haben Sie denn, Monsieur«, sagte sie zu ihm, wobei sie ihn ansah, »Sie begrüßen mich nicht? Na so etwas! Für Sie wird man noch einmal ein Samtkleid anziehen...«

Sie ging grußlos an Pierrette vorbei und wollte ihren Hut auf einen Sessel legen, doch Pierrette nahm ihn ihr aus der Hand, und sie gab ihn ihr auch, als ob die Bretonin ein Dienstmädchen wäre. Männer gelten als ausgesprochen grausam, Tiger auch; doch weder Tiger, Schlangen, Diplomaten, Vollzugsbeamte, weder Henker noch Könige können es in ihren größten Abscheulichkeiten zu der sanften Grausamkeit, der giftigen Freundlichkeit und der barbarischen Verachtung junger Damen untereinander bringen, wenn sich die einen den anderen an Geburt, an Vermögen, an Liebreiz überlegen fühlen und wenn es sich um die Heirat, den Vorrang, mit einem Wort, um die unzähligen Frauenstreitigkeiten handelt. Das ›Danke, Mademoiselle‹, das Bathilde zu Pierrette sagte, war so aufschlußreich wie eine mehrbändige Dichtung.

Sie hieß Bathilde und die andere Pierrette. Sie war eine Chargebœuf, die andere eine Lorrain! Pierrette war klein und kränklich, Bathilde war groß und voller Lebenskraft! Pierrette wurde aus Barmherzigkeit durchgefüttert, Bathilde und ihre Mutter waren unabhängig. Pierrette trug ein einfaches Stoffkleid mit Rüschen, Bathilde wallte in blauem Samt! Bathilde hatte die üppigsten Schultern im ganzen Departement und den Arm einer Königin; Pierrette hatte knochige Schultern und magere Arme. Pierrette war das Aschenbrödel, Bathilde die Fee! Bathilde würde heiraten, Pierrette würde jung sterben. Bathilde wurde angebetet, Pierrette wurde von niemandem geliebt. Bathilde hatte eine bezaubernde Frisur, sie besaß Geschmack; Pierrette versteckte ihr Haar unter einer kleinen Haube und verstand nichts von Mode! Epilog: Bathilde war alles, Pierrette war nichts. Die stolze Bretonin verstand diesen schrecklichen Abgesang nur zu gut.

»Guten Tag, meine Kleine«, näselte Madame de Chargebœuf von oben herab durch ihre zusammengekniffene Nase.

Vinet setzte dieser Art von Beleidigungen noch die Krone auf, indem er Pierrette ansah und in jeweils gesteigerter Tonhöhe sagte: »Oh! Oh! Oh! Wie schön wir heute abend sind, Pierrette!«

»Schön«, sagte das arme Kind, »das müssen Sie nicht zu mir, sondern zu Ihrer Cousine sagen.«

»Oh, meine Cousine ist es immer«, erwiderte der Anwalt. »Nicht wahr, Rogron?« sagte er, wobei er sich dem Hausherrn zuwandte und ihm die Hand schüttelte.

»Ja«, antwortete Rogron.

»Warum soll er denn etwas sagen, was gar nicht seiner Meinung entspricht? Ich bin überhaupt nicht nach seinem Geschmack«, bemerkte Bathilde, wobei sie sich vor Rogron hinstellte. »Stimmt das nicht? Sehen Sie mich an.«

Rogron betrachtete sie von Kopf bis Fuß und schloß gemächlich die Augen, wie ein Kater, dem man den Kopf krault.

»Sie sind zu schön«, sagte er, »Sie anzusehen ist zu gefährlich.«

»Warum?«

Rogron sah in die Glut und schwieg. In diesem Augenblick kam Mademoiselle Habert herein und nach ihr der Oberst. Céleste Habert, die zu aller Feindin geworden war, konnte nur noch auf Sylvie zählen; aber ein jeder bewies ihr desto mehr Achtung, Höflichkeit und freundliche Aufmerksamkeit, als er ihre Stellung zu untergraben suchte, so daß sie zwischen den Beweisen der Anteilnahme und dem Mißtrauen, das ihr Bruder in ihr nährte, stand. Obwohl sich der Vikar weitab vom eigentlichen Kriegsschauplatz befand, erriet er alles, was dort vor sich ging. Deshalb wurde er, als er begriffen hatte, daß für seine Schwester keinerlei Aussichten mehr bestanden, zu einem der erbittertsten Widersacher der Rogrons. Jeder wird sich Mademoiselle Habert sofort vorstellen können, wenn er erfährt, daß sie auch dann noch wie eine Lehrerin ausgesehen hätte, wenn sie keine Pensionatseigentümerin und -vorsteherin gewesen wäre. Lehrerinnen haben eine ganz bestimmte Art, ihre Hauben aufzusetzen. So wie die alten Engländerinnen das Monopol für Turbane erworben haben, so haben Lehrerinnen das Monopol für diese Hauben; das Drahtgestell überragt die Blumen, die Blumen sind mehr als nur künstlich; da diese Haube lange in Schränken gelegen hat, ist sie immer neu und immer alt, sogar am ersten Tag. Die Ehre dieser Mädchen besteht darin, den hölzernen Gliederpuppen der Maler zu ähneln, sie sitzen auf ihren Hüften und nicht auf ihren Stühlen. Wenn man sie anspricht, vollführen sie eine Drehung des gesamten Oberkörpers, anstatt nur den Kopf umzuwenden; und wenn ihre Kleider rascheln, ist man versucht zu glauben, daß die Metallfedern dieser eigenartigen Mechanismen nicht mehr richtig funktionieren. Mademoiselle Habert, ein Musterbeispiel dieser Gattung, hatte einen strengen Blick, geschminkte Lippen, und unter dem faltigen Kinn die schlaffen und verblichenen Bänder ihrer Haube, die sich im Sprechtakt hoben und senkten. Sie besaß eine kleine Besonderheit in Form zweier etwas sehr augenfälliger und sehr brauner Muttermale, deren Haarbewuchs sie sprießen ließ wie wilden Wein. Schließlich schnupfte sie noch, doch ohne Anmut. Man traf alle Vorbereitungen für das Bostonspiel. Sylvie bekam als Gegenüber Mademoiselle Habert, und dem Oberst wurde der Platz neben ihr angewiesen, so daß er vor Madame de Chargebœuf saß. Bathilde blieb bei ihrer Mutter und bei Rogron. Sylvie plazierte Pierrette zwischen sich und dem Oberst. Rogron stellte den anderen Tisch auf, für den Fall, daß Néraud und Cournant mit seiner Frau kommen würden. Vinet und Bathilde konnten Whist spielen, was die Cournants zu spielen pflegten. Seit jene, wie die Leute von Provins sagten, Edelfrauen de Chargebœuf zu den Rogrons kamen, brannten die beiden Lampen, die zwischen den Kandelabern und der Uhr auf dem Kamin standen, und die Tische wurden mit Kerzen beleuchtet, die vierzig Sous das Pfund kosteten, welche aber übrigens durch den Spieleinsatz wieder hereinkamen.

»Nun, Pierrette? Nimm doch deine Handarbeit, mein Kind«, sagte Sylvie mit gespielter Sanftmut zu ihrer Cousine, als sie sah, daß diese dem Oberst beim Spielen zuschaute.

In der Öffentlichkeit tat sie immer so, als ob sie mit Pierrette sehr liebevoll umginge. Über diesen gemeinen Betrug war die aufrichtige Bretonin erbittert, und sie verachtete ihre Cousine dafür. Pierrette nahm ihre Stickerei zur Hand; doch während sie den Faden durchzog, sah sie weiterhin in Gourauds Karten. Gouraud machte den Eindruck, als ob er das kleine Mädchen an seiner Seite überhaupt nicht wahrnehmen würde. Sylvie beobachtete ihn und begann diese Gleichgültigkeit überaus verdächtig zu finden. Im Verlauf des Abends ergab sich eine Gelegenheit, wo die alte Jungfer mit einem großen Misere in Rot aufwartete, das Einsatzkörbchen war voller Spielmarken und enthielt außerdem noch siebenundzwanzig Sous. Die Cournants und die Nérauds waren gekommen. Desfondrilles, der alte Gerichtsbeisitzer, dem das Justizministerium die Befähigung zum Richter zugesprochen und ihn mit den Obliegenheiten eines Untersuchungsrichters betraut hatte, dem es aber nie gelang, sich als richterliche Amtsperson durchzusetzen, und der seit zwei Monaten die Partei Tiphaine verlassen und sich der Partei Vinet zugewandt hatte, stand mit dem Rücken zum Feuer mit hochgeschlagenen Frackschößen vor dem Kamin. Er betrachtete diesen herrlichen Salon, in dem Mademoiselle de Chargebœuf erstrahlte, denn es schien, daß die rote Ausstattung eigens dazu da sei, um die Reize dieser prächtigen Erscheinung noch zu erhöhen. Es herrschte allgemeines Schweigen, Pierrette sah zu, wie Misere gespielt wurde, und Sylvies Aufmerksamkeit war durch das Interesse am Spielverlauf abgelenkt worden.

»Spielen Sie das aus«, sagte Pierrette zum Oberst, wobei sie auf Rot zeigte.

Der Oberst begann, eine Folge Rot auszuspielen, denn die Herzkarten waren bei Sylvie und bei ihm; der Oberst bekam das As, obwohl es bei Sylvie durch fünf niedrige Karten gedeckt war.

»Das Spiel gilt nicht, Pierrette hat meine Karten gesehen, und der Oberst hat sich von ihr beraten lassen.«

»Aber Mademoiselle«, sagte Céleste, »der Oberst mußte weiter Rot ausspielen, da Sie doch Rot hatten!«

Bei diesem Satz lächelte Monsieur Desfondrilles, ein scharfsinniger Mensch, der sich schließlich über all die Machtkämpfe lustig machte, die in Provins im Gange waren, wo er die Rolle des Rigaudin aus ›Das Haus als Lotteriegewinn‹ von Picard spielte.

»Der Oberst hat gewonnen«, sagte Cournant, ohne zu wissen, worum es sich handelte.

Sylvie warf Mademoiselle Habert jenen furchtbaren und zugleich übertrieben freundlichen Blick zu, den alte Jungfern miteinander wechseln.

»Pierrette, du hast meine Karten gesehen«, sagte Sylvie, wobei sie ihren Blick auf die Cousine heftete.

»Nein, Cousine.«

»Ich habe auf alle geachtet«, sagte der Richter und Altertumsforscher, »ich kann bestätigen, daß die Kleine nur Augen für den Oberst hatte.«

»Ach was!« sagte Gouraud erschrocken. »Kleine Mädchen verstehen es, allen schöne Augen zu machen.«

»Ach!« erwiderte Sylvie.

»Ja«, fuhr Gouraud fort, »sie kann Ihnen in die Karten gesehen haben, um Ihnen einen Streich zu spielen, nicht wahr, mein schönes Kind?«

»Nein«, sagte die ehrliche Bretonin, »so etwas mache ich nicht, und dann hätte ich ja auf das Spiel meiner Cousine achtgegeben.«

»Du weißt sehr wohl, daß du eine Lügnerin bist und eine kleine Närrin. Wie kann man deinen Worten, nach dem, was sich heute morgen ereignet hat, auch nur den geringsten Glauben schenken? Du bist eine ...«

Pierrette wartete nicht ab, was ihre Cousine sagen würde; da sie eine Flut von Beleidigungen voraussah, stand sie auf und ging ohne Licht in ihr Zimmer. Sylvie wurde blaß vor Wut und zischte vor sich hin: »Das wird sie mir büßen.«

»Bezahlen Sie das Misere?« fragte Madame de Chargebœuf.

In diesem Moment stieß die arme Pierrette mit der Stirn an die Korridortür, die der Richter offengelassen hatte.

»Nun, das geschieht dir recht!« rief Sylvie.

»Was ist ihr denn passiert?« fragte Desfondrilles.

»Nur das, was sie verdient«, erwiderte Sylvie.

»Sie hat sich irgendwo gestoßen« sagte Mademoiselle Habert.

Sylvie versuchte, ihr Misere nicht zu bezahlen, indem sie aufstand und nachsehen wollte, was Pierrette angestellt hatte, doch Madame de Chargebœuf hielt sie zurück.

»Bezahlen Sie zuerst», sagte sie lachend, »denn wenn Sie zurückkommen, haben Sie vielleicht schon wieder alles vergessen.«

Der Vorschlag fand allgemeine Zustimmung, da alle wußten, wie unaufrichtig die ehemalige Kurzwarenhändlerin war, wenn es um Spielschulden ging und welche Streitereien es deswegen mit ihr gab. Sylvie setzte sich wieder und dachte nicht mehr an Pierrette, und diese Gleichgültigkeit wunderte niemanden. Während des ganzen Abends wurde Sylvie beständig von den gleichen Gedanken zermartert. Als gegen halb zehn die Bostonpartie zu Ende war, ließ sie sich in einen der Lehnsessel am Kamin fallen und erhob sich erst wieder, als sich die Gäste verabschiedeten. Der Oberst spannte sie auf die Folter, sie wußte nicht mehr, was sie von ihm denken sollte.

»Die Männer sind so falsch!« sagte sie beim Einschlafen.

Pierrette hatte sich sehr schlimm in Ohrhöhe an der Türkante gestoßen, an jener Stelle, an der junge Mädchen ihr Haar abteilen, das sie auf Lockenwickel rollen. Am nächsten Morgen waren dort große blutunterlaufene Flecken zu sehen.

»Gott hat dich gestraft«, sagte ihre Cousine beim Frühstück zu ihr, »du hast mir nicht gehorcht, du hast es an der Achtung fehlen lassen, die du mir schuldest, als du mir nicht zugehört hast und mitten in meiner Rede hinausgelaufen bist, jetzt hast du bekommen, was du verdienst.«

»Aber vielleicht sollte man eine feuchte Kompresse mit Salz auflegen«, meinte Rogron.

»Ach, das ist nicht weiter schlimm, lieber Cousin«, sagte Pierrette.

Mit dem armen Kind war es schon so weit gekommen, daß es die Bemerkung seines Vormunds für einen Beweis der Anteilnahme hielt.

Die Woche endete, wie sie begonnen hatte, unter fortwährenden Qualen. Sylvie ließ sich immer etwas Neues einfallen und betrieb ihre Tyrannei mit barbarischer Spitzfindigkeit. Illinois-Indianer, Tscherokesen und Mohikaner hätten noch von ihr lernen können. Pierrette wagte nicht, über die unbestimmbaren Schmerzen, die sie im Kopf verspürte, zu klagen. Ihre Cousine war derart verstimmt, weil sie nichts über Brigaut preisgab, und in ihrer bretonischen Starrköpfigkeit verharrte Pierrette weiterhin in überdies sehr begreiflichem Schweigen. Jeder wird nun verstehen, wie Pierrette Brigaut ansah, den sie für sich verloren glaubte, wenn er entdeckt würde, und den sie, aus dem beglückenden Gefühl heraus, ihn in Provins zu wissen, in ihrer Nähe haben wollte. Welche Freude für sie, Brigaut zu erblicken! Dieser Blick auf den Spielgefährten war vergleichbar mit jenem, den ein Verbannter von fern auf sein Vaterland wirft, mit dem Blick des Märtyrers gen Himmel, den seine Seheraugen in glühender Folterqual zu schauen vermögen. Der Sohn des Majors hatte ihn genauestens verstanden, so daß er sich, wenn er seine Bretter hobelte, seinen Zirkel spannte, die Maße abnahm und sein Holz justierte, nur darüber den Kopf zerbrach, wie er mit Pierrette in Verbindung treten könnte. Brigaut gelang dieses Vorhaben schließlich mit denkbar einfachen Mitteln. Zu einer bestimmten Nachtstunde würde Pierrette einen Faden hinunterlassen, an den er einen Brief binden würde. Inmitten der schrecklichen Leiden ihrer doppelten Krankheit, denn in ihrem Kopf bildete sich infolge des Unfalls ein Bluterguß, und alle lebenswichtigen Funktionen ihres Körpers waren gestört, wurde Pierrette einzig von dem Gedanken daran aufrechtgehalten, mit Brigaut in Verbindung zu treten. Nur dieses

Verlangen belebte beider Herzen; fern voneinander, waren sie sich dennoch nah. Bei jedem Dolchstoß, den ihr Herz hinnehmen mußte, jedesmal, wenn sie den stechenden Kopfschmerz verspürte, sagte sich Pierrette: ›Brigaut ist hier!‹ Und nun litt sie, ohne zu klagen.

Gleich beim ersten Wochenmarkt, der ihrer ersten Begegnung in der Kirche folgte, spürte Brigaut seine kleine Freundin auf. Obwohl sie so farblos war und zitterte wie ein Blatt im Novemberwind, das bald fallen würde, verlor Brigaut nicht die Beherrschung und erhandelte von derselben Gemüsefrau Obst, mit der auch die gräßliche Sylvie um ihre Bevorratung feilschte. Brigaut konnte Pierrette ein Briefchen zustecken, und er tat dies so natürlich, während er die Händlerin mit der dreisten und gelassenen Art eines Draufgängers zum besten hielt, als ob er nie etwas anderes getan hätte, obwohl ihm sein in Wallung geratenes Herzblut in den Ohren rauschte und ihm fast die Adern sprengte. Nach außen hin zeigte er die Entschlossenheit eines alten Zuchthäuslers, im Innersten verzagte er vor Unschuld, ganz wie gewisse Mütter in einer tödlichen Krise, wo sie zwischen zwei Gefahren, zwischen zwei Abgründen schweben. Pierrette wurde vom gleichen Taumel wie Brigaut ergriffen, und sie verbarg das Stück Papier in ihrer Schürzentasche. Die Flecken auf ihren Wangen glühten feurigrot. Von den Gefühlen, die die beiden Kinder unbewußt füreinander empfanden, hätten zehn gewöhnliche Liebespaare zehren können. Dieser Augenblick blieb in ihrer Seele ein sich immer wieder auftuender Quell der Zuneigung. Sylvie, die die bretonische Mundart nicht kannte, konnte in Brigaut keinen Liebhaber vermuten, und Pierrette kam mit ihrem kostbaren Schatz nach Hause.

Die Briefe dieser beiden armen Kinder sollten in einer entsetzlichen Gerichtsverhandlung als Beweisstücke dienen; ohne jene verhängnisvollen Umstände wären sie niemals bekannt geworden. Hier nun, was Pierrette am Abend in ihrem Zimmer las:

›Meine liebe Pierrette! Um Mitternacht, wenn alles schläft, werde ich für Dich wachen, ich werde jede Nacht unten am Küchenfenster stehen. Du kannst aus Deinem Fenster eine Schnur hinunterlassen, lang genug, daß sie bis zu mir reicht, das wird keinen Lärm machen, und Du bindest daran fest, was Du mir zu schreiben hast. Auf die gleiche Weise werde ich Dir antworten. Ich habe erfahren, daß sie Dich lesen und schreiben haben lernen lassen, diese elenden Verwandten, die Dir soviel Gutes tun sollten und die Dir soviel Leid zufügten! Du, Pierrette, Tochter eines für Frankreich gefallenen Oberst, wirst von diesen Scheusalen gezwungen, für sie zu kochen! ... Wo sind Deine blühenden Farben, wo ist Deine Gesundheit geblieben? Was ist aus meiner Pierrette geworden? Was haben sie aus ihr gemacht? Ich sehe ganz genau, daß Du Dich nicht wohl fühlst. Ach, Pierrette! Laß uns in die Bretagne zurückkehren. Ich kann so viel verdienen, um Dir alles zu geben, was Du brauchst: Du kannst täglich drei Francs bekommen; denn ich verdiene vier bis fünf Francs, und mir reichen dreißig Sous. Ach, Pierrette, wie sehr habe ich für Dich zum lieben Gott gebetet, seit ich Dich wiedergesehen habe! Ich habe ihn darum gebeten, mir alle Deine Leiden zu geben und Dir alle Freuden zu gewähren. Was hast Du ihnen denn getan, daß sie Dich bewachen? Deine Großmutter steht höher als sie. Diese Rogrons sind Gift für Dich, sie haben Dir Deinen Frohsinn genommen. Du läufst durch Provins nicht mehr so, wie Du Dich in der Bretagne bewegt hast! Laß uns in die Bretagne zurückkehren! Ich bin schließlich hier, um Dir zu dienen, um Deine Gebote auszuführen, und Du sollst mir sagen, was Du willst. Wenn Du Geld brauchst, ich besitze sechzig Taler, und ich werde den Schmerz ertragen müssen, sie Dir an eine Schnur zu binden, anstatt das Geld in Deine lieben Hände zu legen und diese mit Ehrfurcht zu küssen. Ach, schon lange ist es her, meine arme Pierrette, daß sich der Himmel für mich verdunkelt hat. Ich habe keine frohe Stunde mehr gehabt, seit ich Dich in diese unglückselige Postkutsche gesetzt habe; und als ich Dich wiedergesehen habe, wobei Du wie ein Schatten Deiner selbst aussahst, hat diese Hexe von einer Verwandten unser Glück gestört. Wir werden uns letztlich damit trösten, alle Sonntage gemeinsam zu Gott zu beten, vielleicht wird er uns so besser hören. Auf ein baldiges Wiedersehen, meine liebe Pierrette, und auf heute nacht.‹

Pierrette war von diesem Brief derart gerührt, daß sie ihn über eine Stunde lang immer wieder las und betrachtete; doch plötzlich wurde ihr schmerzvoll bewußt, daß sie gar nichts zum Schreiben besaß. Sie unternahm also die schwierige Reise von ihrer Dachkammer zum Speisezimmer, wo sie Tinte, eine Schreibfeder und Papier holen konnte, und kehrte erfolgreich, ohne ihre furchtbare Cousine geweckt zu haben, zurück. Einige Minuten vor Mitternacht hatte sie folgenden Brief, der ebenfalls im Prozeß verlesen wurde, geschrieben:

›Mein Geliebter! Oh ja, mein Geliebter; denn es gibt nur zwei Menschen, die mich lieben, das ist meine Großmutter, und das bist Du, Jacques. Möge Gott mir verzeihen, aber Ihr seid auch die beiden einzigen Menschen, die ich liebe, den einen genausosehr wie den anderen. Ich war zu klein, um mein Mütterchen kennen zu können, doch Du, Jacques, und meine Großmutter, auch mein Großvater, Gott möge ihm die ewige Ruhe schenken, denn er hat unter seinem Ruin, der auch der meine war, sehr gelitten, Euch beide, die Ihr mir geblieben seid, liebe ich ebensosehr, wie ich auch unglücklich bin! Um zu verstehen, wie sehr ich Euch liebe, müßtet Ihr wissen, wie sehr ich leide, doch das wünsche ich nicht, das würde Euch zuviel Kummer bereiten. Man spricht zu mir in einem Ton, in dem wir nicht einmal zu Hunden sprechen! Man behandelt mich wie die Letzte der Letzten. Auch wenn ich mein Gewissen befrage, als ob ich vor Gott stünde, ich fühle mich ihnen gegenüber nicht im Unrecht. Bevor Du mir das Brautlied gesungen hast, habe ich Gott in meinen Leiden wiedererkannt, weil ich ihn gebeten hatte, mich von dieser

Welt zu nehmen, und als ich mich sehr krank fühlte, sagte ich mir: Gott erhört mich! Aber da du jetzt hier bist, Brigaut, möchte ich, daß wir beide in die Bretagne zu meiner Großmutter zurückgehen, die mich liebt, obwohl sie mir gesagt haben, daß sie mir achttausend Francs gestohlen hat. Sollte es möglich sein, daß ich achttausend Francs besitze, Brigaut? Wenn sie mir gehören, kannst Du sie bekommen? Aber das sind Lügen; wenn wir achttausend Francs hätten, wäre meine Großmutter nicht in Saint-Jacques. Ich wollte nicht den Frieden der letzten Tage dieser guten und frommen Frau stören und ihr über meine Qualen berichten: daran wäre sie gestorben. Ach, wenn sie wüßte, daß man ihre Enkelin Geschirr spülen läßt, wo sie mir doch immer gesagt hat: ›Laß das, mein Püppchen‹; wenn ich ihr in ihrem Unglück helfen wollte: ›Laß, laß, mein Liebling, du würdest dir deine hübschen Händchen verderben.‹ Ach, jetzt habe ich wahrlich schöne Fingernägel! Den Korb mit Lebensmitteln kann ich meistens nicht tragen, er zersägt mir den Arm, wenn ich vom Markt komme. Trotzdem glaube ich nicht, daß mein Cousin und meine Cousine bösartig sind; es ist ihre Eigenart, immer herumzuschimpfen, und es sieht so aus, als ob ich nicht von ihnen weggehen kann. Mein Cousin ist mein Vormund. Einmal, als ich über soviel Leid davonlaufen wollte und es ihnen gesagt habe, hat mir meine Cousine geantwortet, daß die Gendarmen nach mir suchen würden und daß das Gesetz auf der Seite meines Vormunds sei, und ich habe sehr wohl begriffen, daß Cousins genausowenig Vater und Mutter ersetzen können wie Heilige den lieben Gott. Was soll ich denn mit Deinem Geld machen, mein armer Jacques? Behalte es für unsere Reise. Ach, wie sehr habe ich immer an Dich gedacht, an Pen-Hoël und an den großen Teich. Dort ist es uns besser ergangen, denn es scheint, daß es schlecht um mich steht. Ich bin sehr krank, Jacques! Ich habe Schmerzen, daß ich schreien könnte, im Kopf, in den Knochen, im Rücken und irgend etwas in den Lenden, was mich umbringt, und ich habe nur auf abscheuliche Dinge

Appetit, auf Wurzeln, auf Blätter; und schließlich rieche ich gern bedrucktes Papier. Es gibt Augenblicke, in denen ich weinen würde, wenn ich allein wäre, denn ich darf nichts tun, was mir gefällt, nicht einmal weinen darf ich. Ich muß mich verstecken, um meine Tränen ihm zu zeigen, der uns mit dem begnadet, was wir unser Unglück nennen. War er es nicht, der Dich auf den guten Gedanken gebracht hat, Dich unter mein Fenster zu stellen und das Brautlied zu singen? Ach, Jacques, meine Cousine, die Dich gehört hat, hat zu mir gesagt, daß ich einen Liebhaber hätte. Wenn Du mein Liebhaber sein willst, dann hab mich sehr lieb; ich verspreche Dir, Dich immer so wie bisher zu lieben und Deine treue Dienerin zu sein.

Pierrette Lorrain

Du wirst mich immer liebhaben, nicht wahr?‹

Die Bretonin hatte aus der Küche einen Kanten Brot mitgenommen, um ihren Faden damit zu beschweren, sie bohrte in die Kruste ein Loch und steckte den Brief hinein. Um Mitternacht, nachdem sie ihr Fenster mit äußerster Vorsicht geöffnet hatte, ließ sie das Brot mitsamt ihrem Brief hinunter, was keinen Lärm verursachen konnte, wenn es an die Mauer oder gegen die Fensterläden stieß. Sie fühlte, wie der Faden abriß, als Brigaut daran zog, dann schlich sich der Bretone behutsam und leise davon. Als er in der Mitte des Platzes war, konnte sie ihn im Sternenschein verschwommen wahrnehmen, er aber betrachtete sie im hellen Kegel ihres Kerzenlichts. So verharrten diese beiden Kinder eine Stunde lang; Pierrette gab ihm durch ein Zeichen zu verstehen, daß er gehen solle; er ging, sie blieb, woraufhin er wieder seinen Posten einnahm und Pierrette ihm von neuem befahl, den Platz zu verlassen. Dieses Spiel wiederholte sich einige Male, bis die Kleine schließlich das Fenster schloß, sich ins Bett legte und ihre Kerze ausblies. Obwohl sie litt, schlief sie glücklich ein, als sie im Bett lag, denn sie hatte ja den Brief von Brigaut unter ihrem Kopfkissen. Sie schlief den von Engeln verschönten Schlaf der Verfolgten, diesen Schlaf in den Himmeln aus Gold und Ultramarin, voll göttlicher Arabesken, wie Raffael sie erahnt und dargestellt hat.

Das Seelische besaß so viel Macht über diesen zarten Körper, daß sich Pierrette am folgenden Morgen strahlend und heiter, fröhlich und unbeschwert wie eine Lerche erhob. Eine solche Veränderung konnte dem Auge ihrer Cousine nicht entgehen, die dieses Mal, anstatt herumzukeifen, mit der Aufmerksamkeit einer Elster auf der Lauer lag. Die Frage ›Weshalb ist sie so glücklich?‹ war eine Überlegung der Eifersucht, nicht der Tyrannei. Wenn der Gedanke an den Oberst Sylvie nicht beunruhigt hätte, hätte sie zu Pierrette wie früher gesagt: »Pierrette, du bist zu ausgelassen!« oder »Pierrette, du kümmerst dich nicht um das, was man dir sagt!« Die alte Jungfer beschloß, Pierrette auszuspionieren, wie alte Jungfern eben zu spionieren verstehen. Dieser Tag war düster und wortlos, wie die Ruhe vor dem Sturm.

»Mademoiselle hat also keine Schmerzen mehr?« sagte Sylvie beim Mittagessen. »Ich habe dir doch gesagt, daß sie das alles nur macht, um uns zu ärgern«, rief sie ihrem Bruder zu, ohne Pierrettes Antwort abzuwarten.

»Doch, Cousine, ich habe, glaube ich, Fieber ...«

»Was hat dich denn so in Hitze gebracht? Du bist ja äußerst vergnügt. Vielleicht hast du jemanden wiedergesehen?«

Pierrette erschauderte und sah auf ihren Teller.

»Du Scheinheilige!« rief Sylvie. »Schon mit vierzehn Jahren! Das sind ja schöne Aussichten! Vielleicht wird gar eine Dirne aus dir?«

»Ich weiß nicht, was Sie meinen«, erwiderte Pierrette und sah mit ihren schönen, leuchtenden braunen Augen zu ihrer Cousine auf.

»Heute«, sagte diese, »wirst du mit einer Kerze im Speisezimmer bleiben und arbeiten. Du störst im Salon, und ich will nicht, daß du mir in die Karten siehst, um deinen Favoriten Ratschläge zu geben.«

Pierrette verzog keine Miene.

»Heuchlerin!« rief Sylvie im Hinausgehen.

Rogron, der von alldem, was seine Schwester sagte, nichts verstand, meinte zu Pierrette: »Was habt ihr beide denn? Bemühe dich doch, es deiner Cousine recht zu machen, Pierrette; sie ist sehr nachsichtig und verträglich, und wenn sie deinetwegen böse wird, bist du bestimmt im Unrecht. Weshalb zankt ihr euch? Ich möchte meine Ruhe haben. Sieh dir Mademoiselle Bathilde an, an ihr solltest du dir ein Beispiel nehmen.«

Pierrette konnte alles ertragen, Brigaut würde ganz bestimmt um Mitternacht kommen und ihr eine Antwort bringen, und von dieser Hoffnung zehrte sie den ganzen Tag. Doch sie verbrauchte ihre letzte Kraft! Sie schlief nicht, sie blieb wach und hörte auf den Stundenschlag der Uhren, immer fürchtend, ein lautes Geräusch zu machen. Endlich schlug es Mitternacht, sie öffnete behutsam ihr Fenster und benutzte diesmal eine Schnur, die sie aus mehreren Fadenenden zusammengeknüpft hatte. Sie hatte Brigauts Schritte gehört, und als sie Ihre Schnur wieder heraufzog, las sie folgenden Brief, der sie vor Freude erbeben ließ:

›Meine liebe Pierrette, wenn Du so leidest, mußt Du Dich nicht quälen und auf mich warten. Du wirst mich schon hören, wenn ich wie die Chuins (die Chouans) rufe. Zum Glück hat mir mein Vater beigebracht, ihren Ruf nachzuahmen. Ich werde also dreimal rufen, Du weißt dann, daß ich da bin und daß Du mir die Schnur herunterlassen sollst; aber ich werde erst in einigen Tagen wiederkommen. Ich hoffe, Dir dann eine gute Nachricht mitteilen zu können. Ach, Sterben! Aber Pierrette, was fällt Dir denn ein? Ich war ganz verzagt; schon bei dem Gedanken daran war mir selbst nach Sterben zumute. Nein, meine Pierrette, Du wirst nicht sterben. Du wirst glücklich leben und bald von Deinen Verfolgern erlöst sein. Falls ich mit dem, was ich unternommen habe, um Dich zu retten, keinen Erfolg habe, würde ich beim Gericht vorsprechen und vor Gott und aller Welt aussagen, wie Dich Deine nichtswürdigen Verwandten behandeln. Ich bin gewiß, daß Du nur noch wenige Tage leiden mußt: Gedulde Dich, Pierrette! Brigaut wacht über Dich wie zu der Zeit, als wir über den Teich schlitterten und ich Dich aus dem großen Loch herausgezogen habe, in dem wir beinahe zusammen umgekommen wären. Adieu, meine liebe Pierrette, so Gott will, werden wir in einigen Tagen glücklich sein. Ach, das einzige Hindernis, das unserer Wiedervereinigung begegnen könnte, wage ich Dir nicht zu sagen. Doch Gott liebt uns! In einigen Tagen werde ich also meine liebe Pierrette in Freiheit sehen, frei von Sorgen, ohne daß man mich daran hindert, Dich anzuschauen, Pierrette, denn ich sehne mich so sehr danach, Dich zu sehen, diese Pierrette, die sich herabläßt, mich zu lieben und es mir zu sagen. Ja, Pierrette, ich werde Dein Liebhaber sein, doch erst, wenn ich das Vermögen verdient haben werde, auf das Du ein Anrecht hast, und bis dahin will ich für Dich nur ein ergebener Diener sein, über dessen Leben du verfügen kannst. Adieu.

Jacques Brigaut‹

Hier nun das, was der Sohn des Majors Pierrette verschwiegen hatte. Brigaut hatte an Madame Lorrain in Nantes folgenden Brief geschrieben:

›Sehr geehrte Madame Lorrain, wenn Sie nicht kommen und verlangen, daß Ihnen Ihre Enkeltochter übergeben wird, wird Pierrette den hier erfahrenen Mißhandlungen erliegen und sterben; ich habe sie fast nicht wiedererkannt, und damit Sie selbst urteilen können, lege ich Ihnen zu meinen Zeilen den Brief, den ich von Pierrette erhalten habe. Wie man hier sagt, sollen Sie sich das Vermögen Ihrer Enkeltochter angeeignet haben, Sie müssen diese Behauptung richtigstellen. Mit einem Wort, wenn Sie kommen können, kommen Sie schnell, noch können wir glücklich sein, später würden Sie Pierrette nicht mehr lebend wiedersehen.

Es grüßt Sie hochachtungsvoll Ihr ergebener Diener
Jacques Brigaut.

Bei Frappier, Tischlermeister in Provins, Hauptstraße.‹

Brigaut hatte Angst, daß Pierrettes Großmutter gestorben sein könnte.

Obwohl der Brief dessen, den die Bretonin in ihrer Unschuld ihren Liebhaber nannte, für sie voller Rätsel war, schenkte sie ihm vorbehaltlos Vertrauen. Ihr Innerstes empfand das, was der Wanderer in der Wüste empfindet, wenn er von fern die Palmen gewahrt, die den Brunnen umstehen. In wenigen Tagen würde ihr unglückliches Schicksal ein Ende haben, Brigaut hatte es ihr gesagt, über der Verheißung ihres Kameraden aus der Kinderzeit vergaß sie alles andere; und dennoch, als sie diesen Brief zu dem anderen legte, kam ihr eine entsetzliche Vorahnung.

›Armer Brigaut‹, dachte sie bei sich, ›er weiß nicht, in welche Falle ich hier geraten bin.‹

Sylvie hatte Pierrette gehört, und Brigaut unter ihrem Fenster ebenfalls; sie stand auf, stürzte zum Fenster, um den Platz durch die Läden hindurch zu betrachten, und sah im Mondschein einen Mann auf das Haus, in dem der Oberst wohnte, zugehen: Brigaut, der davor stehenblieb. Die alte Jungfer öffnete ganz behutsam ihre Tür, stieg die Treppe hinauf und war verdutzt, daß in Pierrettes Zimmer Licht brannte, sie schaute durch das Schlüsselloch, konnte aber nichts sehen.

»Pierrette«, sagte sie, »bist du krank?«

»Nein, Cousine«, antwortete Pierrette überrascht.

»Warum hast du dann um Mitternacht Licht? Mach auf, ich muß wissen, was du machst.«

Pierrette kam barfüßig öffnen, und ihre Cousine sah den Faden, den Pierrette unbedachtsamerweise hatte liegenlassen, gar nicht damit rechnend, überrascht zu werden. Sylvie sprang darauf zu.

»Wozu brauchst du das?«

»Zu nichts, Cousine.«

»Zu nichts?« sagte sie. »Es ist gut, lüg nur immer weiter so! Ins Paradies wirst du damit nicht gerade kommen. Leg dich wieder hin, du frierst.«

Sie fragte nichts weiter und ging wieder, Pierrette ängstlich betroffen ob dieser Milde zurücklassend. Anstatt herumzukeifen, hatte Sylvie plötzlich beschlossen, den Oberst und Pierrette zu überraschen, sich der Briefe zu bemächtigen und die beiden Liebenden, die sie hintergingen, zu überführen. Durch die Gefahr gewarnt, nähte Pierrette die beiden Briefe in ihr Mieder ein.

Damit endete das Liebesabenteuer von Pierrette und Brigaut.

Pierrette war sehr froh über den Entschluß ihres Freundes, denn der Argwohn ihrer Cousine würde, wenn er keine Nahrung mehr fand, langsam zunichte werden. Tatsächlich verbrachte Sylvie auch drei Nächte stehend am Fenster und drei Abende damit, den unschuldigen Oberst zu belauern, ohne weder bei Pierrette, weder im Hause noch draußen irgend etwas zu sehen, was auf ein geheimes Einverständnis hingedeutet hätte. Sie schickte Pierrette zur Beichte und nutzte die Gelegenheit, um bei dem Kind alles mit der Gewohnheit und dem Scharfblick Pariser Spitzel und Zollbeamter zu durchwühlen. Sie fand nichts. Ihre Wut hatte den Gipfelpunkt menschlichen Gefühls erreicht. Wenn Pierrette dagewesen wäre, hätte sie bestimmt erbarmungslos auf sie eingeschlagen. Für eine Jungfer wie sie war die Eifersucht weniger ein Gefühl als vielmehr eine Beschäftigung; sie lebte, sie fühlte ihr Herz schlagen, sie empfand eine ihr bislang gänzlich unbekannte Erregung: bei der geringsten Bewegung war sie wach, sie hörte die leisesten Geräusche, sie beobachtete Pierrette mit düsterer Erwartung.

»Diese kleine Schurkin wird mich noch umbringen!« sagte sie.

Sylvies Strenge ihrer Cousine gegenüber wurde zu raffiniertester Grausamkeit und verschlimmerte Pierrettes beklagenswerten Zustand.

Die arme Kleine hatte regelmäßig Fieber, und ihre Kopfschmerzen wurden unerträglich. Innerhalb von acht Tagen bot sie den Stammgästen des Hauses Rogron ein Bild des Jammers, das weniger grausame Parteien gewiß gerührt hätte; Néraud, der Arzt, ließ sich aber, vielleicht von Vinet dazu angehalten, über eine Woche lang nicht sehen. Der von Sylvie beargwöhnte Oberst fürchtete, seine Heirat aufs Spiel zu setzen, wenn er auch nur die leiseste Besorgnis über Pierrette äußerte. Bathilde erklärte die Veränderung des Kindes mit einer vorhersehbaren natürlichen und nicht gefährlichen Krisis. Eines Sonntagabends schließlich konnte Pierrette, die sich im Salon befand, der voller Gäste war, diese übermäßigen Schmerzen nicht mehr ertragen und wurde plötzlich ohnmächtig; der Oberst, der die Ohnmacht als erster bemerkt hatte, hob Pierrette auf und trug sie auf ein Sofa.

»Das hat sie absichtlich getan«, sagte Sylvie, wobei sie Mademoiselle Habert und die anderen Mitspieler ansah.

»Glauben Sie mir, Ihre Cousine ist sehr krank«, sagte der Oberst.

»In Ihren Armen ging es ihr ausgesprochen gut«, entgegnete Sylvie mit einem abscheulichen Lächeln.

»Der Oberst hat recht«, sagte Madame de Chargebœuf. »Sie sollten einen Arzt kommen lassen. Heute morgen nach der Kirche sprach jeder davon, wie schlecht Mademoiselle Lorrain aussehe.«

»Ich sterbe«, sagte Pierrette.

Desfondrilles rief Sylvie und sagte, sie solle ihrer Cousine das Kleid aufschnüren. Sylvie kam angelaufen, wobei sie sagte: »Das ist doch nur Getue!« Sie schnürte das Kleid auf; doch als sie kaum das Mieder berührt hatte, fand Pierrette eine geradezu übermenschliche Kraft; sie richtete sich wieder auf und rief: »Nein, nein! Ich werde zu Bett gehen.«

Sylvie hatte das Mieder befühlt, und ihre Hand hatte das Papier darin ertastet. Sylvie ließ Pierrette weglaufen und sagte, zu allen gewendet: »Nun, was sagen Sie zu ihrer Krankheit? Das ist alles nur Schein! Sie können sich nicht vorstellen, wie verderbt dieses Kind ist.«

Nach der Gesellschaft hielt sie Vinet zurück, sie war wütend, sie wollte sich rächen; sie fuhr den Oberst grob an, als er sich von ihr verabschiedete. Der Oberst warf Vinet einen Blick zu, den dieser bis in die Eingeweide spürte und der einer Pistolenkugel gleichzukommen schien. Sylvie bat Vinet zu bleiben. Als sie allein waren, sagte die alte Jungfer zu ihm: »Nie, niemals werde ich den Oberst heiraten!«

»Jetzt, da Sie den Entschluß gefaßt haben, kann ich sprechen. Der Oberst ist mein Freund, doch ich bin mehr der Ihrige als der seine: Rogron hat mir Dienste erwiesen, die ich ihm nie vergessen werde. Ich bin ebenso guter Freund, wie ich auch unerbittlicher Feind sein kann. Und fürwahr, wenn ich erst einmal in der Kammer bin, wird man sehen, wozu ich fähig bin, und Rogron wird Hauptsteuereinnehmer durch mich ... Nun gut, schwören Sie mir, niemals etwas über unser Gespräch verlauten zu lassen?« Sylvie machte eine bejahende Geste.

»Vor allem anderen ist dieser tapfere Oberst zunächst einmal ein versessener Spieler.«

»Ah!« erwiderte Sylvie.

»Wären nicht die Unannehmlichkeiten gewesen, in die ihn seine Leidenschaft gebracht hat, wäre er vielleicht Marschall von Frankreich geworden. Er wüßte schon etwas mit Ihrem Vermögen anzufangen! Was er macht, macht er gründlich. Denken Sie nur nicht, daß Eheleute nach Belieben Kinder bekommen oder keine Kinder bekommen. Gott schenkt Kinder, und Sie wissen, was Ihnen bevorstehen könnte. Nein, wenn Sie heiraten wollen, warten Sie, bis ich in der Kammer bin, dann können Sie den alten Desfondrilles heiraten, der Gerichtspräsident werden wird. Um Rache zu nehmen, verheiraten Sie Ihren Bruder mit Mademoiselle de Chargebœuf, ich werde es übernehmen, sie zu einer Einwilligung zu bewegen; sie wird zweitausend Francs Rente haben, und Sie wären so wie ich mit den Chargebœufs verwandt. Glauben Sie mir, die Chargebœufs werden uns schon noch eines Tages für Verwandte halten.«

»Gouraud liebt Pierrette«, war Sylvies Antwort.

»Dazu ist er durchaus fähig, und auch, sie nach Ihrem Tod zu heiraten.«

»Das hat er sich aber schön zurechtgelegt«, sagte sie.

»Ich habe Ihnen doch gesagt, er ist gerissen wie der Teufel! Verheiraten Sie Ihren Bruder und verkünden Sie, daß Sie ledig bleiben wollen, um Ihr Vermögen Ihren Nichten oder Neffen zu hinterlassen, dann haben Sie mit einem Schlag Pierrette und Gouraud getroffen, und Sie werden sehen, was er für ein Gesicht machen wird!«

»Ach, das ist richtig«, rief die alte Jungfer, »dann habe ich sie in der Hand. Pierrette wird nichts bekommen und geht in ein Geschäft. Sie besitzt nicht einen Sou, sie soll es machen wie wir und arbeiten!«

Nachdem er Sylvie seinen Plan eingeredet hatte, ging Vinet, denn er kannte ihren Eigensinn. Die alte Jungfer sollte am Ende glauben, daß dieser Plan von ihr kam. Vinet traf auf dem Platz den Oberst, der eine Zigarre rauchte und auf ihn wartete.

»Bleiben Sie stehen!« sagte Gouraud zu ihm. »Meine Pläne haben Sie mir zunichte gemacht, doch ich bin noch stark genug, Sie mit in die Tiefe zu ziehen.«

»Oberst!«

»Ihren Oberst können Sie sich aus dem Kopf schlagen, ich werde schonungslos gegen Sie vorgehen; und eines lassen Sie sich gesagt sein: Sie werden niemals Abgeordneter ...«

»Oberst!«

»Ich verfüge über zehn Stimmen, und die Wahl hängt von ...«

»Oberst, so hören Sie mich doch. Gibt es denn nur die alte Sylvie? Ich habe versucht, Sie zu rechtfertigen. Sie sind verdächtigt und überführt, an Pierrette zu schreiben, Sylvie hat gesehen, wie Sie um Mitternacht von Ihrer Wohnung hier herüber unter die Fenster gekommen sind ...«

»Gut ausgedacht!«

»Sie wird ihren Bruder mit Bathilde verheiraten und ihr Vermögen für die Kinder der beiden zur Seite legen.«

»Wird Rogron welche bekommen?«

»Ja«, sagte Vinet. »Aber ich verspreche Ihnen, für Sie ein liebenswürdiges Mädchen mit einhundertfünfzigtausend Francs zu finden. Sind Sie wahnwitzig, dürfen wir uns denn entzweien? Die Dinge haben sich, ohne daß ich es verhindern konnte, gegen Sie gewendet; doch Sie kennen mich nicht.«

»Nun gut, dann lernen wir uns kennen«, erwiderte der Oberst. »Noch vor den Wahlen will ich eine Frau mit fünfzigtausend Talern heiraten, falls nicht, dann danke ich recht sehr. Ich schätze solche Leute nicht, die für sich den Rahm abschöpfen und einem dann auch noch Schwierigkeiten bereiten. Gute Nacht.«

»Warten Sie es ab«, sagte Vinet und schüttelte dem Oberst herzlich die Hand.

Gegen ein Uhr morgens ertönten deutlich und unverkennbar drei bewunderungswürdig gut nachgeahmte Käuzchenschreie; Pierrette vernahm sie in ihrem Fieberschlaf, schweißgebadet stand sie auf, öffnete das Fenster, sah Brigaut und warf ihm ein Knäuel Seide hinunter, an dem er einen Brief festband. Sylvie, noch immer aufgewühlt durch die Ereignisse des Abends und mit ihrer Unentschlossenheit kämpfend, schlief nicht; sie war abergläubisch, was Käuzchen betraf.

»Ach, das ist ein schlechtes Vorzeichen. Na, so etwas! Pierrette steht auf! Was hat sie denn?«

Als sie hörte, daß das Mansardenfenster geöffnet wurde,

stürzte Sylvie an ihr Fenster und vernahm, wie Brigauts Brief, an ihren Fensterläden streifend, hochgezogen wurde. Sie band die Schnüre ihrer Nachtjacke fester zusammen, lief flink zu Pierrette hinauf und sah noch, wie diese gerade die Seide aufwickelte und den Brief losband.

»Ah! Jetzt hab ich dich!« rief die alte Jungfer, die zum Fenster gegangen war und Brigaut gesehen hatte, der davonlief, so schnell er konnte. »Sofort wirst du mir diesen Brief geben.«

»Nein«, sagte Pierrette, die in ihrem jugendlich-unbändigen Drang nach Gerechtigkeit und aufrechtgehalten von ihrem Innersten, jene Größe des Widerstandes aufbrachte, die wir in der Geschichte einiger zur Verzweiflung getriebener Völker bewundern.

»Ach! Du willst nicht? ...« rief Sylvie, wobei sie auf ihre Cousine zuging und ihr eine schreckliche und wutverzerrte Fratze des Hasses zeigte.

Pierrette wich zurück, um Zeit zu haben, ihren Brief in die Hand zu nehmen, die sie mit unüberwindbarer Kraft geschlossen hielt. Als Sylvie dies sah, ergriff sie mit ihren Hummerpranken Pierrettes zarte, weiße Hand und wollte sie öffnen. Der Kampf war schrecklich und abscheulich, wie alles, was nach den Gedanken trachtet, dem einzigen Schatz, den Gott jedem gewaltsamen Zugriff entzieht und wie ein geheimes Band zwischen sich und den Unglücklichen hütet. Die beiden Frauen, die eine dem Tode nahe und die andere voller Lebenskraft, sahen sich starr in die Augen. Pierrette warf ihrem Henker einen Blick zu wie jener Templer, dem man in Gegenwart von Philipp dem Schönen mit einer Stange die Brust zerschlug; Philipp konnte diesen furchtbaren Strahl nicht ertragen und verließ niedergeschmettert den Ort des Geschehens. Sylvie, eine eifersüchtige Frau, erwiderte diesen zwingenden Blick mit unheilverkündenden Blitzen. Es herrschte entsetzliches Schweigen. Die geschlossenen Finger der Bretonin waren wie ein Stahlblock und widerstanden den

Angriffen der Cousine. Sylvie zermarterte Pierrettes Arm, sie versuchte, die Finger zu öffnen; sie grub ihre Nägel vergebens in das Fleisch, denn sie erreichte nichts. Wutbesessen nahm sie schließlich die Hand und versuchte, in die Finger zu beißen und Pierrette durch den Schmerz zu besiegen. Pierrettes außerordentlicher Blick der Unschuld war immer noch eine Herausforderung für sie. Die Wut der alten Jungfer steigerte sich bis zu blinder Raserei; sie ergriff Pierrettes Arm und begann, die Faust auf die Fensterbank, auf den Kaminsims zu schlagen, wie wenn man versucht, eine Nuß aufzuschlagen, um den Kern herauszubekommen.

»Hilfe! Hilfe!« rief Pierrette. »Man bringt mich um!«

»Ach! Du schreist, und ich ertappe dich mitten in der Nacht mit einem Liebhaber? ...«

Und erbarmungslos schlug sie weiter.

»Hilfe!« schrie Pierrette, deren Faust blutüberströmt war.

In diesem Moment wurde heftig an die Haustür geklopft. Beide gleichermaßen erschöpft, hielten die Cousinen inne.

Rogron war aufgewacht, und da er nicht wußte, was vor sich ging, lief er beunruhigt in das Zimmer seiner Schwester, fand sie dort aber nicht; er bekam Angst, ging hinunter, öffnete und wurde beinahe von Brigaut umgeworfen, dem eine Art Geistererscheinung folgte. Genau in diesem Moment erblickte Sylvie Pierrettes Mieder, und sie erinnerte sich, darin Papier gefühlt zu haben; sie sprang darauf zu wie ein Tiger auf seine Beute, wickelte das Mieder um ihre Faust und zeigte es Pierrette, wobei sie sie anlächelte, wie ein Irokese seinen Feind anlächelt, bevor er ihn skalpiert.

»Ach, ich sterbe!« sagte Pierrette und sank in die Knie. »Wer wird mich retten?«

»Ich«, rief eine weißhaarige Frau, die ihr altes, verwittertes Gesicht, in dem zwei graue Augen funkelten, über Pierrette beugte.

»Ach Großmutter, du kommst zu spät!« schluchzte das arme Kind.

Pierrette fiel auf ihr Bett, kraftlos niedergeworfen von der Mattigkeit, die eine Kranke nach einem so heftigen Kampf überkommen mußte. Die große, hagere Schattengestalt nahm Pierrette in ihre Arme, wie Ammen Kinder in die Arme nehmen, und ging von Brigaut gefolgt hinaus, ohne auch nur ein einziges Wort an Sylvie zu richten; die würdevollste Art der Anklage war der erschütternde Blick, mit dem sie sie ansah. Die Erscheinung dieser erhabenen Greisin in ihrer bretonischen Tracht, vermummt von ihrer Haube, einer Art Mantille aus schwarzem Tuch, von dem furchterregenden Brigaut begleitet, erschreckte Sylvie: sie glaubte den Tod gesehen zu haben. Die alte Jungfer ging hinunter, hörte, wie sich die Haustür schloß, und stand ihrem Bruder gegenüber, der zu ihr sagte: »Sie haben dich also nicht umgebracht?«

»Leg dich hin«, sagte Sylvie. »Morgen früh werden wir sehen, was zu tun ist.«

Sie legte sich wieder ins Bett, trennte das Mieder auf, und bestürzt las sie die beiden Briefe Brigauts. Völlig ratlos schlief sie ein, doch sie ahnte nicht, welch furchtbare Geschehnisse ihre Tat nach sich ziehen würde.

Brigauts Briefe an die Witwe Lorrain hatten diese in einem Zustand unsäglicher Freude erreicht, die jedoch getrübt wurde, nachdem die alte Frau den Inhalt der Schreiben zur Kenntnis genommen hatte. Diese arme Siebzigjährige verging fast vor Kummer, ohne Pierrette zu leben, nur der Glauben, sich im Interesse ihrer Enkelin aufgeopfert zu haben, tröstete sie über den Verlust hinweg. Sie besaß eines jener immerjungen Herzen, das die Vorstellung der Aufopferung stärkt und belebt. Ihr alter Ehemann, dessen einzige Freude dieses Enkelkind gewesen war, hatte Pierrette sehr vermißt; jeden Tag hatte er sie in seiner Nähe gesucht. Dies war ein Greisenkummer, von dem die Alten leben und an dem sie schließlich sterben. Jeder wird sich nun vorstellen können, welches Glück die in ein Hospiz verbannte arme Greisin empfinden mußte, als sie von einer zwar seltenen, aber immerhin in

Frankreich doch noch vorkommenden Tat erfuhr. Nach seinem völligen Bankrott war François-Joseph Collinet, Chef des Hauses Collinet, mit seinen Kindern nach Amerika gegangen. Er besaß zuviel Herz und konnte nicht, ruiniert und kreditunwürdig, wie er war, in Nantes bleiben, inmitten all des Unglücks, das sein Konkurs dort verursacht hatte. Von 1814 bis 1824 hatte dieser beherzte Geschäftsmann, unterstützt von seinen Kindern und von seinem Kassierer, der ihm treu geblieben war und ihm ein Anfangskapital geliehen hatte, mit viel Eifer anderweitig sein Glück versucht. Nach unsäglichen, von Erfolg gekrönten Anstrengungen kam er im elften Jahr zurück, um sich in Nantes zu rehabilitieren, seinen ältesten Sohn ließ er an der Spitze seiner Transatlantik-Firma zurück. Er traf Madame Lorrain aus Pen-Hoël in Saint-Jacques an und war Zeuge, mit welcher Ergebung das unglücklichste seiner Opfer dort sein Elend ertrug.

»Möge Gott Ihnen verzeihen!« sagte die Greisin zu ihm. »Geben Sie mir doch somit noch am Rande des Grabes die Möglichkeit, das Glück meiner Enkelin sicherzustellen; aber meinen armen Mann werde ich niemals rehabilitieren können!«

Monsieur Collinet ließ seiner Gläubigerin die Schuldsumme zukommen und die Zinsen, berechnet nach dem Handelssatz, insgesamt ungefähr zweiundvierzigtausend Francs. Seine anderen Gläubiger, wendige, reiche und intelligente Kaufleute, hatten sich halten können; das Unglück der Lorrains hingegen schien dem alten Collinet nicht wiedergutzumachen, und er versprach der Witwe, das Andenken ihres Mannes wieder zu Ehren zu bringen, zumal es sich ja nur um etwa vierzigtausend Francs zusätzlich handelte. Als die Börse in Nantes von diesem generösen Akt der Wiedergutmachung erfuhr, wollte sie Collinet zulassen, ohne erst das Urteil des Obersten Gerichtshofes in Rennes abzuwarten; doch der Kaufmann lehnte diese Ehre ab und unterwarf sich der Strenge des Handelsgesetzbuches. Am Vorabend des Tages, an dem die Post ihr die zwei Briefe von Brigaut brachte, hatte Madame Lorrain also zweiundvierzigtausend Francs erhalten. Als sie den Empfang des Geldes quittierte, waren ihre ersten Worte: »Ich werde also mit meiner Pierrette zusammenleben und sie mit diesem armen Brigaut verheiraten können, der mit meinem Geld sein Glück machen wird!« Es hielt sie nun nicht länger, sie war ganz aufgeregt, sie wollte nach Provins fahren. Deshalb stürzte sie, als sie die beiden unheilvollen Briefe gelesen hatte, wie eine Besessene in der Stadt umher und fragte, wie man am allerschnellsten nach Provins gelangen könnte. Sie fuhr mit der Briefpost, nachdem man ihr die regierungsfreundliche Geschwindigkeit dieses Gefährts erklärt hatte. In Paris hatte sie den Wagen nach Troyes genommen, und um halb zwölf war sie bei Frappier angekommen, wo Brigaut angesichts der zutiefst verzweifelten Bretonin sogleich versprach, die Enkelin zu holen, und er schilderte ihr in wenigen Worten Pierrettes Zustand. Diese wenigen Worte erschreckten die Großmutter derart, daß sie ihre Ungeduld nicht mehr bezwingen konnte und auf den Platz hinauslief. Als Pierrette schrie, schnitt das beiden gleichermaßen ins Herz, der Bretonin wie auch Brigaut. Sie hätten zweifellos alle Einwohner wachgerufen, wenn ihnen Rogron nicht aus Angst geöffnet hätte. Dieser Schrei eines jungen Mädchens im Todeskampf gab seiner Großmutter ebensoviel Kraft, wie er ihr Entsetzen einflößte, sie trug ihre liebe Pierrette bis zu Frappier, dessen Frau in aller Eile das Zimmer von Brigaut für Pierrettes Großmutter hergerichtet hatte. In dieser ärmlichen Behausung also, auf ein notdürftig bezogenes Bett, wurde die Bretonin niedergelegt: sie wurde ohnmächtig, die zerschundene, blutige Faust noch immer geschlossen haltend, die Nägel in das Fleisch gegraben. Brigaut, Frappier, dessen Frau und die Greisin betrachteten schweigend Pierrette, alle unsäglich ergriffen.

»Warum blutet ihre Hand?« war das erste Wort der Großmutter.

Vom Schlaf übermannt, der einer großen Kraftverausgabung folgt, löste Pierrette, da sie sich vor jedem gewaltsamen Zugriff sicher wußte, die verkrampften Finger. Wie als Antwort fiel Brigauts Brief heraus.

»Man hat ihr meinen Brief wegnehmen wollen«, sagte Brigaut, wobei er auf die Knie fiel und das Briefchen aufhob, das er geschrieben hatte, um seiner kleinen Freundin mitzuteilen, daß sie das Haus der Rogrons ganz leise verlassen solle. Ehrfurchtsvoll küßte er die Hand dieses Opfers.

Etwas aber ließ die beiden Tischlersleute erschaudern: der Anblick der greisen Lorrain, dieser abgezehrten, erhabenen Erscheinung, die am Bett ihrer Enkelin stand. Die unzähligen Falten, die ihre gelbgewordene Elfenbeinhaut zerfurchten, waren zu einem flammenden Ausdruck der Angst und Rache verzogen. Auf dieser mit spärlichem, grauen Haar bedeckten Stirn stand ein göttlicher Zorn geschrieben. Mit jenem Vermögen der Intuition, das Greisen am Rande des Grabes zuteil wird, erahnte sie, was Pierrette für ein Leben gehabt haben mußte, ihr Enkelkind, an das sie während der ganzen Reise immerfort gedacht hatte. Sie erriet jene Jungmädchenkrankheit, die ihr geliebtes Kind mit dem Tode bedrohte! Zwei Perlen des Schmerzes, zwei mühsam geborene, große Tränen standen in ihren weiß-grauen Augen, denen der Kummer die Wimpern und die Augenbrauen entrissen hatte, verliehen ihnen einen erschreckenden Glanz, wurden größer und rannen über die ausgedörrten Wangen, ohne sie zu benetzen.

»Sie haben sie mir getötet«, sagte sie schließlich und faltete die Hände.

Sie fiel auf ihre Knie, die in harten Stößen auf den Boden aufschlugen, wahrscheinlich sprach sie nun ein Gelübde zur heiligen Anna von Auray, der mächtigsten Schutzpatronin der Bretagne.

»Einen Arzt aus Paris, lauf, Brigaut, beeil dich!«

Sie faßte den Handwerker bei der Schulter, und mit einer despotisch befehlenden Geste bedeutete sie ihm zu gehen.

»Ich wollte kommen, mein Brigaut, ich bin reich, da, sieh her!« Sie rief ihn zurück, knotete die Schnur auf, mit der ihre Schoßjacke über der Brust zusammengebunden war, zog ein Stück Papier heraus, in das zweiundvierzig Banknoten eingewickelt waren, und sagte zu ihm: »Nimm, was du brauchst! Bring den größten Arzt von Paris mit.«

»Behalten Sie es«, sagte Frappier, »um diese Zeit wird er keinen solchen Schein wechseln können, ich habe Geld, die Postkutsche kommt hier durch, einen Platz wird er bestimmt bekommen; doch wäre es nicht besser, vorher Monsieur Martener zu konsultieren, er könnte uns einen Arzt in Paris nennen? Die Postkutsche kommt erst in einer Stunde, wir haben noch Zeit.«

Brigaut lief los, um Monsieur Martener zu wecken. Er kam mit dem Arzt zusammen wieder, der nicht wenig erstaunt war, Mademoiselle Lorrain bei Frappier zu sehen. Brigaut schilderte ihm, was sich bei den Rogrons abgespielt hatte. Ein verzweifelt stammelnder Liebhaber klärte den Arzt über dieses häusliche Drama auf, ohne daß dieser geahnt hätte, wie entsetzlich und von welcher Tragweite es war. Martener gab ihm die Adresse des berühmten Horace Bianchon, und Brigaut und sein Meister gingen, als sie die Postkutsche kommen hörten. Monsieur Martener setzte sich und untersuchte zuerst die blutunterlaufenen Flecke und die Verletzungen an der Hand, die aus dem Bett heraushing.

»Diese Wunden hat sie sich doch nicht selbst zugefügt!« sagte er.

»Nein, die abscheuliche alte Jungfer, der ich sie unglücklicherweise anvertraut habe, hat sie so zugerichtet. Meine arme Pierrette hat geschrien: ›Zu Hilfe! Ich sterbe!‹, daß es einem Henker das Herz erweicht hätte.«

»Aber warum nur?« sagte der Arzt und fühlte Pierrette den Puls. »Sie ist sehr krank«, fuhr er fort und rückte ein Licht näher an das Bett heran. »Ach, es wird schwer sein, sie zu retten«, sagte er, nachdem er das Gesicht betrachtet hatte.

»Sie muß sehr gelitten haben, und ich verstehe nicht, weshalb man sie nicht gepflegt hat.«

»Ich beabsichtige«, sagte die Großmutter, »bei Gericht eine Klage einzureichen. Hatten Leute, die mir brieflich mein Enkelkind abgefordert haben, wobei sie vorgaben, zwölftausend Livres Rente zu besitzen, das Recht, sie zu ihrer Köchin zu machen und sie Dienste verrichten zu lassen, die ihre Kräfte überstiegen?«

»Sie haben also die augenscheinlichste der Krankheiten, die junge Mädchen bisweilen befällt und die der allergrößten Fürsorge bedarf, nicht sehen wollen!« rief Monsieur Martener.

Pierrette wurde wach, weil ihr Madame Frappier mit einer Kerze in das Gesicht leuchtete und wegen der entsetzlichen Schmerzen im Kopf, die psychische Reaktion auf diesen Kampf.

»Ach, Monsieur Martener, ich bin sehr krank!« sagte sie mit ihrer hübschen Stimme.

»Wo tut es denn weh, mein kleiner Schatz?« fragte der Arzt.

»Da«, erwiderte sie, wobei sie auf eine Stelle über dem linken Ohr zeigte.

»Da ist ein Bluterguß!« rief der Arzt, nachdem er den Kopf lange abgetastet und Pierrette zu ihren Schmerzen befragt hatte. »Du mußt uns alles sagen, mein Kind, damit wir dir helfen können. Was ist mit deiner Hand? Solche Verletzungen hast du dir doch nicht selbst zugefügt.« Unbefangen berichtete Pierrette von dem Kampf mit ihrer Cousine Sylvie.

»Lassen Sie sie reden«, sagte der Arzt zur Großmutter, »und versuchen Sie, alles in Erfahrung zu bringen. Ich warte die Ankunft des Pariser Arztes ab, und wir werden noch den Chefchirurgen des Krankenhauses zur Konsultation hinzuziehen: denn das Ganze scheint mir sehr bedenklich. Ich schicke Ihnen einen Beruhigungstrank, den Sie ihr verabreichen werden, damit sie schläft, sie braucht Schlaf.«

Als sie mit ihrer Enkelin allein war, machte die alte Bretonin ihren ganzen Einfluß geltend und ließ sich von ihr alles erzählen. Sie wiederum teilte Pierrette mit, daß sie so viel Geld hätte, daß es für sie drei reichte, und versprach, daß Brigaut bei ihnen bleiben werde. Das arme Kind gestand ihr Martyrium, wobei sie nicht wußte, zu welch einem Prozeß sie Anlaß geben sollte. Die Ungeheuerlichkeiten dieser beiden lieblosen Wesen, welche keine Familie kannten, offenbarten der Frau Welten von Schmerz, die ihrem Vorstellungsvermögen so fremd waren, wie es die Sitten der wilden Stämme für die ersten Reisenden gewesen sein mochten, die in die Savannen Amerikas vordrangen. Die Ankunft ihrer Großmutter, die Gewißheit, künftig mit ihr zusammenzusein und reich zu sein, die Gedanken daran waren so beruhigend für Pierrette, wie die Arznei es für ihren Körper war. Die alte Bretonin wachte bei ihrer Enkeltochter, wobei sie ihr die Stirn, die Haare und die Hände küßte, wie die heiligen Frauen Jesus geküßt haben mußten, als sie ihn ins Grab legten.

Bereits um neun Uhr morgens ging Monsieur Martener zu dem Präsidenten und schilderte ihm die nächtliche Szene zwischen Sylvie und Pierrette, die psychische und physische Marter, die Mißhandlungen verschiedenster Art, mit denen die Rogrons ihr Mündel gepeinigt hatten, und die beiden lebensbedrohlichen Krankheiten, die sich infolge dieser schlechten Behandlung entwickelt hatten. Der Präsident ließ den Notar Auffray holen, einen Verwandten mütterlicherseits von Pierrette.

Zu dieser Zeit hatte der Kampf zwischen der Partei Vinet und der Partei Tiphaine seinen Höhepunkt erreicht. Die Gerüchte, die die Rogrons in Provins in Umlauf brachten, über die bekannten Beziehungen von Madame Roguin mit dem Bankier du Tillet und über die näheren Umstände des Bankrotts von Madame Tiphaines Vater, einem Urkundenfälscher, so sagte man, trafen die Partei der Tiphaines um so empfindlicher, da dies zwar üble Nachrede, aber keine Verleumdung war. Die Angriffe trafen ins Herz und bedeuteten für die Belange dieser Seite empfindliche Rückschläge. Diese Reden, den Anhängern der Tiphaines von denselben Klatschmäulern zugetragen, die den Rogrons die Scherze der schönen Madame Tiphaine und ihrer Freundinnen hinterbracht hatten, nährten den Haß, der künftig auch auf dem Boden der Politik gedeihen sollte. Die gereizte Stimmung, die der Parteigeist und dessen gewalttätige Auswüchse damals in Frankreich hervorriefen, stand überall, wie in Provins, mit bedrohten Interessen, beleidigten und militanten Individuen im Zusammenhang. Jeder dieser Intrigenbünde griff begierig all das auf, was dem rivalisierenden Klüngel schaden konnte. Parteienzwist und Eigennutz mischten sich in die unbedeutendsten Angelegenheiten, was oft sehr weit ging. Eine ganze Stadt nahm leidenschaftlich Anteil an gewissen Kämpfen, die alle Ausmaße einer politischen Auseinandersetzung bekamen. So sah der Präsident in der Sache zwischen Pierrette und den Rogrons ein geeignetes Mittel, um die Herren dieses Salons, in dem Pläne gegen die Monarchie geschmiedet wurden und in dem die Oppositionszeitung ihren Ursprung hatte, in die Knie zu zwingen und sie um ihren guten Ruf und ihre Ehre zu bringen. Es wurde nach dem Staatsanwalt geschickt. Monsieur Lesourd, Monsieur Auffray, der Notar und Mitvormund von Pierrette und der Präsident beratschlagten nun in aller Heimlichkeit mit Monsieur Martener, wie vorzugehen sei. Monsieur Martener übernahm es, Pierrettes Großmutter zu sagen, daß sie beim Mitvormund Klage erheben solle. Der Mitvormund würde den Familienrat einberufen und, auf das Gutachten der drei Ärzte gestützt, zunächst fordern, daß man den Vormund absetzte. Eine so bewerkstelligte Sache würde vor Gericht kommen, und Monsieur Lesourd könnte dafür sorgen, daß die Angelegenheit vor das Strafgericht gebracht würde, indem er eine Untersuchung veranlaßte. Gegen Mittag war ganz Provins aufgebracht über die sonderbare Nachricht von dem, was sich in der Nacht im

Hause der Rogrons abgespielt hatte. Man hatte zwar Pierrettes Schreie auf dem kleinen Platz undeutlich gehört, aber sie hatten nicht angedauert, deshalb war niemand aufgestanden, es wurde nur gefragt: »Haben Sie gegen ein Uhr den Krach und die Schreie gehört? Was war das?« Man übertrieb das Gerede und die Mutmaßungen über dieses schreckliche Drama derart, daß sich eine Menschenmenge vor Frappiers Werkstatt ansammelte, dem jeder eine Auskunft abverlangte, und der rechtschaffene Tischler beschrieb, wie die Kleine mit der blutüberströmten Faust und den zerschlagenen Fingern bei ihm angekommen war. Gegen ein Uhr nachmittags hielt der Postwagen des Doktor Bianchon, in dessen Begleitung sich Brigaut befand, vor Frappiers Haus, und Frappiers Frau lief ins Krankenhaus, um Monsieur Martener und den Chefchirurgen zu benachrichtigen. Auf diese Weise bestätigten sich die Stadtgerüchte. Die Rogrons wurden beschuldigt, ihre Cousine vorsätzlich mißhandelt und in Todesgefahr gebracht zu haben.

Die Nachricht hatte Vinet im Gerichtsgebäude erreicht, er ließ alles stehen und liegen und eilte zu den Rogrons. Rogron und seine Schwester beendeten soeben das Frühstück. Sylvie wagte nicht, ihrem Bruder von dem nächtlichen Mißgeschick zu erzählen, und auf seine drängenden Fragen antwortete sie nur: »Das geht dich nichts an.« Sie lief ständig zwischen der Küche und dem Speisezimmer hin und her, um eine Auseinandersetzung zu vermeiden. Als Vinet erschien, war sie allein.

»Sie wissen also gar nicht, was jetzt vor sich geht?« fragte der Anwalt.

»Nein«, sagte Sylvie.

»Was Pierrette betrifft, werden Sie, so wie die Dinge stehen, einen Strafprozeß aufgehalst bekommen.«

»Einen Strafprozeß!« sagte Rogron, der unvermutet hereinkam. »Weshalb? Wieso?«

»Erklären Sie mir vor allem ohne Ausflüchte, was diese Nacht vorgefallen ist«, rief der Anwalt, wobei er Sylvie ansah,

»und tun Sie so, als ob Sie sich vor Gott zu verantworten hätten, denn man spricht davon, Pierrette die Hand abzunehmen.« Sylvie wurde leichenblaß und erschauderte. »Es ist doch etwas gewesen?« fragte Vinet.

Mademoiselle Rogron erzählte, was sich abgespielt hatte, wobei sie sich dafür entschuldigen wollte; doch von Fragen bedrängt, gestand sie die tragischen Fakten dieses entsetzlichen Kampfes.

»Wenn Sie ihr bloß die Finger zerschmettert haben, werden Sie nur vor ein Zuchtpolizeigericht kommen; wenn man ihr aber die Hand abnehmen muß, können Sie vor ein Schwurgericht kommen; und die Tiphaines werden alles tun, um Sie vor ein solches zu bringen.«

Sylvie, mehr tot als lebendig, gestand ihre Eifersucht, und, was noch grausamer auszusprechen war, wie falsch ihre Mutmaßungen gewesen waren.

»Ein derartiger Prozeß!« sagte Vinet. »Sie und Ihr Bruder können daran zugrunde gehen, viele Leute würden Sie nicht mehr besuchen, selbst wenn Sie ihn gewinnen. Wenn Sie nicht gewinnen, werden Sie Provins verlassen müssen.«

»Oh! Mein lieber Monsieur Vinet, Sie sind doch ein so großer Anwalt«, sagte Rogron erschrocken, »raten Sie uns, retten Sie uns!«

Vinet trieb die beiden Schwachköpfe in ihrer Angst bis zum Äußersten und erklärte ziemlich bestimmt, daß Madame und Mademoiselle de Chargebœuf Bedenken tragen würden, das Haus der Rogrons je wieder zu betreten. Von diesen beiden Damen nicht mehr besucht zu werden, das käme einer entsetzlichen Verdammung gleich. Nach einer Stunde großartiger Winkelzüge stand schließlich fest, daß es, um Vinet zur Rettung der Rogrons zu bewegen, in den Augen von ganz Provins eines zwingenden Grundes bedurfte, sie zu verteidigen. Während der Abendgesellschaft würde also die Heirat von Rogron mit Mademoiselle de Chargebœuf bekanntgegeben werden. Die Aufgebote könnten am Sonntag ausgehangen werden. Der Vertrag würde unverzüglich bei Cournant abgeschlossen werden, und Mademoiselle Rogron würde zugegen sein, um in Anbetracht dieses Bündnisses ihrem Bruder durch eine Schenkung zu Lebzeiten den Nießbrauch ihres Vermögens zu überlassen. Vinet hatte Rogron und seiner Schwester begreiflich gemacht, daß man den Heiratsvertrag um zwei oder drei Tage vordatieren sollte, damit Madame und Mademoiselle de Chargebœuf, wenn sie sich erst einmal öffentlich zu den Rogrons bekannt hätten, aus diesem Grunde weiterhin in ihrem Hause verkehren müßten.

»Unterzeichnen Sie diesen Ehevertrag, und ich werde es auf mich nehmen, Sie aus der Sache herauszubringen. Das wird zweifellos einen außerordentlichen Kampf kosten, doch ich werde mich mit allen Kräften dafür einsetzen, und Sie werden mir noch einmal ziemlich viel zu verdanken haben!«

»O ja!« sagte Rogron.

Um elf Uhr dreißig besaß der Anwalt sowohl für den Ehevertrag als auch für den zu führenden Prozeß die Vollmachten. Um zwölf Uhr legte Vinet dem Präsidenten einen Antrag auf eine einstweilige Verfügung gegen Brigaut und die Witwe Lorrain vor, wegen Entführung der minderjährigen Lorrain aus dem Hause ihres Vormunds. So trat der unverschämte Vinet als Herausforderer auf und stellte Rogron als einen unbescholtenen Bürger hin. In diesem Sinne verhandelte er folglich auch vor Gericht. Die Anhörung der Parteien verschob der Präsident auf vier Uhr. Es erübrigt sich zu erwähnen, wie die kleine Stadt Provins durch diese Ereignisse in Aufruhr versetzt wurde. Der Präsident wußte, daß die Beratung der Ärzte um drei Uhr beendet sein würde; er wollte, daß der Mitvormund, wenn er für die Großmutter sprach, mit dem Schriftstück dieses Gutachtens gewappnet auftrat. Nach der Kunde von der Heirat Rogrons mit der schönen Bathilde de Chargebœuf und den Vorrechten, die Sylvie im Ehevertrag einräumte, wollten plötzlich zwei Personen nichts mehr von den Rogrons wissen: Mademoiselle Habert und der Oberst, die beide ihre Hoffnungen zunichte gemacht sahen. Céleste Habert und der Oberst blieben den Rogrons ostentativ verbunden, jedoch, um ihnen desto nachdrücklicher zu schaden. Als Monsieur Martener das Vorhandensein eines Blutergusses im Kopf des armen Opfers der beiden Kurzwarenhändler bekanntgab, erzählten Céleste und der Oberst nun von dem Stoß, den sich Pierrette an dem Abend zugefügt hatte, als Sylvie sie genötigt hatte, den Salon zu verlassen, und sie erinnerten an die grausamen und barbarischen Entäußerungen von Mademoiselle Rogron. Sie sprachen davon, welche Gefühllosigkeit diese alte Jungfer ihrem leidenden Mündel gegenüber bewiesen hatte. So gaben die Freunde des Hauses die schweren Vergehen zu, als sie Sylvie und ihren Bruder zu verteidigen schienen. Vinet hatte diesen Sturm vorausgesehen; doch das Vermögen der Rogrons sollte Mademoiselle de Chargebœuf bekommen, und er wollte sie in einigen Wochen das hübsche Haus auf dem kleinen Platz bewohnen sehen und mit ihr Provins beherrschen, da er schon eine Fusion mit den Bréauteys im Interesse seiner Bestrebungen erwog. Von zwölf bis vier Uhr ließen sich alle Frauen der Tiphaineschen Partei, die Damen Garceland, Guépin, Julliard, Guénée und die Unterpräfektin nach dem Befinden von Mademoiselle Lorrain erkundigen. Pierrette wußte nichts von den Wirren, die es ihretwegen in der Stadt gab. Trotz ihrer schlimmen Leiden empfand sie eine unaussprechliche Freude, mit ihrer Großmutter und mit Brigaut, den beiden geliebten Menschen, beisammenzusein. Brigaut hatte ständig Tränen in den Augen, und die Großmutter liebkoste das vergötterte Enkelkind. Sie hatte den drei Männern der Wissenschaft weiß Gott auch nicht die geringste Kleinigkeit von dem verschwiegen, was sie von Pierrette über ihr Leben im Hause Rogron in Erfahrung gebracht hatte. Horace Bianchon äußerte seine Entrüstung in heftigen Worten. Entsetzt über eine derartige Grausamkeit, verlangte er, daß die anderen Ärzte der Stadt hinzugezogen würden, so daß auch Néraud anwesend war und aufgefordert wurde, als Freund der Rogrons, gegebenenfalls gegen den furchtbaren Konsultationsbefund Einspruch zu erheben, der zum Leidwesen der Rogrons einstimmig angenommen wurde. Néraud, von dem es hieß, daß seinetwegen schon Pierrettes Großmutter mütterlicherseits vor Kummer gestorben sei, befand sich in einer verzwickten Lage, was der geschickte Martener ausnutzte, hocherfreut darüber, die Rogrons zu Fall zu bringen und somit Monsieur Néraud, seinen Widersacher, zu kompromittieren. Es erübrigt sich, den Wortlaut dieses Gutachtens hier wiederzugeben, das als Beweisstück in dem Prozeß diente. Wenn die medizinischen Ausdrücke von Molière barbarisch waren, dann haben jene der modernen Medizin den Vorzug, so deutlich zu sein, daß die Erklärung von Pierrettes Krankheit, einer wenngleich natürlichen und leider sehr verbreiteten Krankheit, die Zuhörer mit Schrecken erfüllen würde. Überdies war dieses Gutachten, da es sich auf einen so berühmten Namen wie Horace Bianchon berief, nicht anfechtbar. Nach der Gerichtssitzung blieb der Präsident auf seinem Platz, da er Pierrettes Großmutter kommen sah, die von Monsieur Auffray, Brigaut und einer großen Menschenmenge begleitet wurde. Vinet war allein. Dieser Gegensatz beeindruckte alle im Gerichtssaal Anwesenden, zu denen eine Vielzahl Neugieriger hinzugekommen war. Vinet, der seine Rohe anbehalten hatte, wandte sein frostiges Gesicht dem Präsidenten zu, wobei er seine Brille vor den grünen Augen zurechtrückte; und mit seiner schrillen und durchdringenden Stimme erklärte er schließlich, daß Fremde nächtlicherweile in das Haus von Monsieur und Mademoiselle Rogron eingedrungen seien und die minderjährige Lorrain daraus entführt hätten. Recht müsse Recht bleiben, und der Vormund fordere sein Mündel zurück. Monsieur Auffray als Mitvormund stand auf und bat um das Wort.

»Wenn der Herr Präsident in dieses, von einem der gelehrtesten Ärzte von Paris und von allen Ärzten und Chirurgen der Stadt erstellte Gutachten Einsicht nehmen möchte, wird er begreifen, wie unhaltbar die Forderung von Monsieur Rogron ist und welch schwerwiegende Gründe die Großmutter der Minderjährigen bewogen haben, diese dem Zugriff ihrer Peiniger unverzüglich zu entreißen. Der Tatbestand ist folgender: Eine von einem in aller Eile aus Paris herbeigerufenen berühmten Arzt und von allen Ärzten dieser Stadt durchgeführte Untersuchung kommt einhellig zu dem Schluß, daß der beinahe lebensbedrohliche Zustand, in dem sich die Minderjährige befindet, den Mißhandlungen zuzuschreiben ist, die sie von Monsieur und Mademoiselle Rogron erfahren hat. Von Rechts wegen wird der Familienrat in kürzester Zeit einberufen und dazu befragt werden, ob dem Vormund die Vormundschaft entzogen werden soll. Wir verlangen, daß die Minderjährige nicht in das Haus ihres Vormunds zurückkehrt und dem Familienmitglied anvertraut wird, das der Herr Präsident zu bestimmen geruhen wird.«

Vinet wollte widersprechen und entgegnete, daß ihm das Ergebnis der Untersuchung mitgeteilt werden müsse, damit er dagegen Einspruch erheben könne.

»Der Partei Vinet wird es nicht mitgeteilt«, sagte der Präsident streng, »aber vielleicht dem Herrn Staatsanwalt. Die Sache ist spruchreif.«

Der Präsident schrieb unter das Gesuch folgende Anordnung:

›In Erwägung dessen, daß aus einem von den Ärzten dieser Stadt und von Doktor Bianchon, Arzt an der Pariser Medizinischen Fakultät, einstimmig abgefaßten Untersuchungsbefund hervorgeht, daß sich die minderjährige Lorrain, die von Rogron, ihrem Vormund, zurückgefordert wird, in einem äußerst bedenklichen Gesundheitszustand befindet, der die Folge der schlechten Behandlung und der Mißhandlungen ist, die sie im Hause ihres Vormunds durch dessen Schwester erfahren hat, ordne, ich, Präsident des Untergerichtshofes in Provins, unter Bezugnahme auf das Gesuch hiermit an,

daß die Minderjährige bis zum Beschluß des Familienrates, der, einer Erklärung des Mitvormundes zufolge, einberufen werden wird, nicht wieder zu ihrem Vormund zurückkehren wird und in das Haus ihres Mitvormundes zu verbringen ist;

Subsidiär: in Anbetracht des Zustandes, in dem sich die Minderjährige befindet, und in Anbetracht der Spuren von Gewaltanwendung, die sich nach Aussage der Ärzte bei ihr feststellen lassen, betraue ich den Chefarzt und den Chefchirurgen des Krankenhauses von Provins, sie zu visitieren; und für den Fall, daß die Mißhandlungen bleibende Schäden zur Folge haben werden, wird die Staatsanwaltschaft einschreiten, und dies unbeschadet des von dem Mitvormund Auffray eingeschlagenen zivilen Rechtsweges.‹

Diese fürchterliche Anordnung wurde vom Präsidenten Tiphaine laut und deutlich vernehmbar verkündet.

»Warum nicht gleich die Galeere?« sagte Vinet. »Und das ganze Aufsehen wegen eines kleinen Mädchens, das eine Liebschaft mit einem Tischlergesellen hatte. Wenn der Prozeß weiterhin in dieser Art geführt wird«, rief er frech, »werden wir wegen Befangenheit des Gerichts andere Richter verlangen.«

Vinet verließ das Gerichtsgebäude und ging zu den wichtigsten Personen seiner Partei, um über die Lage Rogrons Aufschluß zu geben, der seiner Cousine nie auch nur einen Nasenstüber gegeben hatte, und das Gericht hatte es, wie er sich ausdrückte, weniger auf Pierrettes Vormund als viel mehr auf den Wahlmann von Provins abgesehen.

Seinem Reden nach machten die Tiphaines viel Lärm um nichts. Der Berg würde schließlich eine Maus gebären. Sylvie, eine höchst ehrbare und fromme Frau, habe eine Liebschaft zwischen dem Mündel ihres Bruders und einem kleinen Tischler aufgedeckt, einem Bretonen namens Brigaut. Dieses

Bürschchen wußte ganz genau, daß Pierrette von ihrer Großmutter ein Vermögen erben würde, und wollte das Mädchen verführen (Vinet wagte es, von Verführung zu sprechen!). Die Verhaltensweise von Mademoiselle Rogron, die im Besitz von Briefen war, aus denen die Verderbtheit dieses kleinen Mädchens spreche, sei gar nicht so verurteilenswert, wie es die Tiphaines hinzustellen versuchten. Falls sie Gewalt angewendet hatte, um einen Brief an sich zu bringen, was überdies aus der bretonischen Starrköpfigkeit zu erklären wäre, die Sylvie derart aufgebracht hatte, was sei denn dann eigentlich Rogron vorzuwerfen? Der Anwalt machte aus diesem Prozeß nun eine Parteiaffäre und verstand es, ihm einen politischen Anstrich zu geben. Die Öffentlichkeit war seit diesem Abend deshalb geteilter Meinung.

»Man muß immer beide Seiten sehen«, sagten die vernünftigen Leute. »Haben Sie gehört, was Vinet gesagt hat? Vinet legt die Dinge sehr verständlich dar.«

Frappiers Haus wurde als für Pierrette nicht bewohnbar befunden, da sie von dem Lärm dort Kopfschmerzen bekommen würde. Aus medizinischen wie aus rechtlichen Gründen machte es sich erforderlich, sie von dort zu ihrem Mitvormund zu schaffen. Dieser Umzug ging berechnenderweise mit ungewöhnlichen Vorsichtsmaßnahmen vonstatten, um großes Aufsehen zu erregen. Pierrette wurde auf eine mehrfach mit Matratzen gepolsterte Tragbahre gelegt, von zwei Männern getragen und von einer Diakonissenschwester mit einem Ätherfläschchen in der Hand begleitet, es folgten ihre Großmutter, Brigaut, Madame Auffray und deren Zofe. Die Leute sahen aus den Fenstern und standen vor den Türen, um diesen Zug zu betrachten. Pierrettes Totenblässe, der Zustand, in dem sie sich befand, dies alles brachte der den Rogrons verfeindeten Partei fürwahr immense Vorteile. Die Auffrays legten großen Wert darauf, der ganzen Stadt zu beweisen, wie richtig doch die Anordnung des Präsidenten gewesen war. Pierrette und ihre Großmutter wurden in der zweiten Etage des Hauses von Monsieur Martener untergebracht. Der Notar und seine Frau umsorgten sie und bezeugten ihnen eine sehr großzügige Gastfreundschaft, Pierrette bekam ihre Großmutter als Krankenwärterin, und Monsieur Martener kam am gleichen Abend mit dem Chirurgen, um sie zu untersuchen.

Von diesem Abend an begannen nun auf beiden Seiten die Übersteigerungen. Der Salon der Rogrons war voller Leute. Vinet hatte die liberale Partei dahingehend bearbeitet. Die beiden Damen de Chargebœuf aßen bei den Rogrons, denn dort sollte der Ehevertrag am Abend unterzeichnet werden. Am Vormittag hatte Vinet die Aufgebote am Rathaus anschlagen lassen. Die Sache mit Pierrette tat er als eine Nichtigkeit ab. Wenn das Gericht von Provins so viel Aufhebens deswegen machte, so würde der Oberste Gerichtshof die Sachlage schon richtig einzuschätzen wissen, und die Tiphaines würden es sich sehr wohl überlegen, ob sie sich auf einen solchen Prozeß einließen. In den Augen gewisser Leute war die Verbindung Rogrons mit den Chargebœufs von ungeheurer Bedeutung. Für sie waren die Rogrons weiß wie Schnee, und Pierrette war ein über die Maßen verderbtes kleines Mädchen, eine Schlange, die jene an ihrem Busen genährt hatten. Im Salon von Madame Tiphaine nahm man Rache für die seit zwei Jahren von der Partei Vinet in Umlauf gebrachten schauderhaften Gerüchte: die Rogrons waren Ungeheuer, und der Vormund würde vor ein Schwurgericht kommen. Auf dem Platz erfreute sich Pierrette angeblich bester Gesundheit; in der Oberstadt würde sie unweigerlich sterben; bei den Rogrons hatte sie einige Kratzer an der Hand; bei Madame Tiphaine hatte sie gebrochene Finger, und man würde ihr einen abnehmen müssen. Am nächsten Tag stand im ›Kurier von Provins‹ ein äußerst geschickter und ein äußerst gut verfaßter Artikel, ein Meisterwerk an Anspielungen, gemischt mit rechtlichen Erwägungen, der Rogron bereits als an der Sache gänzlich unbeteiligt hinstellte. ›Der Bienenkorb‹, der erst zwei Tage später erschien, konnte nicht antworten, ohne in Diffamierungen zu verfallen, wandte aber ein, daß es in einem solchen Falle das beste sei, den Gang der rechtlichen Dinge abzuwarten.

Der Friedensrichter des Kreises Provins, der gesetzliche Vorsitzende, verfügte die Zusammensetzung des Familienrates: Rogron und die beiden Auffrays als nächste Verwandte; ferner Monsieur Ciprey, ein Neffe der Großmutter mütterlicherseits von Pierrette. Hinzu kamen Monsieur Habert als Pierrettes Beichtvater und der Oberst Gouraud, der sich immer als ein Waffengefährte des Oberst Lorrain ausgegeben hatte. Die Unparteilichkeit des Richters, der Monsieur Habert und den Oberst in den Familienrat aufgenommen hatte, die ganz Provins den Rogrons sehr verbunden glaubte, fand allgemeine Zustimmung. Angesichts der schwierigen Lage, in der er sich befand, verlangte Rogron, daß Maître Vinet dem Familienrat beiwohnte. Augenscheinlich von Vinet zu diesem Vorgehen angehalten, bewirkte Rogron, daß der Familienrat erst gegen Ende Dezember tagen würde. Zu dieser Zeit weilte der Präsident wegen der Einberufung der Kammern mit seiner Frau bei Madame Roguin in Paris. So war die Partei der Ministeriellen ohne Führer. Insgeheim hatte Vinet schon den guten Desfondrilles bearbeitet, den Untersuchungsrichter, für den Fall, daß die Sache den Charakter eines Zuchtpolizei- oder Strafprozesses annehmen würde, was der Präsident angestrebt hatte. Vinet sprach drei Stunden lang vor dem Familienrat: er wies nach, daß zwischen Brigaut und Pierrette ein Liebesverhältnis bestanden habe, um die Strenge von Mademoiselle Rogron zu rechtfertigen; er erläuterte, daß es nur allzu natürlich gewesen sei, daß Rogron sein Mündel der Aufsicht einer Frau überlassen hatte, und hob ausdrücklich hervor, daß sein Klient an der von Sylvie verstandenen Art der Erziehung unbeteiligt gewesen sei. Trotz der Bemühungen Vinets war der Rat einstimmig der Meinung, daß Rogron die Vormundschaft entzogen werden solle. Als Vormund wurde

Monsieur Auffray ernannt und Monsieur Ciprey als Mitvormund. Der Familienrat vernahm Adèle, das Dienstmädchen, die gegen ihre ehemaligen Herren aussagte, und Mademoiselle Habert, die die grausamen Worte wiedergab, die Mademoiselle Rogron an jenem Abend gesprochen hatte, als sich Pierrette so fürchterlich gestoßen hatte, was von allen gehört worden war, und die Bemerkung von Madame de Chargebœuf über Pierrettes Gesundheit. Brigaut legte den Brief vor, den er von Pierrette erhalten hatte und der beider Unschuld bezeugte. Es wurde nachgewiesen, daß der bedauernswerte Zustand, in dem sich die Minderjährige befand, auf mangelnde Fürsorge seitens des Vormunds zurückzuführen sei, da er für alles verantwortlich war, was sein Mündel betraf. Pierrettes Krankheit war allen aufgefallen, selbst Leuten in der Stadt, die der Familie fernstanden. Die Anklage wegen Mißhandlung wurde also gegen Rogron aufrechterhalten. Die Sache würde nun publik werden.

Dem Rat Vinets folgend, widersetzte sich Rogron der gerichtlichen Bestätigung des Familienratsbeschlusses. In Anbetracht der bedenklichen Verschlimmerung des Gesundheitszustandes von Pierrette Lorrain intervenierte nun die Staatsanwaltschaft. Obwohl er umgehend registriert worden war, wurde die Beweisaufnahme dieses merkwürdigen Prozesses erst im März 1828 abgeschlossen.

Rogron und Mademoiselle de Chargebœuf waren nun bereits vermählt. Sylvie bewohnte die zweite Etage ihres Hauses, die man so eingerichtet hatte, daß dort auch Madame de Chargebœuf untergebracht werden konnte, da die gesamte erste Etage für Madame Rogron bestimmt war. Seitdem war die schöne Madame Rogron zur Nachfolgerin der schönen Madame Tiphaine geworden. Diese Heirat war von ungemeiner Bedeutung. Man kam nicht mehr in den Salon von Mademoiselle Sylvie, sondern zu der schönen Madame Rogron.

Mit Unterstützung seiner Schwiegermutter und der royalistischen Bankiers du Tillet und Nucingen bekam der Präsident Gelegenheit, sich dem Ministerium dienstfertig zu erweisen, er wurde einer der geachtetsten Redner des Zentrums, Richter am Untergerichtshof der Seine und ließ seinen Neffen Lesourd zum Gerichtspräsidenten von Provins ernennen. Diese Ernennung kränkte den Richter Desfondrilles sehr, der noch immer Archäologe und mehr denn je bloß Beisitzer war. Der Justizminister beorderte einen seiner Günstlinge an Lesourds Stelle. Monsieur Tiphaine war befördert worden, doch niemand sonst am Gericht von Provins. Diesen Umstand machte sich Vinet äußerst geschickt zunutze. Schon immer hatte er den Leuten erzählt, daß sie für den Größenwahn der durchtriebenen Madame Tiphaine nur ein Trittbrett auf der Stufenleiter nach oben seien. Der Präsident hielt seine Freunde zum besten. Insgeheim verachtete Madame Tiphaine Provins und würde nie wieder dahin zurückkehren. Der alte Monsieur Tiphaine starb, sein Sohn erbte das Landgut Le Fay und verkaufte Monsieur Lesourd das schöne Haus in der Oberstadt. Dieser Verkauf bewies, daß der Präsident gar nicht daran dachte, nach Provins zurückzukommen. Vinet behielt recht, Vinet hatte es vorausgesehen. Diese Tatsachen hatten großen Einfluß auf den Prozeß über Rogrons Vormundschaft.

Das Pierrette von zwei schwachsinnigen Tyrannen aufgezwungene entsetzliche Martyrium machte es aus medizinischer Sicht erforderlich, daß Monsieur Martener mit Billigung von Doktor Bianchon die furchtbare Schädeltrepanation anordnete; auf juristische Dimensionen gebracht, geriet dieses schreckliche Drama allmählich in jenes widerwärtige Durcheinander, das sich bei Gericht ›Verfahren‹ nennt. Dieser Prozeß dehnte sich innerhalb des unentwirrbaren Netzwerkes des Rechtsganges von Frist zu Frist, verzögert durch die Weitschweifigkeiten eines gehässigen Anwalts; während die verleumdete Pierrette dahinsiechte und die entsetzlichsten Schmerzen litt, welche die Medizin kennt. War es nicht notwendig, den eigenartigen Umschwung der öffentlichen Meinung und den langsamen Gang der Justiz zu erläutern, bevor wir in das Zimmer zurückkehren, wo sie lebte und in dem sie starb?

Innerhalb weniger Tage war Monsieur Martener ebenso wie die Familie Auffray hingerissen von Pierrettes anbetungswürdigem Wesen und von der alten Bretonin, deren Empfindungen, Vorstellungen und deren Art etwas Klassisch-Erhabenes hatte. Jene Matrone des Marais ähnelte einer Frau aus dem Plutarch. Der Arzt wollte dem Tod die Beute streitig machen, denn vom ersten Tag an hatten der Pariser Arzt und der Provinzarzt Pierrette als verloren angesehen. Zwischen der Krankheit und dem Arzt, den Pierrettes Jugend ermutigte, entbrannte einer jener Kämpfe, um die nur Ärzte wissen, und deren Belohnung, falls sie erfolgreich enden, niemals in der Vergütung für die Pflege besteht und auch nicht vom Kranken selbst kommt; sie findet sich in der wohltuenden Beruhigung des Gewissens, in einer Art idealen und nicht sichtbaren Lorbeers, der dem wahren Künstler in der wissenden Genugtuung zukommt, ein gutes Werk geschaffen zu haben. Der Arzt trachtet nach dem Guten wie der Künstler nach dem Schönen, geleitet von einer wunderbaren Gesinnung, welche wir Tugend nennen. Dieser tagtägliche Kampf hatte jenen Mann der Provinz die in dem Ringen zwischen der Partei Vinet und der Partei der Tiphaines ausgetragenen kleinlichen Gereiztheiten vergessen lassen, wie es bei Menschen der Fall ist, die sich einem großen Elend gegenübersehen, das es zu bekämpfen gilt.

Monsieur Martener hatte anfangs seinen Beruf in Paris ausüben wollen; doch die unerträgliche Betriebsamkeit dieser Stadt, die Unempfindlichkeit, zu welcher der Arzt schließlich durch die erschreckende Zahl Kranker und die Häufung schwerer Krankheitsfälle abstumpft, hatten seine sanfte, für das Provinzleben geschaffene Seele erschreckt. Überdies stand er im Bann seiner hübschen Heimatstadt. Deshalb kehrte er nach Provins zurück, er heiratete, ließ sich dort nieder, und beinahe zärtlich betreute er eine Patientenschar, welche er als eine große Familie ansehen konnte. Solange Pierrettes Krankheit andauerte, wollte er nicht über seine Patientin sprechen. Sein Widerwille zu antworten, wenn jeder fragte, wie es denn der Kleinen ginge, war so offensichtlich, daß man sich schließlich nicht mehr danach erkundigte. Pierrette war für ihn das, was ihr beschieden ward, eines jener schmerzvollen, unergründlich-rätselhaften Poeme, wie sie im unangenehmen Dasein von Ärzten vorkommen. Er empfand für dieses zarte junge Mädchen eine Bewunderung, die sein Geheimnis bleiben sollte.

Dieses Gefühl des Arztes für seine Patientin hatte sich, wie alle wahren Empfindungen, auch anderen mitgeteilt: Monsieur und Madame Auffray. Als Pierrette bei ihnen war, war es in ihrem Haus ruhig und still. Die Kinder, die einst so oft mit Pierrette gespielt hatten, waren mit kindlicher Würde übereingekommen, weder zu lärmen noch zu stören. Sie setzten ihre ganze Ehre daran, recht brav zu sein, weil Pierrette krank war. Das Haus von Monsieur Auffray befindet sich in der Oberstadt, unterhalb der Schloßruinen, und steht auf einem durch den Abriß der alten Wälle entstandenen Geländesaum. Von dort aus bietet sich den Bewohnern die Aussicht auf das Tal, wenn sie in dem kleinen Obstgarten umherspazieren, der von einer dicken Mauer eingefaßt ist, von wo aus man auch die Stadt überblickt. Die Dächer der anderen Häuser reichen bis an den äußeren Kranz der Stützmauer dieses Gartens heran. Am Wall entlang läuft ein mit Bäumen bestandener Weg, der zur Glastür von Monsieur Auffrays Arbeitszimmer führt. Am anderen Ende des Weges stehen eine Weinlaube und ein Feigenbaum, darunter findet man einen runden Tisch, eine Bank und grüngestrichene Stühle. Man hatte Pierrette das Zimmer über dem Arbeitszimmer ihres neuen Vormunds gegeben. Madame Lorrain schlief auf einem Gurtbett bei ihrer Enkeltochter. Von ihrem Fenster aus konnte Pierrette also das herrliche Tal von Provins sehen, das sie kaum kannte, denn sie war so selten aus dem unglückseligen Haus der Rogrons herausgekommen! Bei schönem Wetter ging sie gern bis zu jener Laube, sich am Arm ihrer Großmutter mühsam vorwärtsschleppend. Brigaut, der nicht mehr arbeitete, kam seine kleine Freundin dreimal täglich besuchen, er wurde von einem Schmerz verzehrt, der ihn dem Leben gegenüber taub machte; mit dem Gespür eines Jagdhundes paßte er Monsieur Martener ab, wich nicht von seiner Seite und ging wieder mit ihm weg. Sie werden sich nur schwerlich vorstellen können, mit welcher Inbrunst jeder die liebe kleine Kranke umsorgte. Fast von Sinnen vor Verzweiflung, verbarg die Großmutter ihre Hoffnungslosigkeit hinter dem lachenden Gesicht von Pen-Hoël, das sie ihrer Enkelin zeigte. In dem Wunsch, sich über die Wahrheit hinwegzutäuschen, machte sie Pierrette wieder die Trachtenhaube zurecht, die das Kind getragen hatte, als es in Provins ankam. So schien die junge Kranke mehr ihrer einstigen Pierrette zu ähneln: sie war reizend anzusehen, das Gesicht eingerahmt von dieser mit gestärkter Spitze besetzten Aureole aus Batist. Ihr Antlitz, das so weiß war wie Biskuitporzellan, ihre Stirn, auf der durch das Leiden ein Ausdruck inniger Betrachtung geschrieben stand, die durch die Krankheit ausgezehrten, reinen Formen, ihr langsamer, zeitweilig starrer Blick, dies alles machte Pierrette zu einem wundervollen Meisterwerk der Melancholie. Deshalb wurde dem Kind mit einer Art Fanatismus gedient. Sie war so anmutig, so zärtlich und so liebevoll! Madame Martener hatte ihr Klavier zu ihrer Schwester, Madame Auffray, bringen lassen, in der Absicht, Pierrette etwas zu unterhalten, die von der Musik ganz hingerissen war. Es war wie ein Poem, sie zu sehen, wenn sie schweigend und mit erhobenem Blick einem Stück von Weber, Beethoven oder Hérold lauschte und sich dabei wahrscheinlich nach dem Leben sehnte, das sie entschwinden fühlte. Pfarrer Péroux und Monsieur Habert, die beiden

Geistlichen, die ihr tröstend beistanden, bewunderten ihre fromme Ergebung. Die engelsgleiche Vollkommenheit junger Menschen, die der Tod in der Menge gleich jungen Bäumen im Wald mit einem roten Kreuz gezeichnet hat, ist dies nicht eine bemerkenswerte Tatsache, verdiente sie nicht die Aufmerksamkeit der Philosophen und auch anderer, gleichgültiger Menschen? Wer einen jener erhabenen Tode gesehen hat, kann nicht ungläubig bleiben oder es werden. Von diesen Wesen geht gleichsam ein himmlischer Duft aus, ihre Blikke sprechen von Gott, auch in den unbedeutendsten Gesprächen ist ihre Stimme beredt, und oft klingt sie wie ein göttliches Instrument, das Schicksalsgeheimnisse verkündet. Wenn Monsieur Martener sie beglückwünschte, weil sie irgendein schwierig zu befolgendes Rezept richtig eingehalten hatte, sagte dieser Engel in Gegenwart aller – und mit welchen Blicken! –: »Ich möchte leben, lieber Monsieur Martener, weniger meinetwegen, sondern wegen meiner Großmutter, meinem Brigaut zuliebe und Ihnen allen zuliebe, die mein Tod betrüben würde.«

Und als sie im November erstmals bei schönem Sonnenwetter am Sankt-Martins-Tag in Begleitung des ganzen Hauses spazierenging und Madame Auffray sie fragte, ob sie müde sei: »Jetzt habe ich nur noch die von Gott gesandten Leiden zu tragen, denen ich gewachsen bin. Das Glück, geliebt zu werden, gibt mir die Kraft dazu.«

Das war das einzige Mal, daß sie eine Anspielung auf ihr schreckliches Martyrium bei den Rogrons machte, von denen sie nie sprach, so unangenehm mußte die Erinnerung an beide für sie sein, so daß auch niemand sonst von ihnen sprach.

»Liebe Madame Auffray«, sagte sie eines Mittags auf der Terrasse, als sie das von strahlender Sonne überflutete und sich im herbstlichen Schmuck gefälliger Rottöne darbietende Tal betrachtete, »hier bei Ihnen in den letzten Stunden vor meinem Tode wird mir mehr Glück zuteil werden als in den vergangenen drei Jahren.«

Madame Auffray sah ihre Schwester, Madame Martener, an und flüsterte: »Wie sehr sie geliebt hätte!« Und wirklich, die Art, wie Pierrette es gesagt hatte, und ihr Blick gaben jenem Satz etwas ungemein Bedeutsames.

Monsieur Martener stand im Briefwechsel mit Doktor Bianchon, und ohne dessen Billigung unternahm er nichts, was von schwerwiegenden Folgen sein konnte. Er gedachte zunächst den von der Natur vorgegebenen Krankheitsverlauf abzuwarten und dann den Bluterguß im Kopf durch das Ohr abfließen zu lassen. Je heftiger Pierrettes Schmerzen waren, desto mehr hoffte er. Vorerst hatte er damit hinlänglichen Erfolg, und das war ein großer Triumph. Innerhalb weniger Tage stellte sich Pierrettes Appetit wieder ein, und sie aß nun nahrhafte Speisen, gegen die sie bislang einen für ihre Krankheit bezeichnenden Widerwillen empfunden hatte; sie bekam eine gesündere Hautfarbe, ihr Kopf jedoch war in einem entsetzlichen Zustand. Deshalb flehte der Arzt den großen Kollegen an, seinen Ratgeber, daß er kommen möge. Bianchon kam, blieb zwei Tage in Provins und beschloß zu operieren, denn er mußte in allem den Befürchtungen des armen Martener recht geben, und fuhr selbst den berühmten Desplein holen. Die Operation wurde also vom größten Chirurgen aller Zeiten vorgenommen; doch als sich dieser mit Bianchon, seinem Lieblingsschüler, wieder auf den Heimweg machte, prophezeite er Martener Furchtbares: »Sie werden sie nur noch durch ein Wunder retten können. Wie Ihnen Horace bereits gesagt hat: der Knochenfraß hat schon begonnen. In diesem Alter sind die Knochen noch so weich!«

Die Operation hatte Anfang März 1828 stattgefunden, und weil ihn die entsetzlichen Schmerzen, die Pierrette litt, ängstigten, unternahm Monsieur Martener in diesem Monat mehrere Reisen nach Paris; dort fragte er Desplein und Bianchon um Rat, und er ging sogar so weit, ihnen eine Operation in der Art einer Lithotritie vorzuschlagen, die darin bestehen würde, daß man in den Kopf ein Hohlinstrument einführte, womit man versuchen würde, ein stark wirkendes Mittel zu verabreichen, um den fortschreitenden Knochenfraß aufzuhalten. Doch auch der kühne Desplein wagte diesen chirurgischen Handstreich nicht, auf den Martener in seiner Verzweiflung verfallen war. Als der Arzt von seiner letzten Reise nach Paris zurückkehrte, schien er seinen Freunden daher mürrisch und betrübt. An einem verhängnisvollen Abend mußte er allen im Hause Versammelten, der Familie Auffray, Madame Lorrain, dem Beichtvater und Brigaut mitteilen, daß die Wissenschaft nichts mehr für Pierrette zu tun vermochte, deren Heil allein in Gottes Hand läge. Alle waren furchtbar bestürzt. Die Großmutter sprach ein Gelübde und bat den Pfarrer, jeden Morgen bei Tagesanbruch, bevor Pierrette aufstand, eine Messe zu lesen, der sie und Brigaut beiwohnen würden.

Der Prozeß wurde entschieden. Während das Opfer der Rogrons im Sterben lag, wurde es von Vinet vor Gericht verleumdet. Das Gericht erklärte den Beschluß des Familienrates als rechtskräftig, und der Anwalt legte auf der Stelle dagegen Berufung ein. Der neue Staatsanwalt erhob Anklage, was eine Untersuchung zur Folge hatte. Rogron und seine Schwester mußten eine Kaution hinterlegen, damit sie nicht ins Gefängnis kamen. Die Untersuchung forderte eine Vernehmung Pierrettes. Als Desfondrilles zu den Auffrays kam, rang Pierrette mit dem Tode, ihr Beichtvater war bei ihr, sie sollte die Sterbesakramente empfangen. In ebendiesem Augenblick bat sie die versammelte Familie, ihrem Cousin und ihrer Cousine zu verzeihen, so wie auch sie ihnen verzeihe, und mit bewundernswürdiger Klarheit sagte sie, daß es Gott allein zustehe, über diese Dinge zu richten.

»Großmutter«, sagte sie, »vererbe dein Vermögen Brigaut« (Brigaut zerfloß in Tränen). »Und gib tausend Francs der guten Adèle, die mir heimlich mein Bett angewärmt hat. Wenn sie bei meinen Verwandten geblieben wäre, würde ich leben ...«

Am Osterdienstag, einem strahlend-schönen Tag, um drei Uhr hatten die Leiden dieses kleinen Engels ein Ende. Ihre heldenhafte Großmutter wollte die ganze Nacht gemeinsam mit den Priestern bei ihr wachen und sie mit ihren ungelenken alten Händen selbst in das Leichentuch hüllen.

Gegen Abend verließ Brigaut das Haus der Auffrays und ging bei Frappier vorbei.

»Du brauchst mir nichts zu sagen, mein armer Junge«, sagte der Tischler zu ihm.

»Ja, Frappier, sie ist gestorben, doch mir bleibt noch etwas zu tun.«

Schwermütig, aber eindringlich musterte der Geselle alles Holz in der Werkstatt.

»Ich verstehe, Brigaut«, sagte der gute Frappier. »Sieh her, hier ist, was du brauchst.«

Er zeigte ihm zwei Zoll dicke Eichenbretter.

»Helfen Sie mir nicht, Monsieur Frappier«, sagte der Bretone, »ich möchte alles selbst machen.«

Brigaut verbrachte die Nacht damit, Pierrettes Sarg zu tischlern, und des öfteren zog er ein von seinen Tränen durchfeuchtetes langes Spanband mit dem Hobel ab. Der gute Frappier sah ihm rauchend zu. Nur als sein erster Geselle die vier Teile zusammenfügte, riet er ihm: »Mach doch einen Schiebedeckel: die armen Verwandten werden dann nicht hören, daß er zugenagelt wird.«

Als es Tag wurde, holte Brigaut das Blei für die Sargverkleidung. Durch einen ungewöhnlichen Zufall kam es, daß die Bleiblätter den gleichen Betrag ausmachten, den er Pierrette für ihre Reise von Nantes nach Provins gegeben hatte. Der beherzte Bretone, der den furchtbaren Schmerz hatte ertragen können, selbst den Sarg für seine liebe Kindheitsgefährtin zu tischlern, wobei jede Faser des Holzes eine Erinnerung an sie heraufbeschworen hatte, hielt dieser Entsprechung nicht stand: ihm schwanden die Kräfte, und er war nicht in der Lage, das Blei zu tragen. Der Bleigießer begleitete ihn und bot an mitzugehen, um das vierte Blech zu löten, wenn der Leichnam im Sarg läge. Der Bretone verbrannte den Hobel und alle Werkzeuge, die er benutzt hatte, rechnete bei Frappier ab und sagte ihm Lebewohl. Der Heldenmut, mit dem dieser Junge ebenso wie die Großmutter sich bemühten, Pierrette die letzte Ehre zu erweisen, ließ ihn bei dem letzten Auftritt einschreiten, der den Höhepunkt der Tyrannei der Rogrons darstellte.

Brigaut und der Bleigießer langten gerade noch rechtzeitig bei Monsieur Auffray an, um mit brachialer Gewalt eine niederträchtige und entsetzliche Rechtsfrage zu entscheiden. Das Sterbezimmer war voller Menschen und bot den Handwerkern ein sonderbares Schauspiel. Die Rogrons hatten sich abscheulicherweise neben dem Leichnam ihres Opfers aufgestellt, um es noch nach seinem Tode zu peinigen. Der erhabene und schöne Körper dieses armen Kindes ruhte auf dem Gurtbett seiner Großmutter. Pierrettes Augen waren geschlossen, ihr Haar war glatt gescheitelt und der Körper in ein grobes Baumwolltuch eingenäht.

Vor dem Bett kniete, die Hände ausgestreckt, mit zerzaustem Haar und flammendem Gesicht die Großmutter und schrie: »Nein, nein, das wird nicht geschehen!«

Am Fußende des Bettes standen Vormund Auffray, Pfarrer Péroux und Monsieur Habert. Die Kerzen brannten noch.

Vor der Großmutter standen der Chirurg des Krankenhauses und Monsieur Néraud, unterstützt von dem grauenhaften und widerlich-freundlichen Vinet. Auch ein Gerichtsvollzieher war dabei. Der Chirurg des Krankenhauses hatte seine Sektionsschürze umgebunden. Einer seiner Gehilfen hatte das chirurgische Besteck ausgepackt und reichte ihm ein Seziermesser.

Diese Szene wurde gestört, weil Brigaut und der Bleigießer den Sarg fallen ließen; denn Brigaut, der vorangegangen war, wurde beim Anblick der weinenden alten Mutter Lorrain von Entsetzen gepackt.

»Was geht hier vor sich?« fragte Brigaut und nahm neben der alten Großmutter Aufstellung, krampfhaft einen Meißel umklammernd, den er bei sich trug.

»Brigaut«, sagte die Greisin, »sie wollen den Körper meines Kindes öffnen, ihr den Kopf spalten und ihr, wie sie es schon getan haben, als sie noch lebte, das Herz zerreißen.«

»Wer?« schrie Brigaut so laut, daß den Justizbeamten beinahe das Trommelfell platzte.

»Die Rogrons.«

»Beim Allmächtigen! ...«

»Warte, Brigaut«, sagte Monsieur Auffray, als er sah, daß der Bretone seinen Meißel erhob.

»Monsieur Auffray«, sagte Brigaut, der so bleich war wie die junge Tote, »ich schenke Ihnen nur Gehör, weil Sie Monsieur Auffray sind; doch in diesem Fall befolgte ich nicht einmal ...«

»Das Recht!« sagte Auffray.

»Gibt es denn ein Recht?« rief der Bretone. »Diese da sind das Recht!« sagte er und drohte dem Anwalt, dem Chirurgen und dem Gerichtsvollzieher mit seinem Meißel, der in der Sonne funkelte.

»Mein Freund«, sagte der Pfarrer, »die Justiz ist vom Anwalt des Monsieur Rogron angerufen worden, weil dieser unter einer schweren Anklage steht, und es ist unmöglich, einem Beschuldigten die Mittel zu verweigern, sich zu rechtfertigen. Wie der Anwalt von Monsieur Rogron sagt, könne, wenn das arme Kind hier an seinem Geschwür im Kopf gestorben ist, ihr ehemaliger Vormund nicht behelligt werden; denn erwiesenermaßen hat Pierrette den Stoß, den sie erlitten hat, lange Zeit verheimlicht ...«

»Genug!« sagte Brigaut.

»Mein Klient ...«, sagte Vinet.

»Dein Klient wird zur Hölle fahren«, rief der Bretone, »und ich komme aufs Schafott; denn wenn einer von euch derjenigen, die dein Klient getötet hat, auch nur zu nahe tritt, und wenn dieser Schlächter nicht sein Handwerkszeug wieder einsteckt, bringe ich ihn auf der Stelle um.«

»Das ist Auflehnung gegen die Staatsgewalt«, sagte Vinet, »wir werden den Richter davon in Kenntnis setzen.«

Die fünf Fremden zogen sich zurück.

»Oh, mein Sohn!« sagte die Greisin, wobei sie sich aufrichtete und Brigaut um den Hals fiel. »Laß sie uns schnell begraben, sie werden wiederkommen!...«

»Wenn das Blei erst einmal versiegelt ist, werden sie es vielleicht nicht mehr wagen«, meinte der Bleigießer.

Monsieur Auffray lief zu seinem Schwager, Monsieur Lesourd, um zu versuchen, die Angelegenheit zu regeln. Nichts anderes hatte Vinet gewollt. Da Pierrette tot war, würde der Vormundschaftsprozeß, bei dem noch kein Urteil gesprochen worden war, für nichtig erklärt werden, und niemand konnte daraus etwas für oder etwas gegen die Rogrons herleiten: die Schuldfrage blieb offen. So hatte der geschickte Vinet sehr wohl vorausgesehen, was sein Ansuchen bewirken würde.

Am Mittag gab Monsieur Desfondrilles vor dem Gericht seinen Untersuchungsbericht zum Fall Rogron, und das Gericht entschied mit der wahrlich einleuchtenden Begründung, daß es an Beweisen fehle, eine Einstellung des Verfahrens.

Rogron wagte nicht, sich bei Pierrettes Beerdigung sehen zu lassen, der die ganze Stadt beiwohnte. Vinet hatte ihn mitschleppen wollen; doch der ehemalige Kurzwarenhändler fürchtete, Opfer des allgemeinen Unwillens zu werden.

Brigaut verließ Provins, nachdem er gesehen hatte, wie die Erde in Pierrettes Grab fiel, und ging zu Fuß nach Paris. Er schrieb ein Bittgesuch an die Dauphine, um in Anbetracht des Namens seines Vaters in die Königliche Garde eintreten zu dürfen, wo er auch sofort aufgenommen wurde. Als der Algierfeldzug begann, schrieb er erneut an die Dauphine und bat um seine Bestallung. Er war Sergeant, und Marschall Bourmont ernannte ihn zum Unterleutnant im Linienregiment. Der Sohn des Majors verhielt sich wie ein Mann, der sterben wollte. Bislang hat der Tod Jacques Brigaut verschont, der sich in allen Feldzügen ausgezeichnet hat, ohne verletzt zu werden. Heute ist er Bataillonskommandeur eines Linienregiments. Es gibt keinen schweigsameren, aber auch keinen besseren Offizier. Außerhalb des Dienstes bleibt er fast stumm, geht allein spazieren und lebt ganz mechanisch. Jeder erahnt einen unbekannten Schmerz und achtet ihn. Er besitzt sechsundvierzigtausend Francs, die ihm die 1829 in Paris verstorbene alte Madame Lorrain hinterlassen hat.

Bei den Wahlen von 1830 wurde Vinet zum Abgeordneten ernannt, und die Dienste, die er der neuen Regierung erwiesen hat, haben ihm die Stelle eines Generalstaatsanwalts eingebracht. Er hat jetzt so großen Einfluß, daß er immer wieder zum Abgeordneten ernannt werden wird. Rogron ist in der gleichen Stadt Hauptsteuereinnehmer, in der Vinet sein Amt ausübt; und durch einen erstaunlichen Zufall ist Monsieur Tiphaine dort Erster Präsident des Obersten Gerichtshofes, denn dieser Gerechtigkeitsapostel ist bedenkenlos zu einem Anhänger der Julimonarchie geworden. Die ehemalige schöne Madame Tiphaine lebt in gutem Einvernehmen mit der schönen Madame Rogron. Vinet steht sich bestens mit dem Präsidenten Tiphaine.

Was den schwachsinnigen Rogron anbelangt, so hat er Sprüche wie folgende parat: »Louis-Philippe wird erst dann ein richtiger König sein, wenn er Leute adeln kann!«

Selbstverständlich stammt dieser Satz nicht von ihm. Seine angegriffene Gesundheit läßt Madame Rogron hoffen, in Kürze den General Marquis de Montriveau heiraten zu können, einen Pair von Frankreich, der das Departement befehligt und ihr eifrig den Hof macht. Vinet fordert unverblümt, daß Köpfe rollen, an die Unschuld eines Angeklagten glaubt er nie. Dieser Vollblutstaatsanwalt gilt als einer der liebenswürdigsten Männer des Gerichtsbezirks, in Paris und in der Kammer ist er nicht weniger erfolgreich, und bei Hofe ist er ein vortrefflicher Speichellecker.

Wie Vinet versprochen hatte, hat General Baron Gouraud, jenes rühmliche Überbleibsel unserer glorreichen Armee, eine Demoiselle Matifat geheiratet, fünfundzwanzig Jahre jung und die Tochter eines Drogisten aus der Rue des Lombards, deren Mitgift fünfzigtausend Taler waren. Er befehligte, wie es Vinet prophezeit hatte, ein Nachbardepartement von Paris. Aufgrund seines Verhaltens während der Unruhen unter dem Ministerium von Casimir Périer wurde er zum Pair von Frankreich ernannt. Baron Gouraud war einer der Generäle, die die Kirche Saint-Merry stürmten, glücklich darüber, ›den Zivilisten eins draufzugeben‹, die ihnen seit fünfzehn Jahren ein Dorn im Auge gewesen waren, und sein Eifer ist mit dem Großkordon der Ehrenlegion belohnt worden.

Keine der Personen, die Pierrettes Tod verschuldet hatte, machte sich auch nur die geringsten Vorwürfe. Monsieur Desfondrilles ist noch immer Archäologe; doch Generalstaatsanwalt Vinet hat im Interesse seiner Wiederwahl Sorge getragen, ihn zum Gerichtspräsidenten ernennen zu lassen. Sylvie hat einen kleinen Hofstaat und verwaltet das Vermögen ihres Bruders; sie verleiht zu hohen Zinsen und gibt keine zwölfhundert Francs im Jahr aus.

Hin und wieder sagt ein ehemaliger Anhänger der Tiphaines, wenn ein Kind aus Paris zurückkehrt, um sich in Provins niederzulassen und auf jenem kleinen Platz aus Mademoiselle Rogrons Haus kommt: »Die Rogrons hatten seinerzeit eine traurige Affaire wegen eines Mündels ...«

»Eine Parteiangelegenheit«, antwortet dann der Präsident Desfondrilles. »Man hat ungeheuerliche Gerüchte in die Welt gesetzt. Aus Gutherzigkeit haben sie diese Pierrette aufgenommen, ein ziemlich niedliches kleines Mädchen ohne Vermögen; als sie in das entsprechende Alter kam, hatte sie eine Liebschaft mit einem Tischlergesellen, sie kam barfuß an ihr Fenster, wissen Sie, um mit diesem Burschen zu plaudern, der dort unten stand. Mit Hilfe einer Schnur schickten sich die beiden Liebesbriefchen. Sie verstehen, ein bleichsüchtiges

Mädchen, und das im Oktober und November, mehr hat nicht gefehlt, daß es ein schlimmes Ende nahm. Das Verhalten der Rogrons war geradezu bewundernswert, sie haben ihren Teil von der Erbschaft der Kleinen nicht beansprucht und alles ihrer Großmutter überlassen. Und, meine Freunde, die Moral von der Geschichte ist, daß man für eine Wohltat immer vom Teufel bestraft wird.«

»Aber, das stimmt nicht! Frappier hat es mir ganz anders erzählt.«

»Der gute Frappier befragt doch mehr seinen Weinkeller als sein Gedächtnis!« erwidert nun ein Stammgast aus Mademoiselle Rogrons Salon.

»Aber der alte Monsieur Habert ...«

»Ach, der! Kennen Sie seine Geschichte?«

»Nein.«

»Nun, er wollte seine Schwester mit Monsieur Rogron, dem Hauptsteuereinnehmer, verheiraten.«

Zwei Menschen dachten jeden Tag an Pierrette: Doktor Martener und Major Brigaut, und nur sie allein kannten die entsetzliche Wahrheit.

Um zu sehen, von welch gewaltigen Ausmaßen diese Szene war, muß man nur daran erinnern, daß im Mittelalter, auf der unermeßlichen Bühne Roms, ein erhabenes junges Mädchen, Beatrice Cenci, aus fast den gleichen Gründen und wegen ähnlich gearteter Intrigen, die auch Pierrette ins Grab brachten, hingerichtet wurde. Beatrice Cenci hatte als einzigen Verteidiger einen Künstler, einen Maler. Die Historie und unsere Zeitgenossen verdammen auf das Bild des Guido Reni hin den Papst und machen aus Beatrice eines der rührendsten Opfer schändlicher Leidenschaften und Faktionen.

Es sei gesagt, daß die Legalität für die gesellschaftlichen Schurkereien eine feine Sache wäre – wenn es Gott nicht gäbe.

November 1839

Anmerkungen

›Pierrette‹ wurde vom 14. bis 27. Januar 1840 in der Zeitung ›Le Siècle‹ (Das Jahrhundert) erstveröffentlicht und erschien im gleichen Jahr als Buchausgabe zusammen mit ›Pierre Grassou‹. 1843 fand sie ihren Platz in den ›Scènes de la Vie de province‹ (Szenen aus dem Provinzleben) der ›Comédie Humaine‹ (Menschliche Komödie) als erster Teil von ›Les Célibataires‹ (Die Unverheirateten).

Die Übersetzung des Romans »Pierrette« ist in der 1923-1925 im Insel Verlag erschienenen Ausgabe der *Menschlichen Kömodie* nicht enthalten. Christina Mansfeld hat diesen Roman neu übersetzt.

8 *Anna de Hanska* (1828-1915): Tochter von Eva Hanska (1801-1882), der späteren Madame de Balzac; seit 1846 Gattin des Grafen Georg Mniszech (1822-1881); Balzac brachte ihr väterliche Zuneigung entgegen.
Wierzchownia: in der Ukraine gelegenes Schloß der Familie Hanski, in dem Balzac 1847/48 und 1848-1850 weilte.

9 *Provins:* im Departement Seine-et-Marne gelegene Kleinstadt mit mittelalterlichem Gepräge.

11 *Chateaubriand*, François-René, Vicomte de (1768-1848): berühmter französischer Schriftsteller und Staatsmann, beeinflußte wesentlich die Entwicklung der romantischen Literatur in Frankreich.

12 *Brie:* Landschaft zwischen Seine und Marne.

15 *Isola Bella:* Insel im Lago Maggiore.

16 *Marais:* Landstrich an der Küste der Vendée.

18 *Ehrenfeld von Montereau:* In der Schlacht bei Montereau (17./18. Februar 1814) siegten die Truppen Napoleons über die eindringenden Alliierten.

19 *Vendée:* Departement an der Westküste Frankreichs.
Charette de la Contrie, François-Athanase de (1763-1796): Führer der royalistischen Chouanbewegung in der Vendée; in Nantes standrechtlich erschossen.
Mercier, Pierre, gen. ›La Vendée‹ (1774-1801): Haupt der Chouanbewegung.
Kriege gegen die Republik: Gemeint sind die Aufstände der

Chouans im Westen Frankreichs, die von 1793 bis 1796 mehrmals ausbrachen und die Republik bedrohten.

21 *Beginenhof:* von Beginen geführtes Altersheim für Arme.
Sainte-Périne: 1806 auf Veranlassung Napoleons gegründetes Altersheim für Notleidende im ehemaligen Kloster Sainte-Périne.

24 *Louis:* Louisdor; alte französische Goldmünze seit Ludwig XIII. (1601-1643); nach dem Namen der französischen Könige (Louis) genannt.

25 *Saint-Cloud, Meudon, Belleville, Vincennes:* in der näheren Umgebung von Paris gelegene Ausflugsziele der Pariser Bürger.

30 *... auch den Verwegensten der Kosaken:* Nach der Kapitulation von Paris am 30. März 1814 marschierten die preußischen und russischen Truppen am 31. März in Paris ein.

32 *Nationalgarde:* Bürgermiliz, 1789 ins Leben gerufen.
Champagne: ehemalige französische Provinz, Teil des Pariser Beckens.
Frankistan: orientalische Bezeichnung für Europa.
Kaschmirtal: landschaftlich schön gelegenes Tal im Nordwesten Indiens.
Saadi, Scheich Moslich eddin (1184 o. 1189-1291): berühmter didaktischer Dichter Persiens.
La Ferté-Gaucher: kleiner Ort im Arrondissement Provins.

33 *Auvergne:* waldarmes Hochland im Süden Frankreichs, ehemalige Provinz.
Savoyen: Departement im Südosten Frankreichs an der Grenze zu Italien.
Ile-de-France: Paris umgebende ehemalige französische Provinz.

35 *Hallen:* Gemeint sind die ehemaligen Markthallen von Paris.

41 *Amadis:* Anspielung auf den Helden des 1508 erschienenen Ritterromans ›Amadis von Gallien‹ von Garcí Ordoñez de Montalvo (um 1500); durch Mut und Beständigkeit erlangt der Ritter Amadis die Hand der Prinzessin Oriana.
Egeria: weissagende Nymphe, der römischen Sage nach Gemahlin und heimliche Beraterin des römischen Königs Numa (gest. 672 v. Chr.).

43 *Boston:* Kartenspiel zu viert mit französischen Whistkarten, das während des amerikanischen Freiheitskampfes erfunden wurde und dessen Ausdrücke aus dem politischen Wortschatz dieser Zeit stammten.

46 *Misere:* Begriff aus dem Bostonspiel.

Whist: aus England stammendes Kartenspiel mit 52 Blättern und meist vier Spielern.

47 *Portormarmorierung:* genannt nach dem aus Portovenere stammenden schwarzen, gelbgeaderten Marmor.

49 *Poniatowski*, Jozef, Fürst (1762-1813): Oberbefehlshaber der polnischen Truppen im Rußlandfeldzug; zeichnete sich in der Völkerschlacht bei Leipzig aus; wurde darauf von Napoleon zum Marschall von Frankreich ernannt und fand bei dem Rückzug von Leipzig den Tod in der Elster; der angeführte Kupferstich entstand nach einem Bild von Horace Vernet (1789-1863).

die Verteidigung des Stadttores von Clichy: 1820 entstandenes Bild von Horace Vernet.

die beiden Mazeppas: zwei Stiche nach Gemälden von Horace Vernet, der die Anregung aus dem Gedicht ›Mazeppa‹ (1818) von Lord Byron (1788-1824) empfing.

›Sie sind Goldschmied, Monsieur Josse.‹: Zitat aus der Komödie ›L'amour médecin‹ (Die Liebe als Arzt, 1665) des bedeutendsten französischen Komödiendichters Molière (1622-1673).

50 *eine große schwarze Kugel festzuhalten:* Anspielung auf die sogenannte Ballotage, die Abstimmung mit Hilfe von schwarzen und weißen Kugeln.

51 *Medici-Vase:* Vase aus Medici-Porzellan, einem Steingut, das bei dem Versuch, Porzellan herzustellen, entstand und meist mit dem Medici-Wappen gezeichnet war.

Aubusson: wegen ihrer Teppichmanufaktur berühmt gewordene Kleinstadt an der Creuse.

Buffon, Georges-Louis Leclerc, Comte de (1707-1788): französischer Naturforscher und Schriftsteller.

54 *›Constitutionnel‹:* Pariser Tageszeitung; während der Restauration (1814, 1815-1830) das führende Organ der Liberalen.

55 *Spa:* durch ihre Mineralquellen berühmte Gemeinde in Belgien.

Richelieu, Louis-François-Armand du Plessis, Duc de (1696-1788): Großneffe des Kardinals, Marschall von Frankreich; berühmt wegen seiner militärischen Tapferkeit und seiner vielen Liebesabenteuer, war Gouverneur der Gascogne und der Guyenne.

Alkibiades (um 450-404 v. Chr.): athenischer Staatsmann und Heerführer, galt als eitel, ehrgeizig, skrupellos und ausschweifend.

56 *König René* I., genannt ›der Gute‹ (1409-1480): König von Neapel (1438-1442) und Titularkönig von Sizilien (1434-1480), Herzog von Anjou und Lothringen, Graf von Provence; hielt nach seinem Scheitern in der Politik ab 1471 Hof in der Provence, förderte die Künste, verfaßte Gedichte und moralische Traktate.

Thibaud: Name mehrerer Grafen der Champagne, von denen Thibaud IV. (1201-1253), König von Navarra (1234-1253), als Verfasser kunstvoller Liebeslieder Ruhm erlangte.

Ferrara: Stadt in Oberitalien; unter den Fürsten Este im 15./16. Jahrhundert bedeutendes Kunstzentrum und Wirkungsstätte u.a. der italienischen Dichter Lodovico Ariost (1474-1533) und Torquato Tasso (1544-1595).

58 *Nebukadnezar* II. (gest. 562 v. Chr.): bedeutendster König des Neubabylonischen Reiches (604-562 v. Chr., vertrieb die Ägypter aus Vorderasien, unterwarf Juda (598 und 587 v. Chr.), zerstörte Jerusalem (587/86 v. Chr.).

Jardin des Plantes: 1640 eröffneter botanischer Garten von Paris, der u.a. auch ein Naturkundemuseum und einen Tierpark umfaßt.

62 *... die der Beresina entgangen sind:* Als die Franzosen auf ihrem Rückzug von Moskau vom 26. bis 28. November 1812 den Nebenfluß des Dnjepr überquerten, verlor Napoleon mehr als die Hälfte der ihm noch verbliebenen Soldaten.

Ehrenlegion: von Bonaparte 1802 gestifteter Orden als Auszeichnung für militärische und zivile Verdienste; der Orden hatte fünf Klassen: Großkreuz, Großoffizier, Kommandeur, Offizier, Ritter.

63 *Eroberungsfeldzug des heiligen Ludwig in Ägypten:* Gemeint ist der sechste Kreuzzug von 1248 bis 1254, der mit der Niederlage und Gefangennahme Ludwigs IX. endete.

64 *Königsherrschaft des Hauses Orléans:* Das Haus Orléans erlangte nach der Julirevolution mit Louis-Philippe I. (1773-1850) den Thron Frankreichs (1830-1848).

69 *Léopold Robert* (1794-1835): Schweizer Maler, Schüler Davids, gestaltete Genreszenen; 1830 entstand ›Die Ankunft der Schnitter in den Pontinischen Sümpfen‹.

72 *Paul und Virginie:* Titelgestalten des sentimental-idyllischen Liebesromans ›Paul et Virginie‹ (1788) von Bernardin de Saint-Pierre (1737-1814).

76 *Madapolamtuch:* glattes Baumwollgewebe für Wäsche.

80 *Tartuffe:* heuchlerischer Betrüger aus Molières Verskomödie ›Tartuffe‹ (1669).

84 *Schlacht von Nangis:* 17. Februar 1814, Sieg Napoleons über das russische Heer.

88 *Laffitte*, Jacques (1767-1844): französischer Bankier, der im Interesse des Finanzkapitals die Julimonarchie von 1830 inthronisierte und Premierminister des ersten Kabinetts war.

91 *Kongregation:* 1801 entstandene religiöse Vereinigung, die während des Konfliktes zwischen Napoleon I. und Papst Pius VII. die Verbindung der Katholiken zum Heiligen Stuhl aufrechterhielt. 1809 aufgelöst, konstituierte sie sich 1814 unter dem Jesuitenpater Ronsin neu und verfolgte zunächst soziale Aufgaben. Während der Regierungszeit Karls X. (1824-1830) vertrat sie die Interessen der Ultraroyalisten.

96 *Bourbonen:* französisches Adelsgeschlecht seit dem 10. Jahrhundert, das mit Heinrich IV. (1589) die Königswürde erwarb und mit Unterbrechung (1792 bis 1814, 1815) die Herrschaft bis zur Julirevolution 1830 (Sturz Karls X.) innehatte.

97 *die Wahlen von 1826:* Nicht wie angeführt 1826, sondern im November 1827 erzwang die Kammer auf Grund eines restriktiven Pressegesetzes Neuwahlen, in deren Folge die liberale Opposition gestärkt wurde. Der ultraroyalistische Minister Villèle demissionierte im Januar 1828.

100 *Marchesa di Pescara*, Vittoria Colonna (1492-1547): italienische Dichterin, wegen ihres Geistes und ihrer Schönheit

bewundert; lebte nach dem frühen Tod ihres Mannes zurückgezogen und widmete ihm ihre berühmten Sonette.

103 ›*Clarissa Harlowe*‹: 1747/48 entstandener Roman von Samuel Richardson (1689-1761).

Martignac, Jean-Baptiste Gay, Comte de (1778-1832): französischer Staatsmann, liberaler Abgeordneter und Innenminister (1828-1829) nach dem Rücktritt Villèles.

108 *Dupin*, André (1783-1865): französischer Rechtsgelehrter und Politiker; 1827 Abgeordneter der liberalen Opposition, Kammerpräsident während der Julimonarchie.

Casimir Périer (1777-1832): französischer Politiker und Bankier; Vertreter der liberalen Opposition unter der Restauration, 1828 Handels- und Finanzminister, 1831 Innenminister.

127 *Katharina von Medici* (1519-1589): Gemahlin Heinrichs II., Mutter von Franz II., Karl IX. und Heinrich III.; während der Minderjährigkeit Karls IX. Regentin, taktierte politisch geschickt während der Religionskriege zwischen Katholiken und Hugenotten, gilt als Urheberin des Massakers gegen die Hugenotten in der Bartholomäusnacht (23./24. 8. 1572).

128 *Robespierresche Art:* Maximilien de Robespierre (1758-1794); Advokat, bedeutendster Führer der Französischen Revolution; leitete die Diktatur der Jakobiner; am 9. Thermidor (27. Juli 1794) gestürzt und guillotiniert.

Benjamin Constant de Rebecque (1767-1830): französischer Schriftsteller und Staatsmann; bekämpfte als Abgeordneter der liberalen Opposition unter der Restauration alle Gesetzesvorlagen der Ultraroyalisten mit brillanter Rhetorik und Überzeugungskraft.

133 ›*Das Haus als Lotteriegewinn*‹: Komödie von Louis-Benoît Picard (1769-1828).

142 ... *wie die Chuins (Chouans) rufe:* Gemeint ist der Ruf des Käuzchens, im Bretonischen ›chuin‹ genannt, der den aufständischen Bretonen den Beinamen Chouans verlieh.

150 ... *in Gegenwart von Philipp dem Schönen:* Philipp IV. genannt ›der Schöne‹ (1268-1314); König von Frankreich und Navarra (1285-1314); festigte die Zentralgewalt und bekämpfte den Einfluß des Klerus; hob 1312 den Orden der Tempelherren auf, die er zuvor gefangennehmen, foltern und

hinrichten ließ, um durch Konfiszierung der Ordensgüter die Staatskasse zu sanieren.

172 *Plutarch* (um 46-120): griechischer Schriftsteller, Philosoph und Historiker, bekannt vor allem durch seine ›Parallelbiographien‹ berühmter Griechen und Römer.

174 *Hérold*, Louis-Joseph-Ferdinand (1791-1833): französischer Pianist und Opernkomponist.

181 *Dauphine:* Gattin des Thronfolgers; hier Marie-Thérèse de Bourbon, Duchesse d'Angoulême (1778-1851).

Algierfeldzug: Um durch einen außenpolitischen Erfolg von den innenpolitischen Schwierigkeiten abzulenken, rüstete Karl X. ein Unternehmen gegen Algerien unter Führung von Admiral Duperré und General Bourmont aus, das mit der Besetzung Algiers (5. Juli 1830) begann und in den Folgejahren zur völligen Kolonialisierung Algeriens führte.

Bourmont, Louis-Auguste-Victor, Comte de Ghaisnes de (1773-1846): Kriegsminister unter der Restauration (1829); befehligte 1830 die erfolgreiche Expedition gegen Algier und wurde zum Marschall von Frankreich ernannt.

182 *Julimonarchie:* Während des sogenannten Bürgerkönigtums unter Louis-Philippe d'Orléans (1830-1848) lag die Macht in den Händen des Finanzbürgertums (Bankier Laffitte), was zu einem raschen Aufschwung der wirtschaftlichen Entwicklung andererseits führte.

Pair: Mitglied der Pairskammer, die von 1814 bis 1848 mit der Abgeordnetenkammer und dem König die gesetzgebende Gewalt bildete.

183 *Unruhen unter dem Ministerium von Casimir Périer:* der Hungeraufstand der Seidenweber von Lyon (1831) und republikanische Revolten in den Straßen von Paris; von Périer blutig unterdrückt.

Saint-Merry: Kloster in Paris, vor dem es am 5./6. Juni 1832 zu Kämpfen zwischen republikanischen Aufständischen und Truppen des Ministers Thiers kam; der Aufstand wurde blutig niedergeschlagen.

184 *Beatrice Cenci* (1577-1599): Römerin, die im Einverständnis mit ihrer Stiefmutter und ihrem Bruder ihren grausamen Vater ermorden ließ und auf päpstlichen Befehl auf dem Schafott

hingerichtet wurde. Das beträchtliche Vermögen der Familie wurde vom Papst eingezogen. Das Guido Reni zugeschriebene Bild der Beatrice ist nicht authentisch.
Guido Reni (1575-1642): italienischer Barockmaler, gestaltete vor allem Madonnen- und Heiligenbilder.

Honoré de Balzac
Die Menschliche Komödie

Die großen Romane und Erzählungen
Zwanzig Bände in Kassette
Die Bände sind auch einzeln lieferbar

Band 1 · *Eugénie Grandet*
Einleitung von Hugo von Hofmannsthal
Vorrede von Honoré de Balzac · it 1901

Band 2 · *Ursule Mirouët* · it 1902

Band 3 · *Ein Junggesellenheim* · it 1903

Band 4 · *Die alte Jungfer* · it 1904

Band 5 · *Pierrette* · it 1905

Band 6 · *Verlorene Illusionen* · it 1906

Band 7 · *Geschichte der Dreizehn*
Ferragus, das Haupt der Verschworenen · Die Duchesse de Langeais · Das Mädchen mit den Goldaugen · it 1907

Band 8 · *Glanz und Elend der Kurtisanen* · it 1908

Band 9 · *Tante Lisbeth* · it 1909

Band 10 · *Vetter Pons* · it 1910

Band 11 · *Vater Goriot* · it 1911

Band 12 · *Oberst Chabert* · it 1912

Band 13 · *Gobseck · Das Haus zur »Ballspielenden Katze«* · it 1913

Band 14 · *Die Frau von dreißig Jahren* · it 1914

Band 15 · *Der Landarzt* · it 1915

Band 16 · *Die Lilie im Tal* · it 1916

Band 17 · *Die Chouans, Rebellen des Königs* · it 1917

Band 18 · *Das Chagrinleder* · it 1918

Band 19 · *Das verfluchte Kind*
Die Verbannten · Meister Cornélius · Das Lebenselixier · Das verfluchte Kind · Das unbekannte Meisterwerk · Die Sühnemesse – Eine Episode aus der Schreckenszeit · Der Rekrut · it 1919

Band 20 · *Eine dunkle Affäre*
Eine Leidenschaft in der Wüste · Lebwohl · El Verdugo · it 1920

152/1/12.95

Französische Literatur
im insel taschenbuch

Gustave Flaubert: Lehrjahre des Gefühls. Geschichte eines jungen Mannes. Übertragen von Paul Wiegler. Mit einem Essay und einer Bibliographie von Erich Köhler. it 276

– Madame Bovary. Revidierte Übersetzung aus dem Französischen von Arthur Schurig. it 167

– November. Aus dem Französischen von Ernst Sander. Mit einem Nachwort von Monika Bosse. it 1765

– Salammbô. Herausgegeben und mit einem Nachwort versehen von Monika Bosse und André Stoll. Aus dem Französischen übersetzt von Georg Brustgi. it 342

– Ein schlichtes Herz und andere Erzählungen. Aus dem Französischen von Cora van Kleffens und André Stoll. Großdruck. it 2314

Victor Hugo: Der Glöckner von Notre-Dame. Roman. Aus dem Französischen von Else von Schorn. Mit zeitgenössischen Illustrationen. it 1781

Choderlos de Laclos: Schlimme Liebschaften. Mit 14 Kupferstichen. Übertragen und eingeleitet von Heinrich Mann. it 12

Jean de La Fontaine: Die schönsten Fabeln. Aus dem Französischen von Thomas Keck. Mit farbigen Illustrationen von Rolf Köhler und einem Nachwort von Jürgen von Stackelberg. it 1451

Gaston Leroux: Die blutbefleckte Puppe. Roman. Aus dem Französischen von Annegret Sellier. it 1567

Guy de Maupassant: Bel-Ami. Aus dem Französischen von Josef Halperin. Mit zeitgenössischen Illustrationen. it 280

Prosper Mérimée: Carmen. Mit Zeichnungen von Pablo Picasso. Aus dem Französischen übersetzt von Franz Schnabel. it 361

Honoré-Gabriel Mirabeau: Der gelüftete Vorhang oder Lauras Erziehung. Aus dem Französischen von Eva Moldenhauer. Nachbemerkung von Norbert Miller. it 32

Molière: Der eingebildete Kranke. Aus dem Französischen von Johanna Walser und Martin Walser. it 1014

– Der Menschenfeind. Nach dem Französischen des Molière von Hans Magnus Enzensberger. it 401

Michel de Montaigne: Essais. Herausgegeben und mit einem Nachwort versehen von Ralph-Rainer Wuthenow. Revidierte Fassung der Übertragung von Johann Joachim Bode. it 220

– Tagebuch einer Reise durch Italien. Aus dem Französischen von Otto Flake. it 1074

Blaise Pascal: Größe und Elend des Menschen. Aus den »Pensées«. Auswahl, Übersetzung und Nachwort von Wilhelm Weischedel. it 441

152/2/12.95

Französische Literatur
im insel taschenbuch

François Rabelais: Gargantua und Pantagruel. Mit Illustrationen von Gustave Doré. Herausgegeben von Horst und Edith Heintze. Erläutert von Horst Heintze und Rolf Müller. 2 Bände. Übersetzung auf Grund der maßgebenden französischen Ausgabe, unter Benutzung der deutschen Fassung von Ferdinand Adolf Gelbcke. it 77

Arthur Rimbaud: Sämtliche Werke. Französisch und deutsch. Übertragen von Sigmar Löffler und Dieter Tauchmann. Mit Erläuterungen zum Werk und einer Chronologie zum Leben Arthur Rimbauds, neu durchgesehen von Thomas Keck. it 1398

Jean-Jacques Rousseau: Bekenntnisse. Aus dem Französischen von Ernst Hardt. Mit einer Einführung von Werner Krauss. it 823

Marquis de Sade: Justine oder Die Leiden der Tugend. Mit einem Essay von Albert Camus. Aus dem Französischen von Raoul Haller. it 1257

– Verbrechen der Liebe. Heroische und tragische Novellen. Aus dem Französischen von Christian Barth. it 1448

George Sand: Geschichte meines Lebens. Aus ihrem autobiographischen Werk ausgewählt und mit einer Einleitung versehen von Renate Wiggershaus. it 313

– Indiana. Aus dem Französischen von A. Seubert. Mit einem Essay von Annegret Stopczyk. it 711

– Lélia. Aus dem Französischen von Anna Wheill. Mit einem Essay von Nike Wagner. it 737

– Lucrezia Floriani. Roman. Aus dem Französischen von Anna Wheill. it 858

– Das Teufelsmoor. Aus dem Französischen von Helene und Herbert Kühn. Mit Illustrationen von Tony Johannot. it 943

Misia Sert: Pariser Erinnerungen. Aus dem Französischen von Hedwig Andertann. Mit einem Bildteil. it 1180

Anne Germaine Madame de Staël: Über Deutschland. Vollständige und neu durchgesehene Fassung der deutschen Erstausgabe von 1814 in der Gemeinschaftsübersetzung von Friedrich Buchholz, Samuel Heinrich Catel und Julius Eduard Hitzig. Herausgegeben und mit einem Nachwort versehen von Monika Bosse. Mit einem Register, Anmerkungen und einer Bilddokumentation. it 623

Stendhal: Die Kartause von Parma. Vollständige Ausgabe. Aus dem Französischen von Arthur Schurig. it 1222

– Rot und Schwarz. Vollständige Ausgabe. Aus dem Französischen von Arthur Schurig. Mit einem Nachwort von Uwe Japp. it 1210

– Über die Liebe. Vollständige Ausgabe. Aus dem Französischen und mit einer Einführung von Walter Hoyer. it 124

152/3/12.95

Französische Literatur
im insel taschenbuch

Paul Verlaine: Poetische Werke. Französisch und deutsch. Übertragen von Sigmar Löffler. it 1556

François Villon: Sämtliche Dichtungen. Zweisprachige Ausgabe. Aus dem Französischen von Walther Küchler. it 1039

Voltaire: Candide oder der Optimismus. Mit Zeichnungen von Paul Klee. it 11

– Sämtliche Romane und Erzählungen. Mit einer Einleitung von Victor Klemperer und Stichen von Moreau le jeune. Aus dem Französischen übersetzt von Ilse Lehmann. it 209

Emile Zola: Das Geld. Aus dem Französischen von Leopold Rosenzweig. it 1749

– Germinal. Aus dem Französischen von Armin Schwarz. Mit Illustrationen von Renate Sendler-Peters. it 720

– Nana. Aus dem Französischen und mit einem Nachwort versehen von Erich Marx. Illustrationen von Renate Sendler-Peters. it 398

– Thérèse Raquin. Aus dem Französischen von Ernst Hardt. it 1146

152/4/12.95

Russische Literatur
im insel taschenbuch

Alexander N. Afanasjew: Russische Volksmärchen. Übertragen von Werner von Grimm. Herausgegeben von Imogen Delisle-Kupffer. Mit farbigen Illustrationen von Ivan Bilibin. it 1058

Tschingis Aitmatow: Dshamilja. Aus dem Russischen von Gisela Drohla. Mit einem Vorwort von Louis Aragon und Zeichnungen von Hans G. Schellenberger. Großdruck. it 2323

Andrej Belyj: Petersburg. Roman. Aus dem Russischen übertragen von Gisela Drohla. it 1342

Fjodor Michailowitsch Dostojewski: Aufzeichnungen aus einem Totenhause. Aus dem Russischen von Hermann Röhl. it 966

– Aus dem Dunkel der Großstadt. Aufzeichnungen. Aus dem Russischen von Hermann Röhl. it 967

– Bei Tichon. Aus dem Russischen übertragen und mit einem Vorwort von Wolfgang Kasack. it 1340

– Die Brüder Karamasow. Roman. Dritter und vierter Teil. 2 Bde. Aus dem Russischen von Hermann Röhl. it 974

– Erniedrigte und Beleidigte. Ein Roman in vier Teilen. Mit einem Epilog. Aus dem Russischen von Hermann Röhl. it 965

– Das Gut Stepantschikowo und seine Bewohner. Aus den Aufzeichnungen eines Unbekannten. Roman. Aus dem Russischen von Hermann Röhl. it 964

– Helle Nächte. Ein empfindsamer Roman. Aus dem Russischen von Hermann Röhl. Großdruck. it 2328

– Der Idiot. Roman. Aus dem Russischen von Hermann Röhl. it 970

– Der lebenslängliche Ehemann. Erzählung. Aus dem Russischen von Hermann Röhl. it 971

– Onkelchens Traum. Aus der Chronik der Stadt Mordassow. Roman. Aus dem Russischen von Hermann Röhl. it 963

– Die Sanfte. Eine phantastische Erzählung. Aus dem Russischen von Wolfgang Kasack. it 1138

– Schuld und Sühne. Roman. Aus dem Russischen von Hermann Röhl. it 969

– Der Spieler. Aus den Aufzeichnungen eines jungen Mannes. Aus dem Russischen von Hermann Röhl. it 968 und Großdruck. it 2350

– Der Traum eines lächerlichen Menschen. Und andere Erzählungen. Aus dem Russischen von Hermann Röhl. it 976

– Werdejahre. Roman. Aus dem Russischen von Hermann Röhl. it 973

Nikolai Wassiljewitsch Gogol: Aufzeichnungen eines Wahnsinnigen. Erzählungen. Aus dem Russischen von R. Fritze-Hanschmann und G. Schwarz. it 1513

154/1/12.95

Russische Literatur
im insel taschenbuch

Nikolai Wassiljewitsch Gogol: Der Mantel und andere Erzählungen. Aus dem Russischen übersetzt von Ruth Fritze-Hanschmann. Mit Illustrationen von András Karakas. Mit einem Nachwort von Eugen Häusler und Frank Häusler. it 241

– Die Nacht vor Weihnachten. Mit Illustrationen von Monika Wurmdobler. it 584

– Die toten Seelen. Erzählung. Aus dem Russischen von Hermann Röhl. it 987

Iwan Gontscharow: Oblomow. Mit Illustrationen von Theodor Eberle. Revidierte Übersetzung aus dem Russischen von Reinhold v. Walter. it 472

Nikolai Leskow: Weihnachtsgeschichten. Herausgegeben von Angela Martini-Wonde. it 1128

Russische Liebesgeschichten. Liebesgeschichten aus Rußland. Ausgewählt von Angela Martini-Wonde. it 1344

Leo N. Tolstoj: Anna Karenina. 2 Bde. Nach der Moskauer Akademie-Ausgabe aus dem Russischen übersetzt von Gisela Drohla. Mit Illustrationen von Theodor Eberle. it 308

– Auferstehung. Roman. Aus dem Russischen von Adolf Hess. Mit Illustrationen von Theodor Eberle. it 791

– Familienglück. Mit Illustrationen von Theodor Eberle. Übertragung von Hermann Röhl, bearbeitet von Gisela Drohla. it 902

– Die großen Erzählungen. Mit einem Nachwort von Thomas Mann. Aus dem Russischen übersetzt von Arthur Luther und Rudolf Kassner. it 18

– Kindheit. Aus dem Russischen von Hermann Röhl. Revidiert und herausgegeben von Gisela Drohla. Großdruck. it 2327

– Kindheit. Knabenalter. Jünglingsjahre. Aus dem Russischen von Hermann Röhl. Revidiert und herausgegeben von Gisela Drohla. it 203

– Die Kosaken und andere Erzählungen. Herausgegeben von Gisela Drohla. it 1518

– Die Kreutzersonate. Erzählung. Aus dem Russischen von Arthur Luther. Mit Illustrationen von Hugo Steiner-Prag. it 763 und Großdruck. it 2303

– Krieg und Frieden. Ein Roman in vier Bänden. Aus dem Russischen von Hermann Röhl. Mit Illustrationen von Theodor Eberle. it 590

– Der Tod des Iwan Iljitsch. Aus dem Russischen von Gisela Drohla. Mit Illustrationen von Theodor Eberle. it 864

– Wieviel Erde braucht der Mensch? Erzählungen und Legenden. it 1198

154/2/12.95

Russische Literatur
im insel taschenbuch

Anton P. Tschechow: Die Dame mit dem Hündchen. Und andere Erzählungen. Mit Zeichnungen von András Karakas. Ausgewählt und mit einem Nachwort versehen von Werner Berthel. Aus dem Russischen von Reinhold Trautmann. it 174

– Der Kirschgarten. Komödie in vier Akten. Aus dem Russischen übertragen und bearbeitet von Thomas Brasch. it 1341

Iwan Turgenjew: Erste Liebe und andere Novellen. Aus dem Russischen von Ena von Baer und Ekkehard Jäkel. Mit einem Nachwort von Friedrich Schwarz. it 257 und Großdruck. it 2324

– Väter und Söhne. it 64

Der versiegelte Engel. Erzählungen zu Ikonen. Mit farbigen Abbildungen. Ausgewählt und mit einem Nachwort versehen von Angela Martini-Wonde. it 1132

154/3/12.95

Literatur der Moderne
im insel taschenbuch

Lou Andreas-Salomé: Lebensrückblick. Grundriß einiger Lebenserinnerungen. Aus dem Nachlaß herausgegeben von Ernst Pfeiffer. Neu durchgesehene Ausgabe mit einem Nachwort des Herausgebers. it 54

– Rainer Maria Rilke. Mit acht Bildtafeln im Text. Herausgegeben von Ernst Pfeiffer. it 1044

Bertolt Brecht: Hauspostille. Mit Anleitungen, Gesangsnoten und einem Anhang. Radierungen von Christoph Meckel. it 617

Hans Carossa: Werke in Einzelausgaben. Zwölf Bände in Kassette. Die Werke sind auch einzeln lieferbar. it 1461-1472

Band 1: Gedichte. Der alte Taschenspieler. it 1461
Band 2: Die Schicksale Doktor Bürgers. Rumänisches Tagebuch. it 1462
Band 3: Der Arzt Gion. it 1463
Band 4: Geheimnisse des Lebens. it 1464
Band 5: Führung und Geleit. it 1465
Band 6: Aufzeichnungen aus Italien. it 1466
Band 7: Eine Kindheit. it 1467
Band 8: Verwandlungen einer Jugend. it 1468
Band 9: Das Jahr der schönen Täuschungen. it 1469
Band 10: Der Tag des jungen Arztes. it 1470
Band 11: Ungleiche Welten. Lebensbericht. it 1471
Band 12: Ein Tag im Spätsommer 1947. Erzählung. it 1472

– Das Jahr der schönen Täuschungen. it 1091
– Eine Kindheit. it 295
– Eine Kindheit. Großdruck. it 2345
– Die Schicksale Doktor Bürgers. it 830
– Der Tag des jungen Arztes. it 1137

Felix Dahn: Ein Kampf um Rom. Mit einem Nachwort von Hans-Rüdiger Schwab. it 1744

Tankred Dorst: Grindkopf. Libretto für Schauspieler. Mitarbeit Ursula Ehler. Mit farbigen Zeichnungen von Roland Topor. it 929

– Korbes. Ein Drama. Mitarbeit Ursula Ehler. Mit farbigen Zeichnungen von Johannes Grützke. it 1114

– Der nackte Mann. Mitarbeit Ursula Ehler. Mit farbigen Zeichnungen von Johannes Grützke. it 857

Federico García Lorca: Die dramatischen Dichtungen. Deutsch von Enrique Beck. it 3

Hermann Hesse: Bäume. Betrachtungen und Gedichte. Mit Fotografien von Imme Techentin. Zusammenstellung der Texte von Volker Michels. it 455

155/1/12.95

155/2/12.95

Literatur der Moderne
im insel taschenbuch

Rainer Maria Rilke: Sämtliche Werke. 6 Bände in Kassette. Herausgegeben vom Rilke-Archiv in Verbindung mit Ruth Sieber-Rilke. Besorgt durch Ernst Zinn. it 1101-1106

Band I: Gedichte. Erster Teil. it 1101

Band II: Gedichte. Zweiter Teil. it 1102

Band III: Jugendgedichte. it 1103

Band IV: Frühe Erzählungen und Dramen. it 1104

Band VI: Malte Laurids Brigge. Kleine Schriften. it 1106

– Am Leben hin. Novellen und Skizzen 1898. Mit Anmerkungen und einer Zeittafel. it 863

– Die Aufzeichnungen des Malte Laurids Brigge. it 630

– Auguste Rodin. Mit 96 Abbildungen. it 766

– Ausgesetzt auf den Bergen des Herzens. Gedichte aus den Jahren 1906 bis 1926. it 98

– Briefe. 3 Bde. in Kassette. Herausgegeben vom Rilke-Archiv in Weimar in Verbindung mit Ruth Sieber-Rilke. Besorgt durch Karl Altheim. it 867

– Die Briefe an Gräfin Sizzo. 1921-1926. Herausgegeben von Ingeborg Schnack. it 868

– Briefe über Cézanne. Herausgegeben von Clara Rilke. Besorgt und mit einem Nachwort versehen von Heinrich Wiegand Petzet. Mit siebzehn farbigen Abbildungen. it 672

– Das Buch der Bilder. Des ersten Buches erster Teil. Des ersten Buches zweiter Teil. Des zweiten Buches erster Teil. Des zweiten Buches zweiter Teil. it 26

– Duineser Elegien. Die Sonette an Orpheus. it 80

– Erste Gedichte. Larenopfer. Traumgekrönt. Advent. it 1090

– Ewald Tragy. Mit einem Nachwort von Richard von Mises. it 1142

– Frühe Gedichte. it 878

– Gedichte. Aus den Jahren 1902 bis 1917. Taschenbuchausgabe der 1931 als Privatdruck erschienenen Edition der Handschrift Rainer Maria Rilkes. Illustriert von Max Slevogt. it 701

– Gedichte aus den späten Jahren. Herausgegeben von Franz-Heinrich Hackel. it 1178

– Geschichten vom lieben Gott. Illustrationen von E. R. Weiß. it 43 und Großdruck. it 2313

– Die Letzten. Im Gespräch. Der Liebende. it 935

– Die Liebenden. Die Liebe der Magdalena. Portugiesische Briefe. Die 24 Sonette der Louïze Labé. it 355

– Neue Gedichte. Der Neuen Gedichte anderer Teil. it 49

155/3/12.95

Literatur der Moderne
im insel taschenbuch

Rilkes Landschaft. In Bildern von Regina Richter, zu Gedichten von Rainer Maria Rilke. Mit einem Nachwort von Siegfried Unseld. it 588

– Das Stunden-Buch, enthaltend die drei Bücher: Vom mönchischen Leben. Von der Pilgerschaft. Von der Armut und vom Tode. it 2

– Vom Alleinsein. Geschichten, Gedanken, Gedichte. Herausgegeben von Franz-Heinrich Hackel. it 1216

– Worpswede. Fritz Mackensen. Otto Modersohn. Fritz Overbeck. Hans am Ende. Heinrich Vogeler. Mit zahlreichen Abbildungen und Farbtafeln im Text. it 1011

– Zwei Prager Geschichten und ›Ein Prager Künstler‹. Mit Illustrationen von Emil Orlik. Herausgegeben von Josef Mühlberger. it 235

Rainer Maria Rilke / Lou Andreas-Salomé: Briefwechsel. Herausgegeben von Ernst Pfeiffer. it 1217

Rilke in Spanien. Briefe, Gedichte, Tagebücher. Herausgegeben von Eva Söllner. Mit farbigen Abbildungen. it 1507

Leopold von Sacher-Masoch: Venus im Pelz. Mit einer Studie über den Masochismus von Gilles Deleuze. it 469

Felix Timmermans: Der Heilige der kleinen Dinge. Erzählungen. Mit Zeichnungen des Autors. it 1364

– Das Jesuskind in Flandern. Aus dem Flämischen von Anton Kippenberg. Mit Zeichnungen des Dichters. it 937

– Pallieter. Mit Zeichnungen des Dichters. Aus dem Flämischen von Anna Valeton- Hoos. it 1430

– St. Nikolaus in Not. Aus dem Flämischen von Anna Valeton-Hoos. Mit farbigen Bildern von Else Wenz-Viëtor. it 2023

Georg Trakl: Die Dichtungen. it 1156

Frank Wedekind: Mine Haha oder Über die körperliche Erziehung der jungen Mädchen. Mit einem Frontispiz von Balthus. Mit einer Nachbemerkung von Walter Schmitz. IB 1148

Oscar Wilde: Gesammelte Werke in zehn Bänden. Herausgegeben von Norbert Kohl. it 582

Band 1: Das Bildnis des Dorian Gray
Band 2: Märchen und Erzählungen
Band 3: Theaterstücke I
Band 4: Theaterstücke II
Band 5: Gedichte
Band 6: Essays I
Band 7: Essays II
Band 8: Briefe I
Band 9: Briefe II
Band 10: Briefe III

155/4/12.95

Literatur der Moderne im insel taschenbuch

Oscar Wilde: Aphorismen. Herausgegeben von Frank Thissen. it 1020
– Das Bildnis des Dorian Gray. Deutsch von Hedwig Lachmann und Gustav Landauer. Mit einem Essay, einer Auswahlbibliographie und einer Zeittafel herausgegeben von Norbert Kohl. it 843
– Die Erzählungen und Märchen. Mit Illustrationen von Heinrich Vogeler. Aus dem Englischen übersetzt von Felix Paul Greve und Franz Blei. it 5
– Gedichte. Herausgegeben von Norbert Kohl. it 1455
– Das Gespenst von Canterville. Erzählung. Mit Illustrationen von Oski. Aus dem Englischen von Franz Blei. it 344
– Der glückliche Prinz und andere Märchen. Aus dem Englischen von Franz Blei. Mit Illustrationen von Michael Schroeder und einem Nachwort von Norbert Kohl. it 1256
– Lord Arthur Saviles Verbrechen und andere Geschichten. Mit Illustrationen von Michael Schroeder. Aus dem Englischen von Christine Hoeppner. it 1151
– Salome. Dramen, Schriften, Aphorismen und ›Die Ballade vom Zuchthaus zu Reading‹. Mit Illustrationen von Marcus Behmer. it 107

155/5/12.95

Rückgabe spätestens am
